———— 阅读之前 没有真相

午夜文库

死了七次的男人

（日）西泽保彦 著
马杰 译

新 星 出 版 社　NEW STAR PRESS

目录

1	第一章	直接切入事件最精彩的部分
5	第二章	主人公为您说明故事的设定
23	第三章	登场人物会聚一堂
49	第四章	形势变得更加严峻了
76	第五章	于是,事件发生了
101	第六章	果不其然,事件发生了
123	第七章	发生了令人棘手的事件
142	第八章	再次发生的事件
172	第九章	尽管如此,事件还是发生了
197	第十章	讨厌,事件怎么又发生了
208	第十一章	事件的最后挣扎
220	第十二章	这回谁都没有死
238	第十三章	事件的反击
248	第十四章	逃出螺旋之时
267	第十五章	无法停止的时间螺旋
271	后　记	

人物关系表

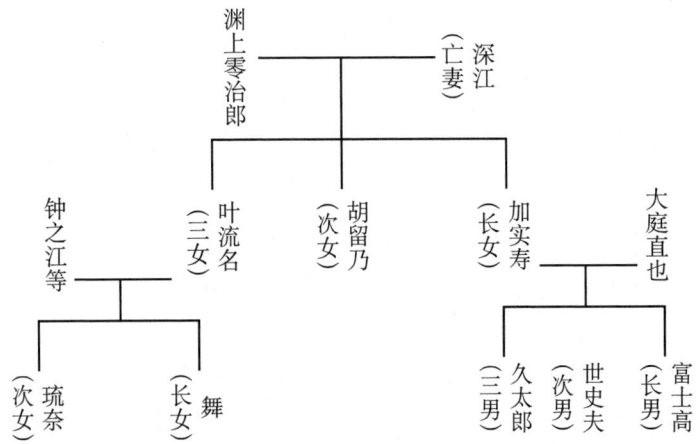

槌矢龙一（零治郎的秘书兼司机）

友理绘美（胡留乃的秘书）

贵代子（渊上家的女用人）

宗像（零治郎的律师）

第一章
直接切入事件最精彩的部分

　　外公倒在六块榻榻米大的阁楼间里。屋子里唯一一扇窗户，只有大学里用的那种笔记本大小，因此即使在白天，屋子里也十分昏暗。光秃秃的电灯泡下，被褥被随意地堆放在房间中央。

　　外公渊上零治郎趴倒在被褥上面，看样子好像想抱住谁，却被对方逃脱掉了。他的左臂压在肚子下面，右手像是在挠着榻榻米。他的前面有一瓶一升装的清酒，翻倒在地上。残留在瓶中的酒洒了出来，使榻榻米变了颜色。

　　外公后脑勺儿上那仿佛棉絮般的白发少得可怜，上面染上了几点黑红色。一只铜质花瓶仿佛有意挡住他的侧脸似的，翻倒在一边。还没到花开时节的蝴蝶兰散落了一地。那是友理买给胡留乃二姨的礼物。据说二姨很喜欢蝴蝶兰。按说，那只花瓶本应该放在她的房间里。

　　外公大概是被这个花瓶打倒的吧……

　　这个念头在我的脑海中掠过，当然了，有这个想法的不止我一个人。不过，谁也没有动。妈妈，富士高哥哥，世史夫哥哥，胡留乃二姨，贵代子夫人，叶流名三姨，舞姐姐，琉奈姐姐，所有人都没有动。就连槌矢和友理也被这突如其来的意外惊得浑身僵直，只是站在狭窄的门口，大气也不敢出一声。

时间像是被冻住了一样，不知过了多久。我在恍惚之中迈步走进阁楼间。或许是因为我在本家住的时候经常被分配到这间屋子的缘故，我感到一股奇妙的义务感在心中涌动。总而言之，在没人阻止的情况下，我在躺在地上的外公身边跪了下来。

我抬起外公那干瘪如火腿一般的手臂。果然，脉搏已经没有了，外公已经死了。我再一次感到一股心灵上的冲击——虽说从看到他倒在地上的那一刻起，我便已经知道了——不，与其说是冲击，不如说我再一次变得走投无路了。或许这种说法更确切吧。

我回过头看了看站在门口伸头张望的妈妈和哥哥们，全然不知在这种时候应该说些什么，做些什么才好。此时此刻，想必我那副愚蠢木然的表情已经在众人面前展露无遗了，但是谁都没有笑。大家都仿佛在消磨着感情一般，紧绷着脸。目睹这一情景的我反而想歇斯底里地大笑一番。因为在这个井井有条的渊上家里，除了贵代子夫人以外，大家都被赋予了穿上"制服"——运动衫和长棉坎肩——的义务。这些"制服"颜色各异，在这种情形之下更显得滑稽可笑。因此我索性还是表现得更怪诞一点好了。

友理小姐第一个回过神来，犹如接收到了我发出的无言讯息。她转身飞奔下楼，尖锐的脚步声响彻整个阁楼。她大概是去打电话报警了吧。

友理小姐的举动仿佛解开了把我们束缚住的咒语，大家顿时全都长出了一口气。好像事先打了暗号似的，妈妈、胡留乃二姨以及叶流名三姨号啕大哭起来。

"爸爸！爸爸！啊——"

"为什么要做这么残忍的事情？！"

她们说了些类似的话,好像想要取回被冻住的时间似的,悲鸣和哀号的声音此起彼伏。

世史夫哥哥和琉奈姐姐好不容易才拦住想要冲向外公尸体的妈妈和姨妈们。

"这可不行啊!在警察来之前,我们得保护好现场。"

"这到底是怎么一回事?现场?是什么东西?"我分不清喊出这话的究竟是妈妈还是叶流名三姨。狭小的阁楼房间,顿时化成一个悲鸣的旋涡。

"这件事只需看上一眼就能明白吧。"世史夫哥哥拼命地解释道,"这件事无论怎么来看,无论你怎么看,这……这,这都是一起杀人事件啊!"

杀人事件。

世史夫哥哥说出的这个词将众人再次冰封。

杀人事件。他刚才说杀人事件。

难道说……

难道说……

为什么会发生这种事情?

为什么这种没有一点现实感的事情会发生在我们的身上?

大家怯弱的眼神仿佛在这么抱怨着:

"这种事情根本就不该发生。"

"这种事情根本就不该发生在我们这种安分守己的普通市民身上,绝对不应该!"

杀人事件——这个词给我和其他人带来的冲击有着天壤之别,意义也截然不同。不应该发生这种事情。这件事情根本就不应该出现。

"什么嘛,你这话和其他人的说法有什么不同吗?"各位不要这么说我，我所说的"这种事情根本就不该发生"不是什么修辞技巧，而是完完全全字面上的意思。

今天是一月二号。这一天，渊上家根本不应该发生杀人事件的。我知道它根本不应该发生，因为这是既成事实。实际上就在"昨天"——不，确切地说应该是"第一个循环"的一月二号，那天什么事情都没有发生，平安无事地就过去了。可是为什么会在"第二个循环"的"今天"——同样是一月二号——发生外公被杀的事件呢？

脑袋里乱成一锅粥的我在不经意之间，忽然和琉奈姐姐四目相对。不过姐姐好像没有注意到我，只是一味地用胆怯的目光注视着外公的尸体。

在这种时候，我居然还注意到了琉奈姐姐没戴耳环。

什么时候摘掉的呢？

我记得昨天——真正的昨天，也就是一月一号元旦那天——她应该还戴着耳环的啊。当然了，琉奈姐姐年初来本家的时候，照例换上了"制服"。琉奈姐姐的运动衫是黄色的，外面还披着一件蓝色的长棉坎肩，因此和耳环极不协调。不过，当时姐姐似乎有自己的打算，并未将耳环取下来。正因为如此，才会显得多余，才会给我留下这种印象……

第二章
主人公为您说明故事的设定

在刚上小学的时候，我便意识到了自己的这种"体质"。尽管如此，这并不意味着我的"体质"是从那个时候才开始的。我想，这应该是与生俱来的东西。虽然我的记忆已经有些模糊了，但在意识尚未建立起来的幼儿时代，大概也发生过同样的事情。只是那个时候我没有意识到罢了。

我叫大庭久太郎。尽管如此，却几乎没什么人叫我久太郎。大多数人都会叫错我的名字，叫成Q太郎。再加上我姓大庭，所以大家都会叫我小鬼Q[①]。

这种名字大概只有上了年纪的人才会喜欢吧。这种在昭和四十年代[②]大红大紫的国民漫画主人公的名字，在我们的时代显得十分陌生。不管怎么样，我不喜欢自己的名字被人拿来开玩笑。

我今年十六岁。在安槻市私立海圣学园上学。海圣学园是一所完

---

①主人公的名字是大庭久太郎。"久"这个汉字，在日语里可以读成"ひさ(hisa)"，也能念成"きゅう(kyuu，发音十分近似英文字母Q)"。另外，在日本著名漫画家藤子·F.不二雄的漫画《小鬼Q太郎》里，主人公一家正好也姓大庭。因此，大家便用这个漫画主人公的名字Q太郎来称呼主角。

②指一九六五年到一九七五年。

中①，大学升学率很高，在县内也是数一数二的学校。因此，只要穿上私立海圣学园的校服上街，便会吸引大部分成年人的目光，那种表情好像在说"真了不起啊"。虽然我原本想去市内的公立高中念书，但是由于妈妈"希望"——或者说是"命令"——我还是继续在海圣学园念书。我参加了高中部的入学考试，并且顺利通过。

听我这么一说，想必各位十有八九都会异口同声地夸我"脑瓜真聪明"吧，不过说实话，我的脑瓜真没有那么灵光，反而相当地不好使。每个学年里，我的成绩一直稳坐年级最后几名，这便是明证。

好学生考进名校后便以为进了保险箱，或者由于逆反心理作祟，变得好逸恶劳，由此导致学习成绩一落千丈的事情虽然时有发生，但我的情况却与之不尽相同。我的脑瓜打小就不太好使，可为什么还能考上偏差值②这么高的学校呢？实际上，这都是拜我的那种"体质"所赐。

各位要是向别人问起我的话，有一句话肯定会经常听到。那就是"那孩子长得很老成，显得比实际岁数大"。和我聊天的时候，各位肯定会有一种感觉，觉得自己仿佛正在和一位坐在走廊上一边晒着太阳一边小口小口抿着粗茶的老人聊天，以至于自己也会忍不住想啃上几根当茶点用的萝卜干。

我不得不承认，这种说法实在是一针见血。虽说我在生物学的意义上才十六岁，不过我的心理年龄大概已经有三十岁或者更老了。为了慎重起见，我先在此说明一下，以上的那些话绝对不是什么修辞手

---

① 从初中一年级至高中毕业都设有师资和班级的学校。
② 所谓偏差值，是日本人对于学生智力、学力的一项计算公式值。[（个人成绩－平均 成绩）÷ 标准偏差] × 10 + 50 = 偏差值，也就是自己的分数。如标准偏差 = X，那么偏差值 = X + 50。偏差值在 50 以上，属于较好成绩，有望考上好大学。

法,那绝对是可以通过计算得出的确切数字。

最先让我意识到自己这种"体质"的契机是一次吃饭的时候。小时候的我属于只靠食欲便能生存下去的类型。不过每天吃的东西总不换样,还是让我不由得心生疑虑。

"怎么还是荷包蛋和土豆沙拉啊?"

不知不觉之中嘟囔出这句话的我被妈妈臭骂了一通:"你说什么呢?昨天吃的明明是汉堡包啊!"

那个时候,我分明记得汉堡包是在好几天之前吃的。虽然觉得很奇怪,但由于实在饿得不行了,还是把饭吃了个精光。

"又吃这个?"

一个不小心,又把这句话嘟囔了出来。话音刚落,妈妈便对我怒目而视:"你说什么呢?昨天吃的明明是汉堡包啊!"

除了吃饭以外什么都不关心、每天快乐成长的小学生也能慢慢察觉到可疑的事情。除了饭桌上的饭菜以外,只要仔细一听,便能发现爸爸妈妈和哥哥们在饭桌上说的话也和昨天一模一样。什么"欧美人从来不挑食,大到鲸鱼小到鱿鱼什么都吃"等。当然了,并不是说因为这个话题是跟吃饭有关,我才觉得似曾相识。爸爸和哥哥们在这之后的第二天、第三天依然重复着一模一样的对话。什么"欧美人从来不挑食,大到鲸鱼小到鱿鱼什么都吃"等,而且居然和昨天说的一字不差。

我发现可疑的不只是我的家人。学校的老师啊,朋友们啊,一个个都重复着前一天的台词和行动。

"大家听好了啊,"戴着黑框眼镜的四方脸女老师用凶狠的眼神环视班里的同学们,"绝对不许靠近学校后面那座山上的神社。听见了没有?"

"老师，为什么啊？"当时在我上的那所小学里和我竞争笨蛋排行榜第一把交椅的小田君发出了一声疑问，"难道是因为那里有妖怪出没吗？"

"不许说那种违背科学常识的话！"

"什么叫违背科学常识啊？"

"就是愚蠢荒谬的东西。听好了，在后山的神社里，有一个比妖怪要恐怖一万倍的家伙呢。"

"是怪兽吗？"

"这个世界上没有怪兽什么的东西。小田君，你可不能总看那些奇怪的动画片啊。那是一个人，是一个人哦。他是一个只要看见可爱的小男孩小女孩就会对他们做不好的事情的超级超级坏叔叔。他整天就在那里转悠，所以那里十分危险，十分恐怖。大家听好了，绝对不许到后山的神社去，要不然会遇上非常可怕的事情哦。"

"什么叫不好的事情啊？"

"那……那个，就是，也就是说……就是那个啦。对了，这之前旁边学校的一个女生在那个神社玩耍的时候被那个坏叔叔抓走了。真是好恐怖啊，超级恐怖啊。那个女生还十分可怜地被强行脱下了内裤。"

"老师，他为什么要脱女生内裤呢？"

"然后坏叔叔还把自己的内裤脱了。老师说到这个地步，你们应该知道这之后会发生什么事情了吧。"

"他们两个人要交换内裤吗？"

为了慎重起见，我在这里先解释一下，当时的小田君确实没有捉弄老师的意思。他真是因为不明白才问的。当时班里能听懂老师暗示的那种事情的早熟学生应该还不到一半。就连我也误解了老师的意思——"他们是不是真的想交换一下内裤啊"。

今天想起来，其实也不是什么大不了的事情，只不过有点跑题而已。不过，在某天早上第一节课发生的这些对话却不断地重复着。

"大家听好了啊，"和"昨天"的情况一模一样，老师仿佛一头抢夺猎物的怪兽，一脸认真地鼓起鼻翼说道，"绝对不许靠近学校后面那座山上的神社。听见了没有？"

"老师，为什么啊？"小田君一脸茫然，口气和"昨天"一模一样，"难道是因为那里有妖怪出没吗？"

"不许说那种违背科学常识的话！"

"什么叫违背科学常识啊？"

"就是愚蠢荒谬的东西。听好了，在后山的神社里，有一个比妖怪要恐怖一万倍的家伙呢。"

"是怪兽吗？"

"这个世界上没有怪兽什么的东西。小田君，你可不能总看那些奇怪的动画片啊。那是一个人，是一个人哦。他是一个只要看见可爱的小男孩小女孩就会对他们做不好的事情的超级超级坏叔叔。他整天就在那里转悠，所以那里十分危险，十分恐怖。大家听好了，绝对不许到后山的神社去，要不然会遇上非常可怕的事情哦。"

"什么叫不好的事情啊？"

"那……那个，就是，也就是说……就是那个啦。对了，这之前旁边学校的一个女生在那个神社玩耍的时候被那个坏叔叔抓走了。真是好恐怖啊，超级恐怖啊。那个女生还十分可怜地被强行脱下了内裤。"

"老师，他为什么要脱女生内裤呢？"

"然后坏叔叔还把自己的内裤脱了。老师说到这个地步，你们应该知道这之后会发生什么事情了吧。"

"他们两个人要交换内裤吗？"

第二天是这样，然后第三天还是如此。这段对话不断重复着。对话必定发生在早上第一节课的时候，必定以老师的那句"绝对不许靠近学校后面那座山上的神社"开始，以小田君的那句"他们两个人要交换内裤吗"而结束。

这么来回来去的当然并不只有交换内裤这一件事情。昨天发生的所有事情，从早上餐桌上的早餐、学校老师的训话、休息时间打躲避球的过程以及结果、两个人打架以及最后一个人被打哭了、放学途中谁踩了一脚狗屎，一直到晚上餐桌上的晚餐、电视上播放的电视节目，所有这些都分毫不差地重复着。

这之后，这种重复会突然结束，真正的第二天将会来临。真正的第二天来了以后，饭桌上的饭菜终于不再是荷包蛋和土豆沙拉，爸爸他们也终于不再怀着一种"不许抱怨"的义愤谈论"欧美人吃鲸鱼吃鱿鱼"的事情了。只有小田君那句愚不可及的高论——"交换内裤"，作为"昨天的事情"变成了班里的热门话题。

想必各位已经猜出来了吧。换句话说，同样的一天会不断地重复很多次，但是除了我一个人以外周围其他人都没有意识到这一点。他们极为自然地重复着昨天的对话和行动，简直就像带有机械装置的人偶一样。尽管这一天要重复很多遍，但对于他们来说，这一天还是和其他日子一样，只是普普通通的一天罢了。但是只有我一个人意识到了这种反复——事情就是这个样子。

我在心里偷偷地把这种现象称为"时空反复陷阱"。换句话说，一旦掉进这个时空陷阱里就再也爬不上来了，同样的一天便会不断地重复。如果正好发生了被飞过来的针刺伤的事情，那么那根针便会沿着同样的轨迹一次又一次地飞过来。

这种"时空反复陷阱"会在某一天突然出现。就我目前的经验而言,什么时候会掉进这个"时空反复陷阱",似乎没有任何规律可循。多的时候,一个月会掉进去十几回;少的时候,两个月才掉进去一次。

但是,"时空反复陷阱"的大小,以及掉入其中的时间长短却有着十分清晰的规律。"时空反复陷阱"的大小是从这一天到夜里十二点到第二天夜里十二点。也就是说,一共二十四小时。而掉进"时空反复陷阱"中的时长则是九天。当然了,说成"过了九天"是我个人的主观感觉,实际上只过了一天而已,确切的说法应该是"一天重复了九次"。为了不和真正的昨天、明天相混淆,我把掉进"时空反复陷阱"里的时间形容为"第一个循环""第二个循环"。

当然了,在"时空反复陷阱"的那段时间里,除了我以外的其他人不管是"第一个循环"也好,"第二个循环"也罢,基本上都是在不断地重复着同样的言行。说"基本上"这个词,是因为有人可以让"第一个循环"和"第二个循环"的言行变得不一样。要说谁有这种能力的话,我自然是不二人选。

虽然这话是理所当然的吧,不过这个世界一旦掉进"时空反复陷阱"当中,能按自己的意识做出和"上一个循环"不一样言行的人便只有我一个了。因为只有我能够意识到这种反复的状况。我只要在"第一个循环"和"第二个循环"中对某个人说出不一样的话,做出不一样的反应,对方当然也会相应地不得不做出改变。

举例来说吧,如果我不和妈妈抱怨"怎么还是荷包蛋和土豆沙拉啊",妈妈便不会无端地反驳我——"昨天吃的明明是汉堡包啊!"这里用"如果"这个词,是因为这便是我这种"体质"的特别之处——本来应该发生的事情,会因为我的意志而改变。

我发现我这个"优点"的时候,爸爸和哥哥们正在看夜场棒球赛。

当时是巨人队与阪神队的比赛①,结果巨人队获得了胜利。比赛完全呈现一边倒的态势。本来以为是一场投手之间的较量,结果不知道为什么,巨人队在第五局的进攻当中从第一棒的打者到第九棒的投手接连击出九记本垒打,创下了前所未有的纪录,将对手远远地甩在身后。身为巨人队球迷的爸爸高兴得手舞足蹈,而反对巨人队的世史夫哥哥则一下跌坐在地上,作为"罗德"②球迷的富士高哥哥则拔着鼻毛哈欠连天。

总而言之,这是一个让人不得安宁的夜晚。

因为我并不是哪支球队的球迷,所以那个晚上对我来说并没有什么新奇的。我只是挠了挠脑袋,放了个屁,然后就上床睡觉去了。不过当我睁眼醒来以后,我发现这个喧嚣不堪的一天已经掉进了"时空反复陷阱"里。

和"上一个循环"一样,夜场棒球赛的转播开始了。爸爸在面前摆好了啤酒和毛豆,兴奋异常;世史夫哥哥当时虽然还是个高中生,但也偷偷喝着啤酒;富士高哥哥拿着挖耳勺在掏着耳朵。总而言之,大家全都热火朝天地围坐在电视机前,唯独我一个人意兴阑珊。难道不应该这样吗?我早就知道结果了,巨人队以九比零的比分狂胜阪神队,连续九记本垒打更为这场胜利锦上添花。

我一不小心说漏了嘴:"反正巨人队会赢球。"

爸爸听了自然高兴,世史夫哥哥则是勃然大怒。

"你说什么呢!比赛还没结束,谁赢谁输还不好说呢。"

---

①东京读卖巨人队和阪神老虎队之间的比赛是日本职棒最重要的比赛。两支球队拥有声势最大的球迷队伍,球员也以加入这两支球队为荣。东京和大阪分别是关东和关西最有影响力的城市,所以这两支球队之间的较量在某种意义上代表了日本关东与关西的较量。
②罗德,指日本职棒球队千叶罗德海洋队。

结果比赛结束的时候,比分定格为九比零。几家欢乐几家愁的情形和"上一个循环"几乎一模一样。只有富士高哥哥没有拔鼻毛,而是打了个哈欠。大概因为我那句多嘴的话,让现实多少发生了一些改变。

在"下一个循环"里,我突然起了恶作剧的心思。

"喂喂喂,我说各位,"我对正要开始看夜场棒球赛的爸爸和哥哥们说道,"我有种预感,在第五局里会风云突变哦。"

"你说什么呢?模仿诺查丹玛斯①的大预言吗?"结果我被冷嘲热讽了一通,但比赛的比分如大家之前所见的那样。

但这之后爸爸和哥哥们并没有对我表现出多少赞叹,我只好在不知不觉之中变得中立起来。然后便是"下一个循环"了,这次我做了一个十分明确的预言:在第五局的进攻当中会击出多少多少记本垒打。结果当本垒打当真被击出的时候,爸爸高兴得欣喜若狂,世史夫哥哥则用一种疑惑的眼神瞪着我。而富士高哥哥因为过于惊讶,不但没有拔鼻毛,连哈欠也不打了。

得意忘形的我在接下来的一个"循环"里大声地宣布道,由于我施了一种魔法,巨人队的所有选手在本场比赛里都会打出本垒打。尽管他们一开始对我冷嘲热讽,但在看到结果之后全都陷入了沉默。爸爸虽然很高兴,但却莫名其妙地没法尽兴,而哥哥他们则好像看怪物似的盯着我。由于这种眼神实在过于恐怖,我本来应该放出来的那个

---

① 诺查丹玛斯,法国籍犹太裔预言家,精通希伯来文和希腊文,留下以四行体诗写成的预言集《百诗集》(一五五五年初版,"诸世纪"为误译)。有研究者从这些短诗中"看到"对不少历史事件(如法国大革命、希特勒出现)及重要发明(如飞机、原子弹)的预言。诺查丹玛斯的预言,无论在他生前还是死后,都吸引了来自世界各地的许多崇拜者。《百诗集》出版后,直到现在依然非常畅销。许多热心者将他的预言与世界主要事件对比分析,找到了许多应验的地方。

屁居然被生生憋了回去。

我在心里反省了一下，可能是有点玩过火了。于是在接下来的第六、七、八个"循环"里面，我只是老老实实地在一边看着。

在最后的一个"循环"里，我向爸爸提出要和他打赌——如果巨人队在这场比赛里完封①对手并取胜的话，他就得给我零花钱。

世史夫哥哥可能觉得我提出的赌注不够大，于是便十分豪迈地说道："你个笨蛋，要是巨人队完封阪神队并取胜的话，我所有的漫画书都归你了！"

结果我不但得了一笔外快，还把世史夫哥哥的漫画书全都据为己有。如果这是在"第三个循环"或者"第五个循环"的话，所有这些最终都会回到原点，外快也好，漫画也罢，都会从我的手上消失得无影无踪。但这是"第九个循环"，也就是"最终的循环"，所以这次的结果会成为这个"夜场棒球之夜"的"最终决定版"。

我就是这么发现我这种"体质"的优点的。正如我之前所说的那样，掉进"时空反复陷阱"以后，当天发生的事情会重复九次，最开始的那个"循环"可以称为"最初的循环"，这便是"第一个循环"，然后是"第二个循环""第三个循环""第四个循环""第五个循环""第六个循环""第七个循环""第八个循环"，最后便会来到"最终的循环"。从"第二个循环"到"第八个循环"之中，无论做了什么，最终都会回到原点，而在"最终的循环"所发生的事情——虽然对于我周围的人们来说，这只是"那天发生的事情"而已——对我而

---

① 完封是棒球比赛的术语，是指球队在比赛中，从第一局开始（正规的棒球比赛一共有九局，但比赛可能会有延长赛，或者局数被调整），某队的投手一直没有让对方得分，直至比赛结束。如果是先发投手投出完封，则该投手完成一次完封胜，如果是由一位以上的投手合力投出完封，则是该队完封对手。

言,则会成为"最终决定版"。

当然了,在"最终的循环"里所发生的事情会因为我的言行和"最初的循环"产生千差万别的变化。不过话又说回来了,只要我小心行事,"最终的循环"的内容——也就是"最终决定版"的内容——还是很有可能与"第一个循环"的内容完全一致的。所以我说"本来应该会发生的事情,会因为我的意志而有所改变",指的就是这个意思。

至于我为什么能够通过海圣学园——这所偏差值极高学校的入学考试——这个问题想必各位已经心知肚明了吧。

没错。能够最大限度地利用"时空反复陷阱"优点的地方就是学校的考试。只要入学考试那天碰巧掉进了"时空反复陷阱"里,不管卷子上出现什么样的题目,都不会把我难倒,因为只要在下一个"循环"里把正确答案记住就可以了。而且在"最终的循环"到来之前,我有足足八次复习的机会,所以我的考试成绩怎么可能不好呢?

如果当时适可而止就好了——最后我所有科目都得了满分。因为我不知道要考多少分才能达到录取分数线,所以只好采用了最安全的策略。当然了,这里多少也有点虚荣心作怪的因素。

结果自然是引起了巨大的轰动。海圣学园入学考试的难度在全国也是数一数二的,因而一个自学校创立以来第一个在所有科目上都拿到满分的、空前绝后的天才考了进来,自然会引发一场骚动。

不过话说回来,这种被称为"时空反复陷阱"的现象,终归只是我的"体质",而非我的"能力"。要是"能力"的话,我应该可以随心所欲地在我喜欢的时候进入这个"时空反复陷阱"才是。这样的话,我就可以称心如意地拿到"天才"的称号了。当然了,一来我不能让学校的考试日都掉进"时空反复陷阱",二来就算我运气好,让一个考试日掉进了"时空反复陷阱",但考试周有那么多天,我最多也只能利用其中的一天而已。

我在学校里的地位在转眼之间便从"前所未有的天才"沦落成了"愚蠢透顶的白痴"。由于我入学考试的成绩和这之后的平时成绩差别实在是太大了，一时间还引发了社会舆论的激烈讨论。大家纷纷表示海圣学园的入学考试可能存在着舞弊行为。

"难道说，有人把入学考试的题目泄露了出去？"

据说，学校还为此展开了检查，在教职员工之中寻找嫌疑犯。一想到这里，我便觉得自己罪孽深重。

不单是这次的入学考试。在我读小学和初中的时候，我的成绩便往往呈现两极化——不是好得出类拔萃，就是差得卷子好像是蒙着眼睛乱填似的。

自不必说，前者是蒙"时空反复陷阱"的保佑才得到的好分数。因此，在我的成绩单上，总会写上一些什么"该生在学习能力上没有问题，但干劲时有时无"的评语。

"时空反复陷阱"的庇护不单体现在学校的考试上面。就像我之前所说的，夹在"最初的循环"和"最终的循环"中间的这一段——也就是从"第二个循环"到"第八个循环"——在这段循环中，无论做了什么事情，最终都会回到原点。硬要打个比方的话，这就像打游戏的时候，按"重置"键一样，什么都可以由着性子去做。

咱们举个例子来说吧。比如，最近这段时间我看上班里一个女生，于是我便一次次地试着从她嘴里打探她的信息。什么出生年月日啊，家庭成员啊，兴趣爱好啊，甚至是她无聊的初恋故事，在八次循环里面都打听出来。然后在"最终的循环"里，我以给她占卜运势的名义把这些通通和盘托出。女孩子嘛，大都喜欢占卜，所以只要我一次又一次地说中她们的个人信息，她们就会大吃一惊。当然了，这些都是我事先大大方方从她本人嘴里问出来的，但因为被"重置"了的缘故，她自然不会记得这些。

在情窦初开的初中时代，我用这种所谓占卜的花招，曾经在女孩当中大受欢迎。不过这些努力往往是白费力气，究其原因是我的后续工作做得不好。这种占卜、猜谜的手法确实可以引起对方的注意力，但是女孩们却无法将对我的这种兴趣持续下去。

我当然不是在责备那些女孩。因为就算天赐良机，让女孩对男孩产生了浓厚的兴趣，但男孩——也就是我——要是没有内涵的话，女孩的热情早晚也会消失殆尽。

考试也是一个道理。要是碰巧赶上考试日那一天掉进了"时空反复陷阱"，虽然能考出一个好分数，但那毕竟不是我的真实能力的体现，只是个小花招而已，像是欺诈似的。因此，就算考了一百分，我的心底也不会涌出一丁点儿的满足感。最开始我只是单纯地觉得我这种"体质"的优点很有意思，但渐渐地，我开始意识到了一点——我的内心变得空虚起来。

即便内心变得空虚起来，但迫于形势——无论是应付考试，还是讨好女孩——我还是会利用自己的"体质"。这其中最典型的就是海圣学园的入学考试。当时我心里很清楚，要是我通不过入学考试的话，妈妈那张脸会变得比母夜……那个啥还难看，因此当我发现入学考试的那天碰巧掉进"时空反复陷阱"的时候，简直是欣喜若狂，高兴得不得了。我真是卑鄙无耻到家了。

而我之所以常被人评论"这孩子长得很老成""老气横秋的"，多半也是这种"体质"造成的吧。

我总是一副看破世间一切的样子，不管做什么都是一副消极空虚的姿态。大概这是因为我没有脱离"时空反复陷阱"的帮助，靠自己的实力去勇敢一试的鸿鹄之志吧。为此，我经常感到困惑不已。

之前说过，一个月里掉进"时空反复陷阱"的天数最多不过十几天。虽然没有经过严密的计算，但是平均下来，"时空反复陷阱"每月怎么也得出现三到四次。除去每次一回的"最终决定版"，一个月也还有八个循环。也就是说，我主观上要比其他人多活上很多时间，粗略一算，每个月我都要比别人多活出一个月。也就是说，我的心理年龄是我肉体年龄的两倍。因此，我之前说我的心理年龄有三十多岁，这确实不是修辞手法，相信各位已经能够充分理解我的心情了吧。

要是不能靠"时空反复陷阱"的优点获得快乐的话，那我的生活便只会剩下痛苦。难道不是这样的吗？各位可以试试来回来去地把同一天重复过上八遍的滋味，相信你们绝对会苦不堪言。

不断重复的事情让人快乐还是不快乐，这其实倒是无关痛痒，问题是重复本身就是一件痛苦的事情。

一旦掉进"时空反复陷阱"，若是每个循环都过得和"最初的循环"一个样，就太无聊了。因此从"第二个循环"开始我便会在这里变变，那里改改。而和"第二个循环"一模一样的话未免也会显得索然无味，所以在"第三个循环"里我也会鼓捣出一些变化来。"第四个循环"也是如此。这之后，我的内心又会变得空虚无比，于是索性在"最终的循环"里，让"最终决定版"和"最初的循环"一模一样好了。我不知道自己究竟在干什么，只是每次品尝着那分不清是徒劳还是空虚的滋味。

别人总是觉得我有一种奇怪的老成感，大概也是因为这个缘故吧。如果现实生活允许的话，我倒是想过上那种每天在走廊一边给猫抓虱子一边打盹的隐居生活——如果我不是被迫一次次地掉进"时空反复陷阱"里的话。

但我还只是一个高一学生，隐居什么的是不被这个世界所允许的。所以，我只好抱着一种说不清是达观度日还是看破红尘的态度，继续生活下去。

"时空反复陷阱"给我带来的唯一带有"普世价值"的优点便是可以回避各种意外事故。当然了，前提是突发事故的那一天必须刚好掉进"时空反复陷阱"里面。

小学的时候有人曾经在放学的途中踩到过狗屎，那个人其实不是别人，正是我本人。当我开始对每天在同一时间同一地点踩到狗屎一事感到纳闷的时候，我已经注意到了餐桌上不变的饭菜和用餐时家人不断重复的对话。不过在那个时候，我还没有完全掌握例如循环重复几次、真正的明天究竟会不会来、"最终的循环"才是"最终决定版"等有关"时空反复陷阱"的规律。结果，我那双崭新的运动鞋上总是沾上一种洗也洗不掉的土黄色。

虽然当时没能成功地躲过狗屎，但是现如今，我已经将"时空反复陷阱"的规律烂熟于心。因此，即使有朝一日我被卷入重大的事故之中，只要那一天刚好掉进"时空反复陷阱"里，我绝对可以轻而易举地改变自己的命运，成功得救。

举个例子说吧，假如我被一辆大卡车撞着了，只要从"第二个循环"开始远离事发地点，让事情不断反复着，一直挨到"最终的循环"就可以了。这个方法不仅可以在我自己身上应用，还可以用同样的方法去拯救别人。

不过至今为止，上天还没有赋予过我一次可以充分运用这种带有"普世价值"优点的机会。从小学时踩到狗屎以后，我也没有遇到过真正意义上的突发事件，无论是我本人还是我身边的其他人都是如此。看来我这辈子是无缘目击到突发事件了。

当然了，虽然我不能直接目击，但这个世界上每天都会发生各种各样的事故，只要看看报纸就会一目了然。因此，在掉进"时空反复陷阱"的日子里，我只要在报纸上看到悲惨的事故，一股使命感便会油然而生。让我带着这种"体质"来到这个世界上，大概是神的旨意吧。为了这个世界，为了全人类，我愿意贡献出自己的一份力量！

不过没过多久，我便深刻地意识到了一个事实——自己实在太不知天高地厚了。就拿交通事故来说吧，如果报纸上刚好只登了一件交通事故的报道，那倒还好，要是在当天同时刊登出两件以上的交通事故，孰先孰后便是一个必须首先解决的问题了。

就算不用考虑时间问题，但想把发生在同一时间、不同地点的数起事故消灭于无形，在物理上也是绝对不可能的。我只能处理一件事故，换句话说，大多数情况下，我不得不放弃更多的事故。

尽管如此，就算只能处理一件事故，也没有袖手旁观的道理——这是理所当然的了。不过问题是，如何决定去处理哪一件事故？选择的标准又是什么？我最初的想法是优先处理那些出现人员死亡的事故，不过转念一想，要是人没有死但成了植物人，岂不是更惨？一旦产生了这种困惑，我便开始踌躇不决。

况且刊登在报纸上的不只有交通事故。那些在大海和深山发生的意外又如何是好呢？那些葬身火海的人又怎么办呢？那些死于煤气爆炸的呢？在台风、地震等自然灾害里遇难的人们？还有杀人事件呢……难道这些都只是因为自己力所不及，从一开始就要被排除在考虑之外吗？

在一连串的自问自答之后，无尽的烦恼终于让我放弃了原先的打算，也让我看到了自己能力的极限。因此，我决定只将这种优点充分利用在自己以及身边的人身上。当然了，我也会处理那些发生在他人身上但被我直接目击到的事件。

结果,这种"带有普世价值的优点"最后却一点都不"普世"。我看还是叫"利己的优点"更为确切。每当我在掉进"时空反复陷阱"那天看报纸的时候,便会有一种强烈的感受,一种"自己有能力去救却见死不救"的罪恶感在心里转瞬即逝。"是福不是祸,是祸躲不过""该发生的事情总会发生",反正不会有人明白其中的缘由。这种宿命论和不可知论的想法充斥着我的大脑,也让我渐渐变得越发老气横秋。

我从我的这种"体质"得到一个结论:人类天生是利己的,利己性是人类存在的基础。可能这听起来像是"利己主义正当化"的说辞,可这是理所当然的事吧。

事到如今,我只好改变自己的观点,十分遗憾地宣布:我,只能拯救自己。就算把这个拯救的范围扩大,也只能扩及自己的家人和身边的朋友。即便如此,"自己的事情优先于他人"这个事实直到最后也没有改变。

我不知道这是不是不幸中的万幸,但正如之前所说的那样——不知道是不是因为我和突发事件没有缘分——我自己从没有遭遇过重大的事故,身边的人也没有被卷入过什么事件里去。我便这样平平安安地度过了十六个年头。

因此,我可以这样说——至今为止我还没有机会有效地利用过"时空反复陷阱"。硬要说的话,我也只是在高中入学考试之类的事情上用过"时空反复陷阱"。当然了,从长远来看,这或许是一个弊大于利的选择。

换一个角度来想,我想有效利用这个只会给自己添麻烦的"体质"的想法本身或许就是错误的。毕竟这只是"体质"而不是"能力",而且无论从哪种意义上来说，这种"体质"都更像一种"疾病"。

也就是说，我这辈子只能在这种"疾病"带来的烦恼中度过了。思考如何有效利用这种"体质"的想法，就像得了感冒寻思"是不是不能吃法国菜了"一样全然没有逻辑可言。

想着如何利用这种"体质"只会徒增烦恼——我觉得这种想法十分合情合理。我的这种想法始终没有改变，直到高中入学考试那年的新年来临。

第三章
登场人物会聚一堂

"新年快乐!"外公的秘书兼司机——槌矢龙一先生深深鞠了一躬,老好人似的笑容仿佛依然停留在半空中,"恭贺新禧!"

"恭贺新禧,哎,恭贺新禧。过去的一年里,承蒙您的照顾。"妈妈对着和自己同一辈分的槌矢先生不断地点头哈腰,说着客套话,态度几近谦卑。不知为何,年初来外公家串门的妈妈,显得格外客气。"新的一年里还请您多多关照。"

"哪里哪里,我才是要请您多多关照。"

"我这边才是真的要请您多多关照。啊哈,啊,对了,这个。"妈妈降低声调,强行把一个小纸袋塞到槌矢先生的手里。看样子那应该是个红包。"一份薄礼不成敬意。"

"哪里哪里,夫人。"一脸困惑表情的槌矢先生仿佛不知该把手放在哪里才好,大概是因为穿了一身没有口袋的衣服,才为此而发愁吧。"我怎么能收下您这么贵重的礼物呢。"

"一份薄礼,您千万别见怪。"妈妈虽然嘴上说这是"一份薄礼",但是却比她给她儿子的那份要"厚实"多了。尽管如此,我却没有觉得吃惊。"对了……"

"您想问叶流名夫人的事情,对吧?"

仿佛可以从妈妈的举止当中察觉出她想问的问题似的，槌矢先生抢先说出了妈妈妹妹的名字。槌矢先生十分聪明，虽然年纪不大，但已经被外公视为得力心腹了。

"叶流名夫人已经来了。和小姐一起来的。"他偷偷地打量了一下站在妈妈身后的我们兄弟三人，"今天您先生没来吗？"

"哎？啊……啊，那个，他有点……"有些惊慌失措的妈妈嗖地抡起胳膊，打中了站在她身后的富士高哥哥的手臂。哥哥一脸痛苦地板起脸，但妈妈却全然没有在意。

"怎么说呢，他跟我说他身体不太舒服，啊哈哈哈哈，真是个不懂规矩的人呢。"

"这么说来，先生病情如何？"

"不是什么了不起的大病。没什么事儿的。真的真的，哎，怎么说呢，可能是因为上了年纪的缘故，啊哈哈哈，哈哈哈哈。"

"真是不太常见呢。"妈妈十分做作地高声笑道，这不禁让槌矢先生皱了皱眉头，"其实，叶流名夫人的先生今年也没有过来。"

"是吗？钟之江先生吗？"

母亲的眼神开始游离起来。她似乎正在心里迅速评估这件事：这个消息对自己是好是坏呢？

"这是怎么一回事呢？他的身体不舒服吗？还是说……"

"啊——"富士高哥哥的一声呢喃，打断了正歪着脑袋思索的槌矢先生，"是因为那件事情吧。"

"什么？你说什么，富士高？"妈妈眼角往上一挑，眼睛变成了三角形，那样子仿佛在说作为自己私人财产的儿子对自己应该诚惶诚恐，坦白一切，任何隐瞒都是不可饶恕的，"你知道什么？要是知道的话就赶紧说，别死鱼不张嘴啊。"

"那个咱们待会儿再说吧,"或许已经洞悉到形势不妙,槌矢先生赶忙解围,"夫人请进,董事长和社长都在里面等着您呢。"

"好的,我知道了,不过……"妈妈再一次毫不客气地俯视槌矢先生的头顶。槌矢先生穿着一身宽松的黑色运动衫,上身还套着一件藏青色的长棉坎肩。如果说穿成这副打扮是一种幽默的话,那么以这种幽默的打扮来迎接上司的家人也实在是过于愚蠢了。

"必须穿成这样才能进去吗?哎呀,真是的,不穿这身衣服不行吗?能不能想想办法啊?"

"非常对不起,董事长特别嘱咐过,不换衣服的人不许入内。"

"真是难为人啊。爸爸心血来潮,想起什么就是什么。"妈妈虽然这么抱怨着,但她事先已经穿好了容易脱换的衣服,"唉,那就算了吧。"

"夫人,这边请。"槌矢先生指着正房的方向,"友理小姐也在里面,还请您多多照顾。"

"我们几个也请您多费心了。"妈妈回头看了我们一眼,仿佛想把对槌矢先生的那种谦卑赚回来似的,口气立刻变得犹如一名独裁者一般。她对我们命令道:"你们还不快点换衣服。快点!"

妈妈那口气好像所有一切都是因为我们磨磨蹭蹭造成的,她自顾自地把我们臭骂一通之后,便迅速地消失在正房的方向。我们兄弟几个在槌矢先生的引导下来到别馆的男更衣室。别馆在正房的对面,和正房中间还夹着中庭。

"唉——"被引导着换上黄色运动衫的世史夫哥哥叹了一口气,"为什么我们一个个都得换上这种土里土气的衣服啊。每年都是。过年的时候难道不是应该人人穿上盛装、精心打扮起来吗?你说是不是啊,槌矢先生?"

"您说的话不无道理。"被征求同意的槌矢先生感到十分为难，他态度暧昧地点了点头，说道，"先生们也就算了，倒是女士们……"

"是啊。您说得没错。毕竟一年只有一次新年，既然如此，看看女士们的盛装亮相又有什么不好呢？您说是吧？可惜啊可惜。"世史夫哥哥一边长吁短叹，一边穿上蓝色长棉坎肩，随即说道，"我们为什么非得穿上这么一身土里土气、吊儿郎当、好像去逛便利店一样的衣服来参加酒会啊？我们又不是孤苦伶仃的穷学生，啊，真烦人！我真想看看琉奈穿上和服的样子。"

这句话顿时让更衣室里弥漫起了一种奇妙的紧张感。我心想，情况有些不妙。琉奈姐姐是叶流名三姨的二女儿，和我们是表亲关系。但是世史夫哥哥却从来不掩饰自己对琉奈姐姐的爱慕之情。不过看样子，富士高哥哥虽然没有明说，但心里也同样喜欢着琉奈姐姐。不，并不止富士高哥哥一个人，槌矢先生似乎也在私下偷偷地仰慕着琉奈姐姐。他们两人都用一种恐怖的眼神偷偷地盯着世史夫哥哥。

"哥哥你又走运了，你拿到的是一件黄色运动衫。"莫名其妙地被卷进这种让人战战兢兢的气氛，实在是无聊透顶。我提出一个新的话题，打算缓和一下屋内的氛围。

"我的是红色的哦。红色的运动衫配上长棉马甲，真有一种世界末日的感觉。"

我们大庭一家是从最近几年开始，在新年的时候来外公渊上零治郎家聚会的。这之前，我们家因为一些事情和外公一直比较疏远。不仅仅是我们大庭一家，叶流名三姨下嫁的钟之江一家在这之前也几乎和外公没有什么来往。他们和我们家一样，也是从最近几年才开始在新年的时候来给外公拜年的。

在这里，我向各位简单地说明一下我的外公渊上零治郎和他的公司——EDGE-UP餐饮连锁集团。外公原本在安槻市郊外的一处地方，和妻子深江两个人一起经营着一家小西餐厅。身为厨师的外公，手艺是相当出色的。但他却是那种吃喝嫖赌五毒俱全的浪荡人。他甚至曾经非常坦然地把餐厅的所有收入都输在了赌局里。为此，外婆深江吃了不少苦头。

外公和外婆有三个孩子。我们的妈妈加实寿是大女儿，二女儿是胡留乃二姨，三女儿是叶流名三姨。大概这三个人都出于自己的理由对将贫困和痛苦强加给自己和母亲的父亲感到深恶痛绝吧。外公从来没有给她们姐妹三人买过衣服，甚至连她们的伙食费都拿去赌博。面对这样的父亲，真是想尊敬也尊敬不起来。再加上渊上零治郎经常严厉要求三个女儿——姐妹三人当中至少得有一人——找一个女婿来入赘，继承渊上家的姓氏。可谁会去继承这个只会强加给自己苦难、债台高筑的姓氏呢？这样的家庭，这样的父亲，无论是谁都想尽早逃出去吧。有着这样想法的姐妹三人，又有谁能去责备她们呢？

妈妈加实寿是一个只在学业方面值得称道的女儿。"就算念完高中又有什么用？""有那闲工夫还不如早点来店里帮忙呢！"她一直忍受着外公的挖苦和斥责，以全校第一名的成绩从公立高中毕业，考进了国立安槻大学，并获得了大学提供的奖学金。

说穿了，学业是妈妈逃出这个家庭的唯一途径。因为，如果莽撞地离家出走，那等待自己的只能是另外一种悲惨的生活。想找到工作，想找到有经济能力的男人，必须先上大学才行。正是在这种想法的支持下，妈妈才会坚持不懈地努力下去。

仿佛是要呼应妈妈的这种执着，外婆在妈妈大学毕业前夕突然因脑溢血而病逝。操办完外婆的葬礼之后，妈妈便和一个与自己同岁的大学同学结婚，从此再也没有回过娘家。妈妈的那个同学便是我们的爸爸大庭道也。据说在结婚仪式上，妈妈不但没有邀请外公零治郎，连自己的两个妹妹都没有让她们参加。这样的行为大概昭示了妈妈永远和渊上家断绝关系的决心吧。

接下来妈妈的两个妹妹开始慌张起来。大姐出嫁，多少会站在自己这边的母亲去世，这个名为"零治郎"的包袱眼看着就要落在自己的肩头了。

这并不是在开玩笑。

当时的三女儿叶流名刚刚勉强考进一所高中。学校是一所偏差值并不算高的女子高中。不知道当初她是否也想像姐姐那样靠奖学金读完大学，但最后却突然中途退学了。

原来她搬到了学校的一位年纪不大的男老师家里，这便是她现在的丈夫钟之江等。大概叶流名当时觉得就算和同龄的男子结婚，也会因为经济能力不足导致未来的生活没有保障吧。因此颇有远见的叶流名做出了一个符合她风格的选择。在生下大女儿舞之后，他们举行了结婚典礼。当然了，她也没有邀请外公零治郎参加自己的结婚典礼。

就这样，渊上零治郎的身边只剩下二女儿胡留乃一个人了。姐姐和妹妹都逃走了，只把她一个人留在家里。当时的胡留乃才十九岁。初中毕业以后她并没有选择继续读书，而是到父亲的西餐厅帮忙。她一直很粗枝大叶，以为身为二女儿的自己不会继承父亲的家业。比起自己的姐姐和妹妹，她并不算是一个有心计的女儿。

胡留乃是姐妹三人当中性情最为温和敦厚的。但被姐姐和妹妹背叛之后，她发现自己已经和爸爸这个累赘死死地绑在了一起。这让她十分不安，变得极为暴躁。有一段时间，胡留乃还因为引人注目的怪异言行，不得不经常去精神科看病。

妻子先于自己去世，就算是零治郎这样的人也会感到意志消沉。

本来以为啰唆的妻子不在了,自己便可以无忧无虑地花天酒地,但事实却全然不是这样的,他反而完全没有了玩乐的心情。

唉,男人原来就是这样的一种动物啊。

再加上大女儿和三女儿都因为厌恶自己而离家出走,独自留在家里的二女儿也因为绝望而变得歇斯底里,这让零治郎一时间陷入了四面楚歌之中。虽然他也反省过"这一切的一切是否都是因为自己的失德而招致的",但这个时候后悔已经来不及了。

零治郎将能卖掉的东西全部卖掉,带着胡留乃出去旅行。话虽如此,这却是一次有去无回的旅行。由于零治郎还欠着一屁股债,所以他和胡留乃是趁夜逃走的。出于彻底的绝望,他已经有了逼着女儿一起自杀的打算。不过,零治郎想多少弥补一下之前犯下的罪孽,因此他用变卖家产换来的钱给胡留乃买了漂亮的衣服,请她吃美味的佳肴,极尽奢华之能事。他打算在这之后带着女儿一起投海自尽。

不过,命运却在这个时候来了一个一百八十度的转弯。计划在死前花光手里所有钱的零治郎突然一时兴起打算去买马票。当然了,这时候的他已经全然没有了之前那种对赢钱的渴望。他只是想把手里的钱全部花光而已,因此他也没有做什么分析,只是把筹码胡乱地投注到一些大冷门上面。

不过——

这次零治郎居然中了。所有号码全部命中。本来打算全部花光的钱一下子翻了几十倍。零治郎感到一阵眩晕,这到底是怎么回事?明明是抱着必死的决心来买马票的,怎么反而中了。

"这一定是恶魔对自己的诱惑,绝对错不了。"外公心想。

"看来你的人生还没有享受完,用这些钱再放荡一回好了。这次完完全全地毁灭自己就好了。"零治郎觉得仿佛有一个恶魔在自己的耳边不怀好意地低声说道。

被冲昏头脑的零治郎决定去买股票。当然了，这次他打算让自己血本无归，因此股价越跌越买。零治郎买的都是一些看起来不太可能反弹的股票。不过具有讽刺意味的是，他买进的股票全部大涨特涨，结果零治郎居然因此赚了一笔，手头也有了一些可以称得上"个人资产"的金钱。

靠着零治郎短暂的父爱，胡留乃的精神状态逐渐稳定下来。零治郎在和胡留乃商量之后，决定回到安槻。他靠炒股赚来的钱还清了债务，并和胡留乃开了一家不知道是哪国风味的西餐厅。大概是身体里被遗忘已久的厨师血液再度沸腾的缘故，在胡留乃的帮助下，零治郎不再沉溺于玩乐，专心致志地努力工作起来。

零治郎不断地开发新菜，用卓越的口感和别致的外观赢得了年轻女顾客的青睐。餐厅自然是连日爆满。最初，他们的餐厅只是开在市内的一处混杂着各种生意的建筑里，渐渐地，他们把餐厅移到了国道旁边的一处砖房里。

餐厅的生意在这之后也是一帆风顺。一转眼的工夫，连锁店一家接着一家地开张营业。结果，餐厅发展成了一家在全国拥有三十七家店面的大型企业。这是最近的十年里发生的事情。

在得知这一切之后，妈妈和叶流名三姨开始坐立不安。零治郎外公今年已经八十二岁了。他已经从企业的第一线退了下来，悠闲地担任着EDGE-UP餐饮连锁集团的董事长一职。集团的经营权、不动产以及资产加起来是一个不小的数目。按这种情况来看，外公零治郎去世以后，这些庞大的遗产应该都会留给EDGE-UP餐饮连锁集团的现任社长胡留乃二姨。

当然了，根据民法里有关继承权的条款，若是外公零治郎没有留下遗嘱便去世了的话，妈妈和叶流名三姨都有权分到一部分财产。不过，像是在故意嘲笑她们的这种期待似的，外公近十年来每年都会在新年的时候立下新的遗嘱，这已经成了一种惯例。当然了，遗嘱里不可能有把所有财产都留给胡留乃二姨一个人的内容，但是，不管怎么说，当初主动和外公断绝关系的毕竟是妈妈和三姨。因此，就算外公一分都不留给她们，她们也没什么可抱怨的。

这样一来，妈妈和三姨开始搓着双手、计划着和外公重归于好。对此，外公一开始的态度十分强硬。

"明明是你们当初把我和胡留乃扔下不管的，事到如今你们还有脸回来？"

不过，最近外公的态度开始有所缓和。据我的观察，这其中最主要的原因是胡留乃二姨没有子嗣。

或许是为了扩张父亲的事业而过于操劳，身为现任集团社长的胡留乃二姨至今仍然是独身一人。二姨没有结过婚。因此，有关渊上家继承人的问题便成了众人关注的焦点——外公和胡留乃二姨去世以后该如何是好？

胡留乃二姨今年四十八岁。只要她一直保持健康，不遇上什么事故，一时半会儿就不会死，但集团继承人的问题依然是一个必须尽早打算的事情。

这便给了妈妈和叶流名三姨一个绝佳的机会。妈妈有三个儿子，可以让胡留乃二姨随便挑选一个收为养子。不过叶流名三姨那边也说了，我这边有两个女儿，你随便挑一个以后再找一个上门女婿就行了。

在妈妈和叶流名三姨之间，上演了一场欲望横流、互相拆台的丑剧。

虽说都是自己的亲生女儿，但外公还是对她们的厚颜无耻感到束手无策。在一段时间里，外公甚至不许妈妈和叶流名三姨迈进家门一步。只要是她们卑躬屈膝、阿谀逢迎地一靠近玄关，外公便会态度冷漠地让她们回去。

在几年前，外公终于允许她们在新年的时候前来拜年请安。不过，外公却在新年的当口提出了奇怪的条件——凡是进入渊上家的人必须换上指定的服装。而且，在渊上家停留的这段时间，必须一直穿着这种衣服。如果不能遵守这个条件，就不许踏进渊上家的大门一步。这些指定的服装不是别的，正是这种五颜六色的运动衫和长棉马甲。

"富士高哥哥的是蓝色的，和长棉马甲搭配起来真是很协调呢！"我做出一副十分难为情的样子，拽着自己红色运动衫的下襟让大家看。我把换下来的衣服连同钱包、手表等随身物品摘下，放进准备好的篮子里。倒不是说不许带私人物品，只不过一来里面没有使用钱包的机会，二来运动衫上也没有口袋。

"就我一个人穿的是一身红色的运动衫。"

没错。我们不可能按照自己的好恶来挑选颜色。谁穿什么颜色的衣服都是由外公事先指定好的。

首先，外公的衣服是咖啡色的。秘书槌矢先生穿的是黑色衣服。胡留乃二姨以及妈妈她们姐妹三人及其配偶穿的都是绿色衣服。胡留乃二姨的秘书友理绘美小姐和槌矢先生穿的一样，都是黑色的衣服。

"我说，Q太郎啊，怎么想红色都是时髦的颜色啊。"世史夫哥哥又开始了他那貌似冠冕堂皇的奇妙说教，"红色不是恭祝六十大寿时候的颜色吗？对于老气横秋的你来说实在是太合适了。我的衣服可是黄色的，你说说看，女人穿黄色衣服就算了，男人穿上是不是就有点让人恶心了？"

"这不是挺好的吗？和琉奈姐姐的衣服一样。"我一不小心，说走了嘴。我故意把话题岔开，本想缓和一下盘踞在琉奈姐姐三个追求者之间的紧张感，但没想到却给自己找了个麻烦。

顺便说一句，我的两位表姐一个叫舞，一个叫琉奈。

"啊……没有……那个，总而言之，运动衫本身就是一种落伍的东西，和颜色也没什么关系嘛。"

"外公他，"富士高哥哥无视结结巴巴急于掩饰的我，自言自语似的嘟囔道，"难道说，外公他有点痴呆了不成？"

"咦？"世史夫哥哥有点惊慌失措。他大概有些顾忌槌矢先生的面子。"什么意思，你这话？"

"因为有些痴呆了，所以无法区分我们这些子孙了，难道不是这样的吗？"富士高哥哥一脸不耐烦的样子，像往常一样以一种自言自语似的口气叽叽咕咕地嘟囔道，完全没有顾及在场的其他人。

富士高哥哥的眼神有些飘忽不定，接着说道："这之前我在街上偶然遇见他了，外公错把我当成世史夫了。"

"居然有这种事情？"

被人视为颇有爸爸"全盛时期"豪放风范的世史夫哥哥，这时候也忘记顾及槌矢先生的面子了。他显露出一种毫不掩饰的兴趣，说道："也就是说，因为外公开始出现痴呆的症状，分辨不出自己的孙辈了，这才让所有人都穿上颜色各异的运动衫，好更容易地辨别每个人，是这样的吗？"

"在下认为根本没有这回事！"槌矢先生斩钉截铁地否定道。他的表情显得有些顾虑，但责任感十足。他把之前妈妈送给他的红包放进自己面前篮子里的衬衣口袋里。"因为如果是这样的话，让两个以上的人身穿同样颜色的运动衫就没有任何意义了，难道不是这样吗？"

"不过，不管怎么说，外公还是能区分出男人和女人的吧？目前衣服颜色出现重复的只有哥哥和舞姐姐——他们都是蓝色。还有我和琉奈的衣服，都是黄色。同样性别的人并没有出现重复，不是吗？"

"可是小姐们。"这里的"小姐们"是指妈妈她们姐妹三人。在和她们本人接触的场合，槌矢先生使用的是"夫人们"这个词，由此可见他是一个心思缜密的人。"她们穿的都是绿色的衣服啊。"

"因为只把孙辈们区分开就好了啊。不过，如果在让我们都穿上了五颜六色运动衫的情况下，还不能分出我们谁是谁的话，痴呆的事情大概就会被人发现。因此，为了掩饰这一点，他让所有人都换上了运动衫，连槌矢先生和友理小姐也不例外。这便是证据。"世史夫哥哥对自己所说的话满怀着自信，他还趁势拍了一下手，"你们看，贵代子夫人就是一副普通的打扮。"

贵代子是渊上家的女用人，似乎是已经去世的外婆的侄女。大概在十年前，她因为无家可归而流落街头，后来被外公带回了家。

"靠运动衫的颜色来区分孙辈的想法，未免有点过于荒谬了吧。"

世史夫哥哥十分意外地被富士高哥哥打断，士气大挫。

"要是他不知道哪种颜色代表谁的话不是也一样吗？要是为了不认错人而去记什么颜色代表什么人的话，有那个工夫，还不如直接去记长相呢。"

"可是，比起长相来，颜色更简单好记吧。"世史夫哥哥一脸迷茫地摇了摇头，反驳道，"而且，这可是大哥你先提出来的观点啊。"

"我又没说运动衫的颜色怎么样。我只说外公可能变得有点痴呆了而已。"

"你说什么？这两件事有什么关系吗？哦，对了对了。"世史夫哥哥立刻回过神来，"大哥你是不是知道了什么事情？是关于钟之江姨夫今年为什么没有来的问题，是不是？你知道的吧？我说，到底为什么啊，快告诉我们吧，快说啊！"

我们在槌矢先生的引导下走出别馆来到本馆，因此刚才的那个话题也只好暂告一个段落。穿过像酒店大厅一样宽敞的玄关，便是会客大厅，再往里走则是一个传达室兼会客厅似的房间，妈妈早已经坐在里面了。当然了，她身穿一身绿色的运动衫和长棉马甲，那样子就像居住在住宅小区里被生活折磨得疲惫不堪的家庭主妇。她的目光越过槌矢先生，射向我们兄弟三人，那样子好像在说："你们磨磨蹭蹭的，太慢了。"

虽说名义上叫会客厅，但这间屋子其实相当宽敞，估计得有三十张榻榻米那么大吧。叶流名三姨和她的大女儿舞姐姐坐在会客厅的沙发上。二女儿琉奈姐姐伫立在窗户旁边。

"新年快乐，恭贺新禧！"

胡留乃二姨的秘书——友理绘美小姐向我们鞠了一躬，一脸不知是和蔼还是冷漠的"中立"笑容，让人一时无从辨别。

"请！"

她推着手推车，将饮料分发给众人。贵代子夫人在会客大厅那边准备宴会，因此她这才过来暂时帮一下忙。

当然了，友理小姐也穿着和槌矢先生一模一样的黑色运动衫。友理小姐没有化妆，大概是觉得这种衣服无论怎么穿都很难穿出"型"来吧。不过这反而将她高贵别致的面庞突显出来。尽管如此，令人不可思议的是，大家反而说不好她到底算是个美女还是个丑女了。

当然了，我全然不知道平时的友理小姐究竟是一个什么样的人。因为我只有在每年新年的时候才能见到她，也只见过她穿着一身黑色运动衫和长棉马甲的样子。或许，就像变色龙会根据自己周边的环境不断改变身体的颜色一样，友理小姐也会在无意识之间根据自己所接待之人的身份来改变自己。

在执行作为自己工作内容之一的接待任务之时——也就是接待像我们这样人的时候——为了不给对方可乘之机，友理小姐必须和对方保持距离，态度既不能和蔼可亲也不能冷漠无情，打扮既不能太出众也不能太寒酸。当然了，在面对自己恋人的时候，她大概会毫无保留地表现出自己有如绽放的花朵一般的热情吧。友理小姐就是这么一种气质独特的人，会让人做出这种联想。

世史夫哥哥从友理小姐手中接过盛满水的玻璃杯后，便一边轻松愉快地和她打着招呼，一边三步并两步地走到琉奈姐姐身边。

富士高哥哥看起来多少有点迷惘，只好另外找了张沙发坐了下来。槌矢先生不知有什么事情，朝着会客大厅的方向走了过去。看得出来，他对琉奈姐姐十分在意。

"哎哟。"叶流名三姨来回打量着我们兄弟三人，然后又侧眼看了看妈妈。她是一个不管什么时候脸上都带着随随便便、有气无力笑容的人。

"今年大庭道也先生怎么没来啊？怎么了他？发生了什么事情吗？"

"钟之江等先生不是也没来吗？"

妈妈保持了她一贯的风格，眼睛立刻变成了三角形。她努力掩饰着自己内心的慌乱，做着徒劳的抵抗，仿佛在大声地向对方宣告自己有着什么不可告人的秘密似的。

"他为什么今年不来啊？难道是得了感冒吗？"

"有点儿。"

"有点儿什么啊？真的是感冒吗？还是说他突然有什么急事要办？"

"都说了,有点儿嘛。"

"有点儿有点儿的,有点儿什么啊到底?这是什么话嘛。"妈妈的声音瞬间变得尖锐刺耳,"请你把话说得清楚点儿,咱姐儿俩又不是什么外人,是不是?我这是在担心你嘛。"

"都跟你说了,没什么大事啊。"

和往常一样,叶流名三姨的脸上依然挂着那种有气无力的笑容,那样子仿佛在私底下控诉着:"别看我脸上笑呵呵的,可我的心里是在哭泣哦。"不过这种笑容也从另一个方面显现出了叶流名三姨此时此刻的从容不迫。

"就是有点儿嘛。"

"什……什么?!你还真会装模作样啊!"仿佛对周围人的目光有所忌惮似的,妈妈故意用鼻子发出了几声怪笑。其实妈妈早就气得想大声嚷嚷了,只不过拼命忍住了而已。"真够邪门的啊,真是邪门,实际上是有什么严重的事情发生了吧。对不对,是不是这样?"

"有点儿。"

大概是觉得自己被叶流名三姨愚弄了,妈妈的脸上开始阴云密布。或许是因为知道自己只要一张嘴便会把对方臭骂一顿,妈妈只好强压自己的怒火,板着脸不再说话。

会客厅里,一种怪异的紧张感开始不断高涨起来。刚才发生在琉奈姐姐各位追求者之间的那种紧张感与之相比,简直就是小巫见大巫。这是一种带着露骨恨意的骨肉之争。不管怎样,对大女儿和三女儿来说,不管哪一方的孩子成功地登上了"胡留乃二姨养子"的宝座,都会使自己的地位发生天翻地覆的变化。

当妈妈得知叶流名三姨从外公身边逃走,寄居在男人家里并与之成婚的时候,她曾经挖苦地嘲笑道:

"那个女人真是疯了。"

"我早就知道她有一个在三流女子高中当老师的相好。"

"跟她比起来，我真是找了一个在我能力范围内能找到的最好的老公。"

我们的爸爸——大庭道也，确实是能让妈妈引以为豪的精英上班族。爸爸大学一毕业就在当地的一家大型商社找到了工作。他从企划事业部开始自己的职业生涯，后来转到营业部。爸爸凭借着自己与生俱来的堂堂仪表，成功地谈成了一笔又一笔很难谈成的生意。靠着不断积累的业绩，爸爸的事业飞黄腾达，才四十多岁便爬到了营业部长的位子。那个时候的妈妈简直是欣喜若狂。

"看来我挑男人的眼光果然很准。"

"我家老公前途无量。"

丈夫的飞黄腾达便是一种对自己的恩惠，这在妈妈看来简直就是理所当然的事情。她坚信自己会因此而得到幸福。妈妈觉得自己这辈子要比妹妹强上很多，而这种程度的幸福也是一种她应得的权利。这进一步加深了妈妈对于叶流名三姨的优越感。

从某种意义上来说，爸爸和俗不可耐的妈妈简直就是天造地设的一对儿。爸爸是那种不拘小节的人。他把人生视为一场宏大的游戏，对于晋升的欲望自然比别人要强烈得多。或许，支持着爸爸在职场上不断打拼的原动力，只是一种玩"晋升游戏"的快感。

在这里顺便说一下，我们兄弟当中，最完整地继承爸爸性格的人是二哥世史夫。世史夫哥哥现在在一家计算机软件开发公司任职。一开始他在系统操作员的职位上一直郁郁不得志，后来转到营业部，便如鱼得水起来。

不过人生不会总是一帆风顺。爸爸的下一个梦想与野心便是进入公司的董事会。当然了，他本人和妈妈都对此深信不疑。实际上，公司确实给了爸爸一个非正式的消息，因此爸爸和妈妈的心境变得如同夺取了天下一般也就不足为奇了。为此，爸爸甚至还做了一身新西服。

但是，从某种意义上来讲，无论是爸爸还是妈妈都过于天真了。他们都过于小看职场这种东西的残酷程度了。

爸爸非但没有得到晋升，还在今年秋天的时候被突然降职，调到"物品管理调查股①"这个闻所未闻、见所未见的闲职上。

那时候因为正处于经济不景气的当口，很多人都饱受公司裁员之苦。虽然爸爸这个工作勉强算是个管理职位，但是没有事情可做，也只是形同虚设。爸爸的待遇也被赤裸裸地降到了普通员工的水平。

从那以后，爸爸的样子可以说到了惨不忍睹的地步。以前除了应酬之外几乎不怎么喝酒的他，现在则是到了每天都离不开酒的地步。不仅如此，他还当着儿子们的面，像个小孩子似的，不管不顾地号啕大哭。

"我对公司鞠躬尽瘁，可他们却这么残忍地对待我，这是为什么啊？！"

爸爸将他的全部身心奉献给了公司，但公司却背叛了他。这让爸爸为人处世的理念深受打击。不仅是当着家人的面，就算是萍水相逢的人，只要几杯酒下了肚，爸爸也能无所顾忌地哭天抢地起来。妈妈受不了爸爸的丑态，甚至带他去精神科看病。诊断结果是感情失禁②。据说是因为无法克服精神上的打击，导致不能有效地控制自己的感情。

爸爸现在正在停职调养，辞职也只是个时间问题了。实际上，公

---

① 股在日本企业里是"科"以下的一个单位。
② 感情失禁是一个医学用语，指人会因为细小的事情而狂喜或者暴怒。有这种症状的人比正常人有更多的极端感情，也更容易表达出来。

司也因此成功地完成了一个裁员任务。

就这样，爸爸终于迎来了自己"全盛时期"的终结。最终，爸爸的性格变得很阴郁，如同无名黑暗一般的阴郁。不过这倒和富士高哥哥很像。不，确切地说，应该是富士高哥哥继承了父亲那不流于外表但潜藏于心的阴郁性格吧。顺便在这里说一下，富士高哥哥现在还没有上班，只是在研究生院从事量子物理方面的研究。

另一方面，继承了爸爸原本那种性格的世史夫哥哥，在看到爸爸的落魄之后居然全然不担心自己会重蹈覆辙，这让我这个做弟弟的都感到颇为不安。他那种隔岸观火的态度，只能解释为他认为"爸爸遭此大难只是他无能的表现"。

不管怎样，爸爸已经变得失魂落魄了。这个曾经让妈妈引以为豪的丈夫就这样在瞬间消失了。当然了，妈妈的那种对叶流名三姨的优越感也随之荡然无存。因此我觉得妈妈现在心急火燎的心情也是可以理解的。

现在摆在妈妈面前可以保全自己面子的道路只有一条——那就是让自己的一个儿子成为胡留乃二姨的养子，然后成为EDGE-UP餐饮连锁集团的继承人。

"要是叶流名的哪个女儿被选为了继承人，那么她那些经年累月的憎恨，一定会化为对我的优越感。她一定会一边炫耀一边慢慢置我于死地。这样的耻辱是无法忍受的，与其受辱还不如一死了之。"

在今年以前，妈妈为了能够分到一点遗产，在新年期间上门拜年只是一种近乎业余爱好的怀柔政策。不过，今年的情况却与往年大不相同。妈妈下定了决心，一定要把我们兄弟三人中的一个推销给外公。为此，她在来外公家之前，硬是把沾酒就哭、只会给自己添麻烦的爸爸丢给了奶奶。

就这样，意气风发地来到渊上家的妈妈，在发现和自己竞争的妹妹也和自己一样没把丈夫带来之后，不由得疑神疑鬼起来。

"到底发生了什么事情呢？"

"在自己视线之外的地方到底正在进行着什么样的事情呢？"

"这事对自己究竟是有利还是不利呢？"

想必妈妈正为此绞尽脑汁地盘算着吧。尽管如此，面对妈妈的诘问，叶流名三姨却不慌不忙地拿话搪塞。这样只会让妈妈的心情变得更加焦急。

"Q太郎君。"

当我回过神儿的时候，友理小姐已经把推车推到了我的面前。为了慎重起见，我在这里先解释一下，她是因为不知道我的名字其实叫久太郎，才这么称呼我的。大概是因为其他人都心安理得地"Q太郎""Q太郎"地叫我，她才会坚定地认为这是正确的叫法吧。

"请问您想要点什么饮料？"

"请给我来一杯茶。"

"乌龙茶可以吗？"

"如果可以的话，请给我来一杯热的绿茶。"

"你说话怎么那么佛气十足啊，小Q。"琉奈姐姐突然插话。她把一个只剩下融冰的玻璃杯交给友理小姐，然后又要了一杯"On the Rocks[①]"。

"过年的时候就应该大——口喝酒！大——口地喝！"

"没错，就是这样。你小子啊。"

和琉奈姐姐如影随形的世史夫哥哥刹那间兴奋了起来。看样子，

[①]指玻璃杯里放上冰块，然后再倒入威士忌等酒精含量高的酒。

他因为能和琉奈姐姐的意见达成一致而高兴得忘乎所以。

"快,给我大——口地喝!大——口地!啊,绘美小妹妹啊,给我也来一杯掺水的酒。"

"我说,你说什么呢?嬉皮笑脸的。"

琉奈姐姐回头瞪了一眼世史夫哥哥,耳环也跟着大幅度地晃了起来。一般来说,女士们在换上这身运动衫的时候,都会因为彻底失去了打扮的心思而在更衣室里摘掉所有的饰品。不过,琉奈姐姐仿佛有着什么打算似的总是戴着耳环。当然了,不仅是耳环,戒指啊,手表啊,这些全都戴着。

"什么叫绘美小妹妹啊?你应该叫友理小姐,真是失礼,是吧,友理小姐?"

"这不是挺好的吗?不用这么生气吧,是不是啊,琉奈小妹妹?"

"小心我一拳把你打飞!凭什么连我也得被你叫成小妹妹啊。虽然这个事实我不想说吧,不过我可是比你大上一岁的姐姐哦。"

"行啦行啦,琉奈小妹妹。"即便被琉奈姐姐细长的眼睛瞪着,世史夫哥哥仍然是一副死皮赖脸、满不在乎的样子。

琉奈姐姐平时是一名展会讲解员。她是一个瓜子脸美女,即便如此,美女发起火来,表情也和微笑时的样子有着天壤之别。这个世界上大概只有世史夫哥哥一个人有勇气"噗噗"地去戳她那气鼓起来的小脸了吧。

琉奈姐姐一脸厌恶地把他的手扒拉开,但似乎没有立刻离开的打算。其实这也没什么稀奇的。这时候,妈妈和叶流名三姨正像雕塑一样,保持着互相对视的姿势一动不动;富士高哥哥像是在做着什么宗教修行似的,独自一人盘着腿儿坐在沙发上盯着眼前的空气;舞姐姐似乎对眼前的一切提不起半点兴趣,只是自顾自地听着随身听。每个人都仿佛沾上泥巴的和纸似的，一脸的阴郁与沉闷。大概在琉奈姐姐看来，世史夫哥哥虽然多少有点烦人，但还是比在这里与我或者友理小姐聊天要有意思一点。

舞姐姐一边在膝盖上打着拍子，一边不时地把目光投向这里。不过她的视线一旦快要与我或者其他人相交的时候，她便会在中途躲开。

"哼，你们倒很开心嘛，把我一个人这么晾在一边。"舞姐姐浑身上下透出这么一股正在和谁闹别扭的感觉。

公平地说，舞姐姐是个没什么姿色的女孩。虽说她绝对算不上个丑女，但却因为缺乏妹妹那样耀眼的外表而始终无法摆脱自卑情结。

"好啊，好啊，你们就都围着琉奈转吧，反正我就是只恐龙而已嘛。哼！"

不知道是不是因为周围的人在下意识地拿琉奈姐姐和她比较之后而感到内疚的缘故，大家在和她接触的时候都提心吊胆，格外小心。可这样一来反而又会对舞姐姐造成伤害，于是，事情就这么陷入了恶性循环。

"哦，对啦，"

世史夫哥哥突然降低声调，好像要说什么悄悄话似的凑到琉奈姐姐的耳边。他把鼻子凑到琉奈姐姐的秀发旁边，香气顿时扑鼻而来，可自己也被狠狠地踩了一脚。琉奈姐姐的脾气果然不小。

"等姨夫今天是怎么了，为什么没来啊？"

"道也姨夫也是啊，今天怎么了？今天怎么没来啊？"

"没什么啊，就是今天身体有点不舒服。"

世史夫哥哥毫无顾虑地用一种滑稽可笑的语气，把爸爸如何因为裁员风暴而被折腾得几乎成了废人的来龙去脉，一五一十地对琉奈姐姐做了说明。当然了，他是用一种妈妈听不见的音调小声地说的。

"事情就是这个样子。没骗你哦。唉,真让人受不了,他总像个吃奶的小孩似的'哇哇'地哭个没完。"

"啊?真够偶然的啊。"

"什么,什么叫偶然啊。"

"我爸爸现在也有点歇斯底里的样子,"琉奈姐姐用一种丝毫不输给世史夫哥哥的嘲讽语气说道,"虽然……这么说吧,也是他自作自受,自找的。谁让他对一个高一女生动手的。"

"啊?高一女生?"我刚觉得他这句话里有一种羡慕的口气,世史夫哥哥便真的这样说了出来。

"真羡慕啊!高一,也就是说今年才十六岁左右吧,真是羡慕啊,羡慕死了。十六岁,光是听了这个岁数我就兴奋得硬起来啦!"

"好你个头啊!你个笨蛋!对我们家来说一点也不好。在学校知道之前,学生之间就已经传得沸沸扬扬。家长教师联合会知道了之后闹得不可开交,后来连教育委员会也被牵扯进来了。最后才知道这件事的校长觉得我爸把他的面子给丢尽了——这可就大事不妙了。校长最后怒上心头,给我爸来了个免职处分。"

"也就是开除是吗?"

"是啊,开除了。连退休金都没了。"

"这可就大事不妙了啊。"

"说的是啊。这可是个大事啊。所以今天我妈才这么神经过敏嘛。事到如今,除了让姐姐和我其中的一个人过继给胡留乃二姨当养女,成为EDGE-UP餐饮连锁集团的继承人之外,我们没有别的路可走了。"

真没想到大庭家和钟之江家的经济支柱居然会在同一时间一起丢了工作。虽然此时此刻爸爸还没有彻底失去工作,但实际上并没有什么不同——爸爸早已变得阴郁而又绝望了。只不过,我看得出来,妈妈和叶流名三姨之间的那场带着露骨恨意的骨肉之争,将会变得更加白热化。我有一种令我厌恶的预感:今年的新年聚会到底能不能平安无事地结束呢?

不过话又说回来了,钟之江姨夫确实干了一件愚蠢至极的事情。高一的女孩也就是十六岁左右,这不就是当年叶流名三姨搬到他家和他同居的年龄吗?难道应该说是历史的重演吗?换句话说,在差不多三十年前,叶流名三姨自己为姨夫"开辟了这条道路"的同时,难道就已经给未来播下了一颗灾难的种子吗?

"各位!"我正沉浸在奇妙的感慨之中。这时候,槌矢先生走进了会客厅。"准备已经就绪,请各位从这边入场。"

我们一起陆陆续续地往会客大厅的方向移动。这个大厅得有多少张榻榻米大啊。大概这个大厅平时是拿来给EDGE-UP餐饮连锁集团的董事会成员、分店店长们开会用的吧,因此,今天在这里举办这个最多只有十来个人参加的新年聚会的时候,就显得有点大得吓人了。

"好,好,我给大家拜年,恭喜恭喜。"

一个戴着眼镜、看起来温和敦厚的中年女子用一种平易近人的态度对在场的每一个人点头行礼。这便是EDGE-UP餐饮连锁集团现任社长胡留乃二姨。比起把眼睛吊成三角形、低三下四地搓着双手的妈妈,以及露出轻率笑容、虚张声势的叶流名三姨,胡留乃二姨显现出了一种泰然自若的神情,甚至让人不敢相信她和她们两人竟然是同胞姐妹。

看来"环境改变一个人"这句话不无道理。

"社长。"

友理小姐手拿一个配有飘带、看上去颇具分量的铜制花瓶。花瓶里放的花有饺子皮似的花瓣，像鞠躬行礼一般端端正正地排成一排。这种花便是蝴蝶兰，是胡留乃二姨最喜爱的花。

"十分抱歉，我把花的事情忘了个一干二净……"

"哎呀哎呀，友理小姐，你今年也给我买花了啊，我真是太开心了。"

"我帮您拿到房间里去吧。"

"不用啦，好了，好了。就先放到那边吧，一会儿我自己会拿过去的。别摆弄那个了，友理小姐，请快入席吧。啊，对了，Q太郎，Q太郎，你过来一下。"胡留乃二姨朝着正要坐到世史夫哥哥旁边坐垫上的我招了招手。

"来，给你这个。"她把一个袋子递到了我的手上。看上去像是给我的压岁钱。

"啊，真让人羡慕啊，Q太郎。"刚要坐下的琉奈姐姐又站了起来，一本正经地咬着手指看着我，"阿姨，人家也想要压岁钱。"

"啊，我也要，我也要。"跟在琉奈姐姐屁股后面凑热闹的当然是世史夫哥哥，"也给我压岁钱吧。"

"你们说什么呢啊。"

胡留乃二姨像听了什么可笑的事情似的"咯咯"地笑了起来，举手投足之间显露出一种上流社会贵妇的气质。这让妈妈和叶流名三姨的脸顿时苍白了许多。

"你们几个啊，已经上班挣钱了吧，这样就不能给压岁钱了。"

"不过啊，富士高哥哥还是个学生啊。要是Q太郎有压岁钱的话，富士高哥哥也应该有。既然哥哥都有压岁钱，那么比他岁数还小的我也应该……哎哟，疼！"

"Q太郎！"一说起歪理就来劲儿的世史夫哥哥被妈妈狠狠地打了

一下脑袋。妈妈对我露出了一个意味深长的微笑，说道："还不好好跟三姨说声谢谢。"

看来，今年只有我一个人拿到压岁钱这件事，被妈妈理解成了她在胡留乃二姨那里"得了一分"。尽管如此，你个当妈妈的怎么能把自己儿子的名字给叫错了呢。规规矩矩地叫我"久太郎"有什么不好的啊，这个名字可是你自己给我起的啊。

"非常感谢您，胡留乃二姨。"

"Q太郎真有礼貌，二姨很高兴。真的，我觉得这份压岁钱给得很值呢。"

不知是不是因为自己的儿子得到了胡留乃二姨的称赞，就觉得已经领先一步了，妈妈满含着"热泪"对叶流名三姨送去了轻蔑的一瞥，那样子好像在说："哼哼，怎么样啊。"

叶流名三姨也毫不服输地回送了一个懒洋洋、带有讽刺意味的微笑，那似乎在说："我先把话说在这里，让谁当养子的决定权可是掌握在父亲大人的手里哦。"看这架势，只要我一不小心跑到她们两人当中，就会被她们的视线电到。

真是一对不让人省心的姐妹啊。

喧闹的场面被突然打开的拉门打破，大厅顿时安静了下来。原来是外公渊上零治郎走了进来。外公的脸上布满了皱纹，仿佛用利刃在黏土上雕刻而成的似的。紧锁的双眉，让他看起来气度不凡，犹如一位饱经沧桑的倔强工匠。他的眼窝很深，目光如炬，炯炯有神，高傲地看了看周围的众人。

胡留乃二姨对外公说了一句"恭贺新禧"。好像这句话是一个暗号似的，众人纷纷缩起脖子向外公拜年道贺。

"今年，在大家动筷子之前，我有些话要说。"坐到上座的外公，用尖锐而沙哑的声音宣布道。随后他便陷入了沉默。

"这是怎么了啊?"众人在心里纷纷猜测。

这时候,大家终于发现,原来外公是在等贵代子夫人,等她从他身后过来,在他旁边的座位上坐好。在这一点上,外公是格外讲究礼仪的。和在场的其他人不同的是,贵代子夫人没有穿运动衫和长棉马甲,只是穿着普通的罩衫。

在场的其他人只是注视着外公,连大气都不敢出。见贵代子夫人坐下以后,外公轻描淡写地咳了一下,随后开门见山地说道:"也不是什么别的事情,我想说的是关于胡留乃的养子人选的问题。"

第四章
形势变得更加严峻了

这是一月一号的新年聚会之夜。我们大庭家一家以及钟之江一家在外公渊上家留宿了一晚。每年的这个时候在外公家留宿一晚已经成了一种惯例。

渊上大宅是一座"和洋折中"的建筑物。它的本馆虽然是一幢二层的西式建筑，里面却是铺着榻榻米的和式大厅以及数量众多的和式房间。妈妈和哥哥他们，以及钟之江一家均被安排在本馆的那些小房间里住下。

另一方面，主屋——只是一栋木质的老房子——和本馆用长廊连接起来，或许正是因为这一点，渊上大宅从整体上看多少显得有点不协调。厨房和储藏室占去了主屋的大部分空间，平常似乎没有人在里面留宿。

这个主屋有一间不大的阁楼。六张榻榻米大小的房间内，只挂着一只光秃秃的电灯泡，与渊上大宅的整体极不协调。在这个只要一抬头就能看见房梁的阁楼间里，只有一个说不清是屋顶还是墙壁的斜面。一扇小窗户像一幅画似的挂在这个斜面的正中间。

阁楼间确实很狭小。如果正好赶上那天身体状况不佳，或者心情不好，会很容易诱发急性幽闭恐惧症。尽管如此，我却对这个阁楼间

情有独钟。可能有的心理学者会这么分析:

"这种狭小的空间是不是唤起了你回归母体的愿望啊?"

不管怎么说吧,这个阁楼间就是我在渊上家留宿时的专用房间。

把从楼下壁橱搬过来的棉被铺好以后,我赶紧钻进了被窝。我看了一眼同样从楼下借来的闹钟,现在已经是晚上十一点多了。按说平时这个时候我早就应该进入梦乡了,不过今天的我却因为身体不舒服,没有丝毫的困意,反倒是十分清醒。

尽管如此……

躺成一个"大"字的我,开始在脑海里回顾在新年第一天发生的事情。我之前预测对了一半:新年聚会果然演变成了一场狂风暴雨。不过让我没有想到的是,外公居然做了一番有关养子,甚至遗产继承问题的爆炸性发言。

"今年,在大家动筷子之前,我有些话要说。也不是什么别的事情,我想说的是关于胡留乃的养子人选问题。"外公的发言犹如甩出的鞭子一样响彻了整个大厅,话音一落,全场顿时鸦雀无声。

"众所周知,成为胡留乃养子之人,将成为EDGE-UP餐饮连锁集团的继承人,并将自动肩负起相应的责任。不过,这其中最为重要的一点,还是要尊重本人的意愿。"

"我们愿意啊!"

妈妈忍不住大叫了起来。妈妈估计已经做好了死皮赖脸、纠缠到底的决心,因此现在干脆卑鄙一点也无所谓了。

"我们可是大大地愿意啊。我们听从您的吩咐,别说是在研究院工作的富士高了,就是世史夫,只要您一句话,我也会让他立刻把那个工作辞掉。Q太郎那边也是,只要您愿意等到他念完大学,他也一定不会辜负您的期望的。"

我本来以为叶流名三姨会把自己女儿们的魅力拿出来说事,和妈妈对抗。可叶流名三姨却十分意外地保持了沉默。我看了她一眼,只见她的嘴角上挂着一种不易让人发觉的微笑,那样子好像在嘲笑妈妈似的——"忙着去乞食可是讨不到多少施舍的哦。"

"你能听我把话说完吗?"不愧是外公,他立刻把妈妈训斥了一顿。他露出一种赤裸裸的不快,好像在说:"真是个烦人的家伙,就知道像条狗一样摇尾乞怜。"

"他们本人愿不愿意,我自己会去问的。用不着你来给我解释。"

妈妈一脸委屈地咬着嘴唇,看上去像在反省自己的操之过急。看到这幅场景,叶流名三姨脸上的微笑在一瞬之间变成了赤裸裸的嘲笑。

"时间能够改变一个人的本质。"突然之间,我想起了这句话。

很多年之前从渊上家逃出来的妈妈,把自己的学历作为武器,在大学里不慌不忙地物色有前途的男人。凡是听过这段轶事的人想必都会认为妈妈是那种深谋远虑的女人。与其相对的,为了逃出渊上家,和自己身边的高中老师同居进而结婚的叶流名三姨,多少会被人看成那种冲动型的女人。

尽管如此,依照现在的情形,无论怎么看妈妈都更像是一个冲动型的女人。她十分容易受现场氛围的感染而冲动起来,随即便会钻进"靠自己的本事去解决一切"的牛角尖当中。与之相对的,叶流名三姨则给人一种游刃有余的感觉,她会仔细观察形势,看准了才会出手。无论怎么看,叶流名三姨都是更有谋略的一方。不知不觉之中,她们姐妹两人的性格相互对调了过来。

"既然说到了本人的意愿,那我就先谈谈这点吧。"

或许是大厅的暖风开得太大的缘故,外公挽起咖啡色运动衫的袖子,露出一双肌肉发达的手臂,一点也不像是一个已经八十二岁的老人。

"早在胡留乃提出要收养子的时候,她就说这事情不能由她本人做主,谁当她的养子还得交给我来决定。这话她当时是明说了的,是不是啊,胡留乃?"

"当时确实是我先提出来的。我说:'父亲大人,谁来当我的养子还是您来决定吧。'"胡留乃二姨点了点头,露出落落大方的微笑。"因为这个最终是要选择集团的继承人嘛。啊,父亲大人,难得大家聚在一起,咱们还是边吃边聊吧。你看这菜都上来了,要是只说不吃岂不有些无聊?"

"嗯,你说的也是,那大家边吃边聊吧。"看见外公对胡留乃二姨言听计从的样子,妈妈和叶流名三姨涨红了脸,露出一副交杂着羡慕和嫉妒的表情。

"Q太郎!"

"我在这儿。"照这个形势发展下去,迟早有一天连我也会相信"Q太郎"才是自己的真名吧。"外公,您有什么吩咐啊?"

"你来带头祝酒吧,拜托了。"

"我吗?"

"你的声调最高。"

"这样啊。"

"还不快照着去做!"妈妈的低声咆哮越过富士高哥哥和世史夫哥哥的肩头飞了过来。

"那我就不客气了。"坐在我身边的世史夫哥哥往我的杯子里倒满了啤酒——真是一个让人头疼的哥哥。"让我们为大家的幸福,干杯!"

贵代子夫人准备的新年料理摆了满满一桌,充满了现代气息。除了传统的标准菜肴之外,还有和风牛排、熏鲑鱼等美食。这些山珍海味一股脑儿地放在眼前,让人垂涎三尺。

尽管如此,桌上却没有人动筷子。大家只是一个劲儿地喝酒,大概都在心里盘算着这之后外公会说些什么吧。就连脑袋一根筋的世史夫哥哥也不例外。

"所以,决定把谁过继给胡留乃当养子的事情就全都交给我了。"外公舔着小酒盅,再一次看了看眼前的众人,"这些年我邀请加实寿一家和叶流名一家来参加新年聚会,正是为了寻找合适的人选。"

话音刚落,妈妈和叶流名三姨的双眸同时迸射出太阳般的光芒——看来这件事并非自己一厢情愿,原来父亲从一开始就是这么打算的。得知这个事实的姐妹两人一定会高兴得喜出望外吧。

"不过,我也是太糊涂了。每年的这个时候,我连他们本人的意愿都没有问,就自顾自地决定了谁成为继承人,然后改写遗嘱。或许你们当中有的人已经知道了,每年一月一号改写遗嘱已经成为这些年的一个惯例。每年的一月二号,顾问律师宗像先生会过来把遗嘱取走,代为保管。大体上就是这么一个程序。"

"照您这么说,"可能又忍不住了吧,妈妈再一次性急地插嘴说道——她真是一点记性都不长啊,"您每年都会在遗嘱上写上谁的名字呢?"

"我是这么说过……"

"那个,如果方便的话,您能告诉我们至今为止您都指定过哪些人成为继承人吗?"

"你怎么那么想知道啊?"

"这个……自然有各种各样的原因……"

"算了算了,也好,反正今年——也就是今天晚上——还得重新改写遗嘱，这之前遗嘱上的名字也早就无效了，那我就公开一下吧。第一年我写的是琉奈。"

"哎？"众人的惊呼声几乎快要把天花板掀翻了。这其中，妈妈发出的一声"咦"显得格外突出。

"第二年也是琉奈。"

刚喝了一口清酒的琉奈姐姐像鲸鱼喷水一样将清酒尽数喷出，随即咳咳咳地发出像男人一样的咳嗽声。

"接下来的一年是槌矢。"

"什么！？"妈妈和叶流名三姨像两只被大象踩到的猫一样异口同声地发出悲鸣。

"为……"姐妹两人脸色铁青，表情扭曲，眼珠仿佛乒乓球马上就要掉出来似的，"为……为……为……为为为，为什么，为什么，为什么，父……父……父亲大人！"

"你们慌里慌张的干什么啊！像两只发情的猴子似的。"

"为……为……为什么，为什么槌矢先生可以给胡留乃当养子啊？为什么要选一个像他那样的没有血缘关系的人啊？"

"我说你们这些人啊，本来'过继成养子'这句话，就是指把没有血缘关系的人当成自己的亲生儿子啊。"

"把……把……把富士高和世史夫丢到一边不管，却让一个来路不明的人继承EDGE-UP餐饮连锁集团，您是这么打算的吗？"

"混账东西。你少揪住别人不放，在这儿发牢骚。你说话的时候给我注意点儿！"

"可……可……可是可是。"妈妈似乎在心里算计：要是这时候口出狂言，得罪了外公的话，可就大事不妙了。可是这些话又实在是不吐不快，左右为难的妈妈痛苦地扭动着身体，眼角泛出了点点泪光。

"可是,可是,这不是有点太过分了吗……太过分了也,太……太过分了有点。"

"槌矢是一个能力出众的男人,他绝对有能力成为我的继承人,这是最重要的。这些年来,我为什么一直让槌矢和友理到我这里参加新年聚会,难道说你们从没考虑过这其中的理由吗?"

"哎,那,那,那友理小姐也是继承人的候补人选吗……"

妈妈怅然若失地来回看了看槌矢先生和友理小姐。可能是怒气越积越多的缘故,妈妈的眼神当中渐渐充满了杀气。她瞪着他们二人——不,确切地说,主要是瞪着槌矢先生。

我想原因就不用说了吧,这都因为之前的那份红包。为了赢得这场"兜售孩子"的战役,妈妈觉得笼络外公的秘书是个不坏的主意,因此才送红包给他。可送了红包之后,才发现"原来你也是候补人选啊"。

"槌……槌矢先生,你这个人……"

槌矢先生手足无措地看了看外公和妈妈,从他的表情来看,他应该也是今天才知道自己被列为EDGE-UP餐饮连锁集团继承人候补之一这件事的。

"琉奈……琉奈之后是槌矢先生。"比妈妈更早一步从震惊中恢复过来的叶流名三姨,仍然在虚张声势,脸上挂着一副厌恶的微笑,那样子似乎在说"姑且听听你们说的那些无聊的话吧"。

"那接下来的又是谁呢?"叶流名三姨问道。

"接下来嘛,接下来是富士高。然后去年是友理小姐。"

"我说父亲大人啊,"总算听到自己儿子的名字,妈妈终于松了一口气,语气也变得冷静了些,"这些候补人选究竟是以一个什么样的标准来决定的呢?"

"当然是那一年里让我最中意的人了。"

"琉奈连续两年成为继承人,只是因为她招父亲大人喜欢,是吗?"妈妈这么问,其实是想知道在五年前和四年前,琉奈姐姐究竟做了什么事情才让外公如此中意。"您看中她身上的哪一点了?"

"你怎么不问我看上富士高身上的哪一点了啊?"外公白了支支吾吾的妈妈一眼,随即叹了一口气,说道,"我先说好了,其实根本就没有什么标准可言,硬要说一个标准的话,那就是我当时的心情。"

不知为什么,外公突然"哇哈哈"地发出怪异的笑声。大概他觉得自己完全掌握了主导权,因此而陶醉其中吧。

"对了,完全就是看我的心情而定。你们觉得我乱来是吗?嗯?是不是这样啊?是这么想的吧,没错吧?我就是乱来,让我'一个人做决定'这个方法本身就是乱来。所以我下定决心了,就乱来了,你们有意见吗?哇哈哈哈哈——"

在场的众人被这股恶毒的气势所震慑,还没回过神来,外公的表情又再次变回一本正经的样子,一边喝酒,一边拿筷子夹菜。

尽管费神耗力地给外公当听众,自己却无论如何也跟不上他的思维。或许因为这个缘故,在场的众人都有一种深深的危机感。因此,大家只是埋头默默地吃饭,并不再只跟着喝酒。

"正因为如此,今年我也要新写一份贺年卡,不,写一份遗嘱。为了防止加实寿又在一边插嘴说一些烦人的话,我在这里就先把话说明了,我还没有决定谁是集团的继承人,但是我今晚就写遗嘱,今晚就写。还有,这些话我早就想说了。我已经决定了,今年的遗嘱是最后的遗嘱了,也就是说,从明年开始我将不再更改遗嘱。换句话说,今天晚上我写的遗嘱将是我的最终决定。"

妈妈和叶流名三姨相互偷看着对方。"也就是说,今晚在父亲写下遗嘱之前，谁能够博得父亲的欢心，谁就能取得战役的最终胜利。"这种格调不高的决心清清楚楚地印在姐妹两人的脸上。

"不过话又说回来了，我必须得确认一下他们本人的意愿才行。再怎么说，这也是最终的决定嘛，虽说做决定并不难，不过要是继承人说自己讨厌经营餐馆的话，那这玩笑就开大了。先从富士高开始吧。"

"是……"看上去完全没有想到外公会在这个场合突然确认意愿，富士高哥哥极为少见地翻了一个白眼，"是！"

"你愿意成为胡留乃的养子，成为我的继承人吗？"

"这个……愿意！"本来只会用干巴巴的声音小声嘟囔的富士高哥哥，突然大声说道。我偷偷看了一眼，原来妈妈在他后背上掐了一把。

"好的。世史夫呢？"

"请您交给我吧！"世史夫哥哥随即发出"哇哈哈"的豪爽笑声，"我一定会让您亲眼看到EDGE-UP餐饮连锁集团的发展壮大。别说是全国了，我一定会让集团遍布整个世界！哇哈哈哈哈，这就是老子，呃，不，我的远景目标。"

"嗯，Q太郎呢？"

我本来想婉言谢绝的，不过妈妈的目光正好越过两位哥哥的肩膀朝我射了过来。我要是在这个时候掉了链子，回去还不知道会被妈妈骂成什么样呢。妈妈的满口脏话实在不利于我的精神健康。没办法，我只好说道："那个，今日之事仅凭在下一人之力实难胜任。此事事关重大，今后还需大家齐心协力，在下也当废寝忘食，勤学苦练。今日之事，在下诚惶诚恐，不知所言。"我的回答居然变得和那些无能政治家的发言一样。

"我没听太明白，总之你还是有干劲的吧？"

"所谓干劲，说有亦无，说无亦有。"

"明白了明白了。"他真的明白了吗?

"下一个是舞。"

"如果……"舞姐姐照例还是一副和谁闹着别扭的样子。她把玩着自己的头发,看也不看外公一眼。"如果我能有幸成为胡留乃二姨的养女,那么,我的婚姻大事是不是也是由胡留乃二姨做主呢?"

"不会,没有那回事。"胡留乃二姨有些不知所措,随后好像突然想到了什么似的,"扑哧扑哧"地笑了起来。"难道说,你觉得我会给你安排一桩政治婚姻吗?怎么可能呢。这又不是什么少女漫画,小舞尽管可以和自己喜欢的人在一起嘛!"

"就是啊。说得没错。当然了,要是像槌矢先生那样事业有成的人,还是不错的。那么琉奈呢?"

"要我继承的话也不错哦。"琉奈姐姐轻描淡写地说道,"'下一任董事长'这个名头挺帅气。换句话说,就是一个超级职业女性啊!"

"你怎么还用'职业女性'这种过时的说法啊。"

"哎呀呀!真是的,我好像被小Q给传染了。"喂,你这话是什么意思啊?

"那么,友理小姐呢?"

"董事长,请您见谅,谢谢您的好意。"友理小姐毫不犹豫地,好像要向外公谏言似的说道,"虽说现在在企业继承人的问题上,不拘泥于血缘关系已经成为一种社会风潮,但我觉得董事长还是选择一个和自己有血缘关系的孙辈来做自己的继承人比较好。"

"是啊,是啊。"这时候,妈妈从一旁探出身来插嘴道。

闭嘴不说话又不会有人把您当哑巴,真是个让人不得安宁的人。

"父亲大人,请您听听我的意见吧。您大概是这么想的吧:一个外人,如果了解他的性情和工作能力,就可以让他成为自己的继承人,是这样的吧？可是我觉得这样的想法实在是过于天真了。因为您不知道这个外人会和什么样的人结婚，所以这样做的结果只能是把另一个外人冒冒失失地引到家里来，让他在家里作威作福。

"特别是最近的一些年轻女孩，她们最没有选择配偶的眼光了。脑袋空空如也，姿色平平。只要遇上一些外表略微俊俏、满嘴甜言蜜语的小混混，一下子就被骗了。要是渊上家的家业——父亲大人您辛辛苦苦构筑起的家业——被这种好吃懒做之徒霸占了，该如何是好呢？这种满脑袋里只有男女私会、卿卿我我的无能之辈只会胡作非为，他们最终会让渊上家的家业毁于一旦的。到时候要是变成这样，可就无力回天，追悔莫及了。"

那一瞬间让我看到了——

那一瞬间，友理小姐脸上的那种"中立表情"骤然崩溃。虽然友理小姐不是那种轻易会对别人产生敌意的人，但被人骂成"弱智色情狂"之后，心里的怒火便再也压不住了。她杏眼圆睁，愤怒地瞪着妈妈。或许是感受到了那激光武器一般的视线，妈妈立刻闭上了嘴，变得大气也不敢出一下。

"董事长。"

那种把妈妈都吓得心惊肉跳的怒气居然在一瞬之间消失得无影无踪，友理小姐又恢复了她那种让人琢磨不透的"中立表情"。不过从她嘴里说出来的话，却怎么也算不上"中立"。

"非常抱歉，我又改变主意了。拘泥于血缘关系的想法果然既滑稽可笑又过时落伍，如果董事长认可我的能力的话，还望您将我的名字加到'社长养子候选人'名单的末席吧。"

"嗯，非常好。"外公瞥了一眼气得双手直哆嗦的妈妈，露出一副满足的表情，"槙矢的意思我也跟他确认过了。"

妈妈的双眼中顿时迸出一道火花。她恶狠狠地盯着槌矢先生那张不知所措的脸，仿佛要把刚才受的气全都撒到他身上似的。而槌矢先生的表情仿佛在说，你再这么凶神恶煞地瞪着我，你送我的那些新年红包可就不还你了哦。

一直以老好人形象示人的槌矢先生深得外公的信任。仅从这一点上来看，他也绝不是泛泛之辈。槌矢先生是个极不好对付的角色。

"这样一来，所有人选的意愿我都一一确认过了。大家都没什么异议吧？很好！那么我今晚将会写下最后的遗嘱，明天让宗像律师取走，他会替我一直好好保管的，直到我死去的那一天。"

"这么说……"叶流名三姨虽然满脸堆笑，但是能听得出来她心有不甘。她的样子给人一种毛骨悚然的感觉。"只有在父亲大人您过世之后，我们才会知道究竟谁被立为正式继承人，是这样的吗？"

"这是当然的了。最重要的是，要是我死之前就让你们知道遗嘱内容的话，那就失去了宣布遗嘱的乐趣。"外公再次"哇哈哈哈哈"地笑了起来，笑声仿佛小鸟被绞死前发出的惨叫。"人生的乐趣要放到后面去享受才是。唉，总之呢，最终成为继承人的那个人，不管是谁，相信到时都不会有怨言的。"

"我有事情想问您一下。"富士高哥哥露出少有的认真表情。或许是被妈妈的热情感染了吧。"如果，我是说如果，万一在外公您驾鹤西去之后不久，那个被您指定的继承人也因为事故而去世的话，我们该如何是好呢？"

"到时候一切就交给胡留乃了。我要是不在了，一切就都交给胡留乃自己决定。"

"如果那时连胡留乃二姨也不幸去世了的话，该如何是好呢？"明明是在新年期间，富士高哥哥却说着这些没来由的事情。不过他说的这些还是有可能发生的。"到时候,谁有决定权呢?"

"那个时候就没有办法了。就当渊上家后继无人,放弃好了。财产啊,公司的经营权啊什么的,就交给律师和董事会他们去商量处理吧。要是胡留乃和她的养子都不在了的话,除了一些留给贵代子夫人的财产以外,剩下的就都捐给慈善团体好了。公司就让董事会他们看着办吧。当然了,到时候渊上家就和公司完全没关系了。"

"哇——"鬼哭狼嚎一般的悲鸣从妈妈和叶流名三姨的嗓子眼儿里喷涌而出。"那……那个,父亲大人,冒昧地问一下,那个,也就是遗产分割的事情,当然会有……"

"只要胡留乃还活着,她会分到全部财产的五分之二。她的养子会得到五分之二。剩下的五分之一留给贵代子夫人。在这一点上,每一年的遗嘱上都是一样的。"

贵代子夫人似乎不是第一次听说这件事情,只见她若无其事地梳理着蓬乱的灰色头发,而妈妈已经没有心情回头去看她了。

"要是胡留乃和贵代子夫人都死了呢?"

"我不是已经说了嘛,所有财产全部捐给慈善团体。你怎么不会认真听别人说话呢?!"

"等……等一下,稍等一下,请稍等一下!那……那个……那个,我们两个有没有那个,就是那个,也就是说……"

"嗯?你和叶流名不是已经嫁出去了嘛。"

"可是……可是,我们是您的亲生女儿啊。亲生女儿和亲外孙啊。为什么,为什么一分钱也不给自己的亲生女儿和亲外孙留呢?这到底是为什么啊?"

"你是不是哪里搞错了啊?"

外公发出"嘎嘎嘎"的笑声,让人毛骨悚然,但他的眼里却没有一丝笑意。

"连声招呼都不跟父母打,就找了个男人鬼混在一起。结婚的时候不请我,生了孩子以后更是连封信都不写,几十年的时间就这么过去了。你们两个不都是这个样子吗?好啊,我没说不许你们这么做。你们离开了这个家,下定了把骨头埋到大庭家、钟之江家的决心,很有魄力嘛。没关系,反正你们都已经和渊上家断绝关系了,是吧?况且这都是你们自愿的,没人强迫你们这么做。加实寿也是,叶流名也是,都是自己做出的选择,十分了不起嘛!可今天这是怎么了,你们的决心怎么又动摇了?"

整个大厅顿时变得鸦雀无声。外公依然没有原谅妈妈她们——这个事实仿佛一块沉重的酱菜石①一般,重重地砸在大家的心头。外公依然没有忘记妈妈和叶流名三姨当时的所作所为:正是她们抛弃了胡留乃二姨,以及刚刚经历了丧妻之痛的外公。

当然了,妈妈她们也有自己的不满。

"我们不管喜欢上谁,也不会抛弃这个家啊。"

"你整天就知道去赌,虐待自己的家人,根本就没有尽到当爸爸的责任。这难道不是你的错吗?"

不过,妈妈她们的反驳看上去一点力量都没有。妈妈那双往上吊成三角形的眼睛耷拉成四角形,叶流名三姨的脸上虽然还保持着意味深长的微笑,但却忘了装出那副游刃有余的样子。这便是外公那股怨念的可怕之处。

不,确切地说,那或许不是外公本人的怨念,而是胡留乃二姨的怨念。在现在这种情形之下,脸上依然以笑容示人的只有胡留乃二姨

---

①酱菜腌制好之后,要在容器口压上一块大石,起密封作用。

一个人。公平地讲，那确实是一种丝毫不带恶意的笑容。虽然表面上平静如水，清澈无比，但这反而更能让人感受到她内心深处的那股绝望的浑浊湍流。

胡留乃二姨至今仍然怨恨着妈妈和叶流名三姨。

她依然没有原谅抛弃自己、把自己推到精神崩溃深渊边缘的姐姐和妹妹。外公只不过扮演了一个代言人的角色而已，他像一面镜子，将胡留乃二姨的怨恨全都反射了过来。

不过这样一来，事态也就明朗多了。今天晚上，只要外公不在决定继承人人选的最后遗嘱上面写下妈妈或者叶流名三姨孩子的名字，那么，渊上家的财产里就没有一分钱是分给妈妈和叶流名三姨的。在家里的顶梁柱都轰然倒下、经济状况陷入绝境的现在，两家都必须尽一切努力避免事态朝着这个方向发展下去。

"不过具体而言，该怎么办才好呢？"

这种绞尽脑汁、焦躁不安的神情，清清楚楚地浮现在了妈妈和叶流名三姨的脸上。她们两人的这副模样让我忍俊不禁。

"怎么办才好呢？"

"怎么做才能取悦爸爸呢？"

"怎么做才能让自己的孩子得到爸爸的赏识呢？"

姐妹两人那充满贪欲的目光忽然像被磁石吸引一样集中在了琉奈姐姐——那个在第一年和第二年连续两次被外公指定为继承人的琉奈姐姐身上。在五年前和四年前，她是怎么对外公阿谀奉承的呢？或许是对这一点百思不得其解的缘故，妈妈和叶流名三姨目不转睛地打量着琉奈姐姐。

"有句话我先说清楚啊。"

琉奈姐姐像是注意到了妈妈她们的目光似的，十分不悦地哼了一声。"五年前新年聚会的时候，还有四年前新年聚会的时候，我并没有对外公做过什么特别的事情。是不是啊，外公？"琉奈姐姐一脸的烦闷——明明自己不记得做过什么事情，却被妈妈她们缠住不放——她只好转而向外公求助，随后进一步叮嘱道："就算没有做过什么特别的贡献，也还是可以被选为继承人的，是吧？"

"你说得没错，琉奈。就算你讨好巴结我，也不见得会被选为继承人。反之，就算你把我给得罪了，该成为继承人还是会成为继承人。你们几个最好能这么去想。"

可是，决定继承人的标准到底是什么呢？！——看妈妈那表情，她差一点儿就脱口问出这句话来。不过最终妈妈还是忍住没说，只是有点自暴自弃地一杯杯地自斟自饮起来。叶流名三姨仿佛早就看破了眼前的这一切——反正事已至此，也只好听天由命了——她愁眉紧锁，板着脸，只是自顾自地低头喝酒。

具有讽刺意味的是，多亏了妈妈和叶流名三姨的糟糕心情，新年宴会总算有了点宴会的样子，大厅里的气氛开始变得热烈起来。托她们两个人的福，我也被众人灌了不少黄汤，吃尽了苦头。

我回忆着新年宴会的情景，不知不觉之中便进入了梦乡。等我再次醒来的时候，虚幻无常的阳光已经透过窗户射了进来。我看了一眼闹钟，时间刚过早上八点。

以一场睡到第二天才醒来的宿醉迎来新年的第二天，这种感觉实在称不上好。我们要在今天回家。按照往年的惯例，出发的时间应该是在晚上。还有一大把时间可以用来睡觉，在倒下接着睡之前，我打算先上趟厕所，于是便离开了这个阁楼间。下楼的时候，必须一个台阶一个台阶地慢慢下，身体几乎呈一种后仰的状态。

走下了这段陡峭的楼梯，右手边便是一间储藏室，往右边走一直到最里面便是厕所。我刚要往那个方向走，忽然从我的左手边传来了一些响声。那边是厨房，看来已经有人起床，正往主屋走来。

"所以，红色的折纸没有了吗？"这是外公的声音。我蹑手蹑脚地躲到暗处，偷偷一看，外公正对着胡留乃二姨和贵代子夫人抱怨着什么。

"这是怎么回事啊？你们早就应该把这些准备好了的啊。我一看，居然唯独没有红色的折纸。"

"那么，昨天晚上……"胡留乃二姨用手捂着脸，一脸困惑的样子，纳闷地说道，"您是怎么了？"

"什么事也没有。只是没有折而已。今晚之前一定得折好。"外公随后冲着贵代子夫人的方向说道，"不好意思，麻烦你跑一趟去买点折纸回来吧。附近的文具店里就有。"

"可是，老爷……"贵代子一脸愧疚的样子说道，"正月这三天里，所有的店都关门了啊。"

"这样啊，你说的倒是。"

"用别的颜色的折纸可以吗？"

"不，算了吧。弄成这个样子，等我换换心情，改天再折吧，改天吧。"

我悄悄地从现场撤离，朝着厕所的方向走去。

不知道为什么，我心里总有一种听到了不该听的事情的感觉。我那个豪放不羁的外公居然还有折纸这种兴趣爱好。不过话又说回来了，每个人都有自己的爱好嘛，就算我们的外公每天晚上都沉溺在折纸游戏当中，这个世界也不会因此而走向灭亡。不过，外公对红色折纸的那种超乎寻常的执着，让我多少有点感觉不妙，总觉得他有点偏执狂的倾向。

我上完厕所，便回到阁楼间。阳光从窗户直射进来，十分刺眼。我闭着眼睛，摸索着钻进被窝，然后便一觉睡到了中午。

我起床走下楼梯一看，主屋里还是没有一个人。我穿过走廊，朝着本馆的方向走去，半路上碰上了友理小姐。当然了，和昨天一样，她还是一副运动衫加长棉马甲的打扮。

"早上好。"我突然想起了昨天发生的那一幕，这让我十分过意不去。因此我向友理小姐鞠了一躬，说道："昨天我妈妈实在是太失礼了，十分抱歉，还请你原谅。"

"哪里哪里，"本想打个招呼便走的友理小姐十分困惑地在走廊上停了下来，"昨天是我耍了小孩子脾气，我一定会反省自己的。自己一生气就接受了董事长的提议，这实在是太不像话了。"友理小姐的回答虽然掺杂着叹气声，但她的脸上却难得地露出了笑容。"不过这样一来，以后就不会拉下不脸了。"

"是啊。反正外公已经在昨天晚上把遗嘱写好了。"

"去年的遗嘱上写的是我的名字，这回大概不会连续两次出现同样的情况了吧。尽管如此，我还是有点担心。"

"说的也是啊。五年前和四年前，琉奈姐姐还不是连续两次被指定为继承人嘛。"

"真是让人发愁啊。"

友理小姐十分罕见地表现出了心底的脆弱。她脸上的那种"中立"表情消失了，露出了一种走投无路的痛苦。不过，令人十分不可思议的是，她那张精致脸蛋上，显现出了一种和她容貌十分般配的甜美。"要是我被指定为继承人的话，该怎么办才好呢？"

"你有七分之一的概率。我觉得你没有必要为这件事担心。"

"从概率上来说确实如此,不过在董事长去世之前,是不可能知道结果的。这很折磨人啊。在那之前,还不如自己死了的好,这样还能轻松一些。"

"你就那么不愿意给胡留乃二姨当养女吗?啊,我又说无聊的话了。友理小姐肯定有友理小姐的理由。"

"不过,要是把Q太郎丢到一边,把我选为继承人的话,你应该也不能接受吧?"

"没那回事啦。实际上,昨天我本来想婉言拒绝外公的提议。不过因为当时妈妈正盯着我,所以我只好接受了。如果友理小姐能最终成为继承人的话,我反而要感谢你呢。"

"别开玩笑了,要是我真的被选为继承人的话,你妈妈还不把我杀了啊。"

"那这样吧,"或许是被友理小姐那一脸担心的表情所逼迫,一不小心,我顺嘴说出了一句自己连想都没想过的话,"要是友理小姐被选为继承人的话,就和我结婚吧。这样的话,妈妈就不会对友理小姐抱有杀意了吧。"

"你妈妈肯定也这么想过吧——要是继承人是女孩的话,就让自己的一个儿子和她结婚。"

"这和我妈妈的想法没有关系。"我也不知道自己的语气为什么会突然变得那么郑重其事,或许是自己刚才说的话被对方曲解、搪塞,多少感到有些不快的缘故吧。"这是我个人的想法。"

"要是其他人也这么说的话,"友理小姐仿佛在心里斟酌词句似的望着远方,"我一定会对他说'请您别开玩笑了'。不过Q太郎你这么一说,却不像是开玩笑。这可真够恐怖的。"

"本来就是嘛，我不是都说了吗，我没有开玩笑啊。"

"要是我被选为社长的养女的话，还不知道会发生什么样的变故呢。你的这个提议……"

"什么也不会发生。因为我喜欢友理小姐。"

"谢谢你。"在听到我的话以后，友理小姐的表情变得十分复杂，不知道是想要笑出来，还是想要皱眉。"我喜欢彬彬有礼的人。我喜欢彬彬有礼、不说假话的人。所以，我喜欢像Q太郎这样的人。不过要说结婚，还得慎重考虑。所以你能让我考虑一段时间吗？"

"那就请你好好考虑一下吧，顺便说一下，你能叫我'久太郎'吗？"

"久太郎？"

"那个才是我的名字的正确读法。"

"哎呀！"友理小姐用手捂住嘴巴，仿佛大吃了一惊，"对不起，我也真是的，居然一直这么叫你。"

"连我的家人都这么叫我，也不知道他们是故意的还是弄错了，反正他们一直'Q太郎''Q太郎'地叫我。所以你当然会搞错了。"

"我明白了。久太郎，请你容我考虑考虑吧，那么我先告辞了。"

虽说感觉自己又被人巧妙地敷衍了，不过这也是没办法的事情。毕竟，一个高中生张嘴说出的莫名其妙的话，怎么能当真呢。话又说回来了，我是她上司的亲戚，所以她不敢冷冰冰地对待我，还得妥善地掩饰自己的心情。真是难为她了。

和友理小姐分开之后，我来到位于本馆的餐厅。与餐厅相连接的是一间有着各种烹饪家电和工具的一体化厨房，比主屋的那种老式厨房显得宽敞、亮丽了许多。这便是外公和胡留乃二姨平时用餐的地方。

餐厅里一个人都没有。我看了看餐桌，在上座和桌角的位置各放了两人份的食物。桌角的位置是我一直坐的地方。大概其他人早已经吃完早饭了吧。在渊上家留宿的客人,一般会得到自助式的早餐和午餐。当然了,餐具的清洗也是"自助式"的。因为大家的起床时间不一样,要是每个人吃完了都得麻烦贵代子夫人的话,那就有点说不过去了,所以这样的安排也是合情合理的。

我看了一眼墙上的时钟,时间刚过中午十二点。

"怎么?"我正默默地往胃里塞着冷冰冰的米饭,这时,外公走了进来。当然了,他还穿着那身咖啡色的运动衫。

"就你一个人啊。"

"外公您也这个时候才来吃饭啊。"

"是啊。我刚睡醒。"今天早上八点的时候您就起来了,还在主屋出现过,不是吗?难道说,您和胡留乃二姨、贵代子夫人说完话又回去睡了一个回笼觉?"不管怎么说,能让我安安静静地吃顿饭,就已经谢天谢地了。"

"您确实够辛苦的,这事那事的。"

"可不是嘛。"

"我妈妈从那以后稍微老实点儿了吧?"

"她好像还没死心呢。昨天晚上还这个那个地说了一堆,最后急不可待地非要问我继承人的选择标准。"

"真是对不起。"

"你用不着道歉嘛。不过加实寿已经拼命得到了无耻的地步了,可为什么叶流名还按兵不动呢?"

我觉得理由相当简单。因为妈妈这边,如果我们兄弟三人谁都没有成为继承人的话,就万事皆休了。但叶流名三姨那边却还留有一条后路可走。就算自己的两个女儿都没有被选为继承人,但只要我们兄弟三人中有一人当选,她只需把自己的一个女儿嫁给那个人就可以了。当然了,虽然妈妈会极力反对这桩婚事,不过叶流名三姨大可让自己的女儿去勾引被选定的继承人,让生米煮成熟饭,造成既成事实。这种情况并不是没有可能出现。

如果槌矢先生被选为继承人的话,方法也是大同小异。因此,对叶流名三姨来说,只有友理小姐被选为继承人才会让她感到绝望。话又说回来了,对于妈妈来说,如果继承人是一个女孩的话,她理所当然地会考虑让自己的一个儿子去做上门女婿——这也是友理小姐之前指出的。

不过,女孩可以把自己的肉体当作武器去笼络男人,我们兄弟几人却没有这个本事。至少这个过程会很复杂,而且成功率不会太高,因此妈妈必须做好这样的心理准备。再说了,富士高哥哥性格阴暗,世史夫哥哥为人轻浮,而我也还只是一个小屁孩儿,有谁能看上我们兄弟三人呢?

"人啊,要不喝点酒,就太没意思了。"外公心满意足地抓起准备好的早餐,然后不知道从哪里拿出一瓶清酒来,"怎么样啊,Q太郎,你也喝点儿吧?"

"谢谢您的好意,但请容我谢绝。"

"哎呀,别这么说嘛。"

"那个,外公,我觉得您可能知道吧,我现在还是个高中生啊……"

"别那么顽固嘛。现在可是新年的前三天啊。对了,Q太郎。"

"我在。"

"我问了问胡留乃,听说你睡在主屋的阁楼间里,是吗?"

"是的。"

"那我们去那里吧,到那儿喝去。"

"那……这又是为什么呢?"

"咱爷儿俩在这里喝的话,不知道什么时候就会被胡留乃和贵代子发现。"外公搜罗了一些能当下酒菜的东西之后,就让我赶紧起来,"之前有一次我喝多了摔了一跤,从那开始,她们就开始管着我喝酒了。"

"摔了一跤?"我们走进走廊,由于外公压低了声音,我也跟着小声反问道,"发生了什么事情吗?"

"当时我眼前突然一黑,"外公小心翼翼地看了看周围,在确认没有其他人之后,一把把我拉进主屋,"然后就那么昏倒了。据说倒下之后我就失去了意识,好几分钟以后才恢复过来。"

"您没什么事吧?"

"没什么事,不用担心。只是疲劳过度而已。就这么点事,胡留乃那个家伙居然吵吵嚷嚷的,说什么我和她的一个朋友的症状很像啊,她那个朋友是蛛网膜下腔出血①啊。她说的那话简直是夸张极了。她还要带我去看脑神经外科呢,唉,真让人受不了啊。"

这时候,我用余光瞥到某种东西一闪而过。一个黄色的影像残留在了我的视网膜上。这应该是某人身上穿的运动衫的颜色吧。我回头看了看,走廊上鸦雀无声,一个人影都没有。

"尽管如此,"回过神的我说道,"您喝酒真的没关系吗?"

"你别学胡留乃说话好不好啊。当然没事啦。"我们来到阁楼间,外公一屁股坐到随意铺着的被子上,拿出准备好的圆茶杯,便"咕咚咕咚"地开始倒酒。

---

①蛛网膜是大脑中的一层半透明的膜,位于硬脑膜深部。蛛网膜下腔出血是指脑底或脑浅表部位的血管破裂,血液直接进入蛛网膜下腔。

"对我来说,酒这东西就像汽油一样。要是把酒断了,对身体反而不好。来,不说那个了,你也快喝吧!"

没办法,我只好陪着他喝了。不过,一旦喝起来,这种冷冰冰的酒便以一种恐怖的速度流进了喉咙里,让人根本无法抵抗。我深深地陷入了一种"稍微喝点也不会醉"的错觉当中,以不输给外公的速度喝了起来。当然了,这个时候,我还不知道一会儿我会为此而追悔莫及。

"真是让人怀念啊,这个屋子。"

"此话怎讲?"

"在本馆建成之前,我一直住在这个主屋里。那时候并不像今天这么富裕,一家能有一栋独门独户的房子就已经觉得很幸福了。这种生活和我想不开、打算带着胡留乃跳海自杀的时候比起来,简直就像做梦一样。那个时候,我就住在这个阁楼间里。"

"没想到这个房间里竟然有着那么多的回忆啊。您看我,什么都没想,就这么一直使用这个房间。"

"你多想了,不用在意。别看你这个孩子岁数不大,心思还挺重的,真不像加实寿的孩子。真是的。你妈可不像你这么体贴,她能有你的一半我就知足了。"

"外公您说的是。"我从关于妈妈的话题联想到了遗嘱。说起来,那遗嘱还真是具有象征意义。"我们在这里闲聊没关系吧?我记得,外公您今天要和律师见面的,不是吗?"

"啊,你说宗像啊,那家伙早就来了。"

"宗像先生已经来了?"

"我刚起床,他就来了。我昨天晚上和他联络了,但今天我就把这事忘得一干二净了。没办法,也不能让人家空着手回去啊,所以我先让他帮我看看别的文件。"

"那个,"我有点没听明白,"这到底是怎么回事呢?遗嘱最后怎么样了?"

"我昨天晚上没写遗嘱。"

"没写?"

"到底选谁做养子呢,我犹豫了许久还是无从下笔。所以那张遗嘱现在还是白纸一张。"

"这样没事吧?"

"怎么会有呢。我说过,在新遗嘱写好之前,旧的遗嘱依然有效,所以放心好了。今天我没什么心情写,所以我跟宗像说了,等我写好了就通知他。"

外公很高兴。大概,瞒着胡留乃二姨和贵代子夫人,躲在这里偷偷喝酒让他颇为享受吧。外公的表情就像一个找到了绝佳藏身之处的小淘气包。

我感到了一丝尿意,便站了起来。我刚要伸手开门,忽然从远处传来了几声细微的声音,仿佛雷鸣一般。这声音一波接一波的,我想,大概是什么人下楼发出的声音吧。不过,当我打开门往下看的时候,楼梯上却空空如也,没有人影。

"那个……"我上完厕所回到阁楼间之后,又想起刚才和外公讨论的有关遗嘱的事情。我觉得这是一个绝佳的机会,因此便向外公央求道:"外公,这回的遗嘱您打算什么时候写呢?"

"这个啊,明天或者后天吧,怎么了?"

"您还是把我的名字从候补名单里划掉吧。"

"从胡留乃养子的候补名单里?"

"是的。"

"为什么啊?你不喜欢做我的继承人吗?"

"我觉得就算我成了继承人,外公您和胡留乃二姨一手创立的家业还是会毁于一旦。因为我知道自己没有做商人的天赋。"

"毁掉就毁掉吧,这不是挺好的嘛。Q太郎,这个世界上没有什么东西是永恒的。EDGE-UP餐饮连锁集团也会有它终结的那一天。这只是个时间问题,迟早的事。"

"是这样啊。"

"友理小姐似乎也想把她的名字从候补名单里划掉。刚才她跟我说,她只是受了我妈妈的侮辱诽谤,才会一时冲动接受了外公的提议。现在她很后悔。"

"算了算了,Q太郎,这件事情就不要说了,好不好?被列为候补人选并不意味着会被选为继承人啊。我们找点轻松的话题说吧,轻松点的。"

看来外公并不打算把我和友理小姐的名字从候补名单里删掉。随后,他像要岔开话题似的,"咕咚咕咚"地又开始倒酒。在他这股气势的带动下,我在不知不觉之中又喝多了。

我就这么喝得不省人事。醒过来的时候发现自己正躺在被子上。屋子里十分阴暗,已经几乎没有什么阳光从窗户射进来了。此时此刻,外公早已不见了踪影,只有一个一升装的玻璃酒瓶翻倒在我的身边。

有个东西似乎在胸口里来回乱爬,还不断地往上涌。我慌忙跑到厕所,随即狂吐不止。那感觉,别说是胃里的东西了,似乎连身体里的五脏六腑也一个不剩地吐了出去。

吐完之后,便更觉得难受了。因为已经没有了爬楼梯的力气,所以我并没有回到阁楼间,只是在厨房找了张椅子,一屁股坐了下去。我感觉眼前的东西变得模糊不清,摇摇晃晃的。正在这时,世史夫哥哥突然出现了。他已经把身上的运动衫脱下,换上了日常的衣服。

"喂，Q太郎，你干什么呢？我们要回去了。"世史夫哥哥说道。

已经到了回去的时候了吗？我这么想着，但浑身却瘫软无力，怎么也站不起来。好不容易站起来以后，腿脚却一点也不听使唤。

"你干什么呢？哇，一股酒臭味儿，你又喝多了吧。"世史夫哥哥笑道。他随即拿出我们存放在别馆的篮子，是装着我衣服的那个。他大概是特地给我拿过来的吧。唉声叹气的世史夫哥哥在帮我换好衣服以后，架着晃晃悠悠的我来到停车的地方。

我们在玄关偶然碰上一个身穿灰色衬衫的中年男子，这个人看起来挺眼熟的。他正在用鞋拔子穿鞋，看样子正准备离开。

我心想，他或许就是那个顾问律师吧。果不其然，出来送他的贵代子夫人对他行礼说道："宗像律师，十分感谢，辛苦您了。"看样子他已经利用这段时间，把外公委托给他的那些文件处理完了。新年期间，还得过来干活，真是够辛苦的了。

看他的样子，好像有点不太高兴似的。他平常就是这副表情吗？还是说，外公没有让他处理重要的遗嘱，而是打发他去干一些杂七杂八的事情，宗像律师因此生气了？

我呆呆地目送宗像律师的车子远去。在世史夫哥哥的催促下，我被塞到了哥哥车子的后座上。坐在我旁边的正是妈妈。妈妈眉头紧锁，大概是被我的酒臭味熏到了吧。富士高哥哥坐在副驾驶席上。世史夫哥哥坐在驾驶席上。然后，我的记忆便到此为止了。

我不记得车子是在什么时候开动的。我只是在这种混沌的状态下，被拖进了仿佛泥沼一般的睡眠当中。

第五章
于是，事件发生了

我记得自己曾经在半夜醒过来一回。那时候是几点来着？反正四周是一片漆黑。

我记得自己当时渴得要命，想喝水，为此还一度从被窝里爬出来过。不过结果还是困意取得了胜利，最后，我还是再次被拖回了梦境之中。

这回我终于清醒了过来。朦胧虚幻的阳光从窗户射了进来。我睁眼的时候看了一眼闹钟，时间刚过早上八点。我躺在渊上家主屋的阁楼间里。

我起身想去上厕所，走到一半的时候，终于意识到了一点。等等！今天是几号来着？我记得今天应该是一月三号了。因为昨天是一月二号。昨天傍晚的时候，我应该跟着妈妈和哥哥们一起回家了才是啊。

对了，我想起来了。昨天我确实是被世史夫哥哥塞到车子里的。那之后因为睡着了，所以并没有回到家里的记忆。不过，"一月二号"这天确实应该过去了才是。

所以，我理所当然地应该在大庭家自己的房间醒过来，而不是现在所在的渊上家主屋。不过我现在确实待在渊上家的主屋里。

另外，我的衣服应该已经换过来了才是，可不知不觉中，那身红色的运动衫却又被穿到了我的身上。如此一来，难道是说——

"所以，红色的折纸没有了吗？"和我预料的差不多，我刚一下楼，便听到了外公的声音。

"这是怎么回事啊？你们早就应该把这些准备好了的啊。我一看，居然唯独没有红色的折纸。"

"那么，昨天晚上……"回答的当然是胡留乃二姨了。她用手捂着脸，一脸困惑的样子，和昨天……不，确切地说，是和"上一个循环"一模一样。"您是怎么了？"

"什么事也没有。只是没有折而已。今晚之前一定得折好。"感觉就像在看用录像带录下来的电视节目一样，"不好意思，麻烦你跑一趟去买点折纸回来吧。附近的文具店里就有。"

"可是，老爷……"贵代子一脸愧疚的样子说道，"正月这三天里，所有的店都关门了啊。"

"这样啊，你说的倒是。"

"用别的颜色的折纸可以吗？"

"不，算了吧。弄成这个样子，等我换换心情，改天再折吧，改天吧。"

我蹑手蹑脚地回到阁楼间。错不了了，这是"时空反复陷阱"。我的这种"体质"让我在一月二号掉进了"时空反复陷阱"里。算上这一个"循环"，"今天"还要重复循环八次。

也就是说……我可以轻而易举地预测事态的发展：片刻之后，我会回去睡觉，一觉睡到中午之后，我会去位于本馆的餐厅。在那里和外公相遇，然后十分不幸地陪着外公一起喝酒。

唉，饶了我吧。我回忆起自己在"上一个循环"里——也就是

"最初的循环"里——吐得狼狈不堪的样子，顿时觉得前途暗淡无光。我可不愿意把那种痛苦再重复八遍。

这可如何是好呢？我的面前有两个选择。我可以一直待在这里直到世史夫哥哥过来找我。不过那样的话，我会因为长时间的饥饿而无法忍受。如果不想那样的话，我只好放弃这个回笼觉，早点去吃饭了。

想来想去，我决定选择后者。等闹钟指向九点以后，我走出阁楼间。主屋的厨房里没有一个人影，于是我便直接走向走廊。

在"最初的循环"里，我曾经在走廊里巧遇友理小姐。不过那是中午的事情了。她在这个走廊的出现本来就是被定在"中午"的事情。而现在，理所当然的，别说是友理小姐，走廊里连一个人影都没有。

我多少感到有些遗憾。只要我在余下的七个"循环"里，一直这么改变"最初的循环"的路线的话，那段只属于我和友理小姐的对话，便"不会发生"，而最后这也会变为现实。当然了，和我交谈过的事情也会从她的记忆当中抹去。

不过，那种无聊的对话就算被从"历史"上抹去也不会有什么大事。话虽然这么说，但如果这事真发生的话，我想自己还是会感到遗憾的。因为我对友理小姐的喜欢确实是发自内心的真情实感。因此，就算这段谈话的内容很无聊，或者，就算这段对话早晚会被她忘得一干二净——即使这和"时空反复陷阱"的"重置"功能没有关系——对我而言，这段对话也会成为一段名副其实的珍贵记忆。

不过，我还是不想被灌下一肚子酒，然后吐个不停。我暗自琢磨，能不能不让我遇上外公，而只将我和友理小姐偶然相遇的场景再现呢？不过，就我目前为止的经验来说，循环部分的反复现象基本上都会忠于"最初的循环"。为了不让可能发生的事情与真正的未来发生极端的偏离，冥冥之中或许有一种力量一直在发挥着抑制作用吧。

总而言之，为了不让外公把我抓去陪酒，在中午的那段时间我就不能接近本馆——这样做的话估计也就没事了。

当然了，我大可在走廊和友理小姐说完话后直接返回主屋——虽然这个计划只要执行顺利就不会有什么问题——但万一被外公抓到的话，那自己便会和"最初的循环"一样，不得不陪着外公喝酒了。我觉得最好还是不要冒险，安全第一吧。因此，虽然有些遗憾，但我不得不牺牲和友理小姐之间的那次谈话了。

最后我决定去本馆的餐厅享用准备好的料理。虽然知道时间上还绰绰有余，但我还是有些担心，总觉得外公不知道什么时候就会出现在我面前。我争分夺秒地吃完早饭，片刻也不敢耽误，赶紧离开了餐厅。这下好啦，这样一来，只要我在傍晚之前不靠近本馆就算大功告成了。

不过在这之前我总得找点事来消磨时间吧。虽然阁楼间是一个最适合睡觉的地方，不过要在那里足足待上半天的话，却也不太合适——这会把我憋死的。不过话说回来，谁也不能保证外公肯定不会在主屋出现。

根据"最初的循环"的进程，外公现在应该正在睡回笼觉。然后他会在中午起来，和正好来访的宗像律师见面、交谈，随后去空无一人的餐厅吃饭——在最初的循环里，餐厅里只有我一个人。由于一个人在餐厅吃饭太无聊了，外公很有可能为了找个和他聊天的人而来主屋这边。在"最初的循环"里，外公找我陪他喝酒的事实，已经证明了在他的心里，我是那种可以和他轻松聊天的人。所以，如果我把自己关在阁楼间里的话，万一外公找上门来，我就无处可逃了。

不过话又说回来，如果我待在本馆的大厅或者书房的话，被外公发现的概率只会更高。总而言之，今天这一整天我都不能和外公见面。

无论在哪里，只要被外公遇上了，我就不会逃脱"最初的循环"里那种悲惨的陪酒命运。

我前思后想，最后决定离开中庭，朝别馆的方向走去。为了给客人一个换运动衫的地方，别馆一直被当成更衣室来使用。不过，据说按照本来的设计，别馆本来是一间客房，所以那里应该是最适合睡午觉的地方了。

我推开门，往里看了看，只见铺着榻榻米的和室里一个人也没有。

"太好了。"我为此在心里窃笑，准备从壁橱里取出被子。这时候，我感觉有人从中庭那边走了过来。那人正朝着别馆这边走过来。

该不会是外公吧？我立刻警觉起来。

在这千钧一发之际，我迅速地钻进壁橱。在关上壁橱的同时，我意识到别馆的大门被人打开了。

在一片黑暗当中，我的脸和被子紧紧地贴在一起，这让我简直不能呼吸。这时候，我听到了说话的声音。一个男人和一个女人正在说话。听声音应该不是外公，这让我顿时觉得如释重负，不过现在想出去也不成了。我悄悄地把壁橱拉开一个几厘米宽的小缝，偷偷地窥视别馆里的动静。

"不要啦！"一声娇滴滴的声音突然飞进我的耳中。这是琉奈姐姐的声音。"你怎么那么讨厌啊，要是这时候有人进来可怎么办啊。"

"谁会来这里啊。"听出这个声音顿时令我目瞪口呆，怎……怎么会呢，这不是富士高哥哥吗？"大早上的，没人会来的。"

"都说了不要了，在这种地方。"

转瞬之间，我的头脑之中弥漫起一股粉色的烟雾。虽然从壁橱的缝隙看不清楚，但是屋子里的事态发展我却一清二楚。琉奈姐姐虽然嘴上说"不要"，但我感觉实际上并非如此。他们互相爱抚着对方的身体，这让我感到一股热气扑面而来……不，虽然看不太清楚，但他们一定在做着什么下流的行为。因为一种滑稽而又尖锐的"吱吱吱"的声音——他们显然是在接吻——不时地传到壁橱里来。

"哎呀，不要嘛。在这里不行，这里不行的。"

"有什么不行的。"

"不行。不能再继续下去了，咱们又不是为了干那个才到这里来的。不是要来商量事情的嘛。"

"切。"

"你别猴急，人家去你公寓的时候再给你好不好。等下次放假。你不是攒了一堆衣服要洗呢嘛。"

"这样也好。不过，我说你最近和世史夫很亲密嘛。"

"什么？那种事情，难道你很在意？"

"当然在意了。那家伙能说会道，满口甜言蜜语。"

"我最讨厌油嘴滑舌的男人了。"接着，我听到他们再次接吻，那声音仿佛一个特大号的吸盘被人从瓷砖上拔了下来。"快，把裤子穿上吧，当个乖孩子。"

"知道了——对了！"

"怎么了？"

"我刚刚还在想怎么这么安静……怎么回事？那个跑到哪里去了？"

"咦？啊，是这个吗？那个我不知道掉哪里去了，所以就把这个也摘了下来。"因为我看不见他们两个人的表情和动作，所以全然不知道他们在说什么。"算了算了，先不说这个了，我有重要的事情要跟你说。"

"什么重要的事情啊？有什么比这个更重要啊？"不知道被富士高

哥哥摸了哪里，琉奈姐姐发出了一阵浪笑。"还说有什么重要的事情。"

"这是明摆着的吧。当然是EDGE-UP餐饮连锁集团继承人的事情，以及外公的遗产了。"

"那种事情，事到如今已经无所谓了啊，不是吗？"

原本口气轻松的富士高哥哥似乎有些不高兴，发出了几声冷笑。不知道为什么，我总觉得这种语气才配得上我认识的那个富士高哥哥。

"我们两个能做什么呢？外公早就想好让谁当继承人了吧。我们能做的只有把脖子洗干净，等他公布消息了。不是吗？"

"外公他啊，实际上还没有决定呢……"

"你说什么？"

"遗嘱还没有动笔写呢。"

连这种情报都搞到手了吗？我不由得对琉奈姐姐心生敬佩。我可是在"最初的循环"——也就是第一个"一月二号"那天——的下午才从外公那里听说的。而琉奈姐姐在"第二个循环"的早上就已经知道那件事了。

她到底是从哪里搞到这个消息的呢？我原本以为琉奈姐姐只是一个爱卖弄风情、稀里糊涂的小姑娘，真没想到她实际上是一个让人不能掉以轻心的厉害角色。

我的脑海当中突然浮现出一个问号——刚才富士高哥哥说的话好像有点不对劲。嗯……他刚才确实是这么说的吧——什么"我们能做的只有把脖子洗干净，等他公布消息了"，是吧？不过"公布消息"这个词在这里是指"把谁成为继承人的消息公布于众"的意思吧？从上下文以及语境上来看，只能是这个意思了。

不过，我记得外公在新年聚会上好像说过"遗嘱的内容直到我死了才能公开"。嗯，外公确实这么说过，可是，这又是怎么回事呢？

"真的吗？外公真的还没有写遗嘱吗？"

"他似乎正为选谁当继承人而犹豫不决。"

"这真是让人意外啊。我本以为他会想都不想，直接大笔一挥就定了呢。"

要说"意外"的话，从来没有想过富士高哥哥和琉奈姐姐会在这里如此亲热的我才觉得意外呢。从琉奈姐姐娇滴滴的样子来看，她的心早已被富士高哥哥完全征服了。这一点绝对错不了。不过这还是让我瞠目结舌：在我心里一直性格阴暗的富士高哥哥，在不知不觉间，竟然……

"不管怎么说，这是一个机会。"

"机会？什么机会？"

"可以让外公改变心意的机会啊，不是吗？"

"让他改变心意？怎么才能让他改变心意呢？"

"我不是都说了嘛，我只要直接跟外公说'我要和小富结婚，我们想成为渊上家的继承人'，就可以了啊。"

"小富"这个名字貌似是琉奈姐姐对富士高哥哥的爱称。

小……小富……

憋不住想哈哈大笑的我拼命地把脸埋到被子里，总算是忍住没发出声音来。

"我觉得这是最为圆满的解决方式了。我们两个人一起来继承渊上家的话，妈妈和加实寿大姨也就没有理由相互仇视了。"

"不过，外公还是有可能让槌矢先生或者那个女秘书来当继承人的，不是吗？"

"你个笨蛋！外公之所以把那两个人的名字提出来，只是单纯地想气气妈妈她们而已。'我可不想就这么轻松地让你们如愿'——外公只是想多少报一下过去的仇,出口恶气罢了。不过,在渊上家继承人的问题上,我觉得外公最后是不会选一个外人来继承家业的。这显而易见,也是人之常情嘛。"

"是这样吗?"

"当然了。所以我说要尽早行动嘛。趁着外公还没写好遗嘱,我们得说服他。这样一来,不仅我们两个人,大家都会得到幸福的。你说是不是啊?"

富士高哥哥似乎也渐渐意识到了这一点。他来了个一百八十度的大转弯,从一开始没有自信地呢喃着"可能会这样吧",突然变得神气十足。

"没错,你说得没错。好,我们赶紧过去吧。"富士高哥哥反而急切地催促起琉奈姐姐来。看来琉奈姐姐在未来一定会成为一个善于驯服丈夫的好妻子。

等到感觉他们两个人完全离开屋子以后,我才从壁橱里钻了出来。本来想在这里躺下一直睡到傍晚的,结果却被富士高哥哥、琉奈姐姐他们俩那股如胶似漆的热乎劲儿搞得困意全无。虽然我有点老气横秋,但再怎么说我在肉体上也是个十六岁的年轻人嘛,这种刺激对于我来说实在是过于强烈了。我仍然能在这间屋子里感到他们俩的那股亲热劲头。于是,为了换换屋里的空气,我伸手把窗户打开了。

从窗户这里,能够看到连接主屋与中庭和本馆的走廊。由于窗外的冷气一拥而进,我不得不立刻把窗户关上。不过,自己却依然出神地眺望着窗外。

就这样,不知道过去了多久。我双手抱着膝盖,席地而坐,视线渐渐变得恍惚起来。突然,一个黑影从我的眼前闪过。我赶忙揉了揉眼睛,重新朝窗外望去。

原来是外公。只见他在走廊里，朝着主屋的方向走去，边走还边巡视着四周。他的手里还拎着一瓶清酒。在这一个"循环"里，虽然缺少了"抓我陪他喝酒"这个部分，但外公依然按照"最初的循环"的流程进行着其他的行为——睡回笼觉，和律师见面，然后一个人躲到阁楼间里去喝酒。

外公的身影从我的视野里消失了。他大概是穿过了主屋的厨房，上楼爬到阁楼间里去了。这样一来，他大概一时半会儿不会下来了，所以我现在返回本馆应该也不会有什么问题。我正在这么想着，又有两个人影从我的眼前闪了过去。

是富士高哥哥和琉奈姐姐。他们之前商量好了要说服外公，大概是为了这件事才在后面追着他吧。真不知道是因为自信还是盲目乐观，我在他们两个人的脸上看到了无忧无虑的笑容。

我决定保持着这个姿势，继续观察走廊的动静。至于返回本馆，然后在大厅或者接待室里睡上一觉的计划嘛，我觉得什么时候都可以实行。目前我还是想看看富士高哥哥和琉奈姐姐的说服工作究竟能否成功。判断这个并不难，只要从他们两人返回的时间早晚，以及那时候他俩的表情就能大概推测出来。

大概过了多少时间呢——别馆里没有时钟，我也没戴手表，因此无从计算精确的时间。不过凭我的感觉，大概过了五十五分钟。这时候，走廊上，有一个人影从主屋往本馆的方向走去。

是琉奈姐姐。只有她一个人。她似乎对周围极为警觉，慌慌张张地消失在了本馆的方向。而富士高哥哥的身影却一直没有出现。

过了片刻，琉奈姐姐再次出现在我的视野当中。我本来想看看她的表情，但目光却被她手里提着的东西所吸引。是一个花瓶，上面插着花。那是蝴蝶兰。我记得这是昨天——当然了，是真正的昨天——

友理小姐买给胡留乃二姨的礼物。后来，我虽然没有看到那些花被放到哪里去了，不过根据二姨的盼咐，这些花现在应该摆在她的房间里才是。

琉奈姐姐这是干什么呢？是外公让她拿过去的吗？虽然我知道除此之外不会有其他的可能性了，但怎么也想不明白其中的道理。

消失在主屋方向的琉奈姐姐又立刻折返了回来，随即再次消失在本馆的方向。这一次她手上什么也没有拿。

看得一头雾水的我站了起来，离开别馆。我一边往本馆的方向走着，一边在脑海当中整理着刚才发生在自己眼前的一幕幕场景。我觉得可能是这么回事吧：在"最初的循环"的一月二号，外公和我喝酒的时候，我感到有人站在楼梯那里偷听。那个人多半是富士高哥哥。为了说服外公，他来到阁楼间，但很不凑巧，由于我也在场，他决定将说服工作向后推迟。而在"第二个循环"的一月二号，由于我不在场，外公只是一个人在阁楼间喝酒，所以他们两个人的说服工作才得以进行。

问题是，他们的说服工作是怎样进行的呢？胡留乃二姨的蝴蝶兰和说服工作之间究竟有着什么样的联系呢？这让我百思不得其解。虽然我可以直接去问他们本人，但是现在要去阁楼间的话弄不好还会被抓去陪酒，所以我决定去本馆，在那里等外公回来。

肚子好像有点饿了。已经进入本馆的我，不由自主地朝着餐厅的方向走去。餐厅里只有世史夫哥哥和舞姐姐两个人，他们正在吃饭。

"哟——Q太郎！"世史夫哥哥灵巧地用舌头把挂在嘴边的米粒舔干净，"怎么样啊，你的宿醉？"

对了。这么说来，真正的昨天，也就是一月一号那天，我也喝了不少的酒呢。我在心里这么寻思着，嘴上却答道"我没事"。随后，我拿起小茶壶给自己倒了一杯茶，小口小口地喝了起来。

"我刚才和你舞姐姐正说着呢。是吧，是吧？"世史夫哥哥殷切地冲着舞姐姐点了点头。不管对方是谁，一律一视同仁地去对待，这是世史夫哥哥身上的优点。"你觉得新遗嘱是怎么写的呢？继承人最后会花落谁家呢？"

"谁知道呢。"我见舞姐姐没有开口的意思，没办法，只好这么答道，"我什么都不知道啊。"

"什么嘛！这回答真冷淡。难道你就一点都不关心吗？"

"没有啊，我当然不会不关心啦。"

"外公他现在是不是正在写新遗嘱呢？"

"他现在……应该早就写好了吧？"

"没有。他还没有动笔写。据说外公正在犹豫呢——为选谁当继承人的事情。"

"那种事情你怎么会……"我不禁大吃一惊。看来，继琉奈姐姐和富士高哥哥之后，如今我对世史夫哥哥也不得不刮目相看了。"哥哥，您怎么会知道的呢？"

"没有。那种事情我不知道。是小琉奈告诉我的。是吧，小舞？"

面对世史夫哥哥的调戏，舞姐姐看上去既高兴又害羞。她露出一种极其复杂的神情。或许，舞姐姐觉得如果自己过于殷切地回应，就会显得像在乞求爱情似的，因此，为了不让人误会，她反而警戒了起来，只是耸了耸肩膀。

我的脑袋里一片混乱。我本来以为，琉奈姐姐只会把"外公还没有写遗嘱"这种最高机密透露给富士高哥哥一个人。可是，我的这种想法并不正确。琉奈姐姐似乎还把这个消息告诉了世史夫哥哥以及舞姐姐。而且，由目前的状况来看，世史夫哥哥和舞姐姐似乎在富士高哥哥之前就从琉奈姐姐那里得知了这个消息。

这个时候,一阵稀奇古怪的声音打断了准备再度开口的世史夫哥哥。"啊!""哎!""呜!""噢!"这声音起初仿佛野兽的咆哮一般,迸发而出,随后又变得好像有人用指甲挠玻璃一般刺耳。

出了什么事?我们几个不约而同地奔向走廊。只见一个身穿绿色运动衫的女人手脚并用,像狗一样连滚带爬地冲了过来,随后摔倒在地,就像一个被人踢了一脚的不倒翁似的。这个人正是叶流名三姨。她头发散乱,喉咙里不断地发出嘶哑的叫喊。由此看来,刚才那几声野兽咆哮般的声音,是叶流名三姨发出来的。

"怎、怎么了?妈妈!"或许是惊愕过度的原因吧,舞姐姐脸上那副冷漠的面具顿时脱落了下来,露出一副惊慌失措的表情。此时此刻,舞姐姐完全将她的感情表露了出来,就像一个把冰激凌掉在地上的小孩一样。"出什么事了?到底出什么事了?"

"叽……叽……叽……"叶流名三姨的嘴巴只是一张一合,却说不出一句话来。可能刚才过于拼命的哀号让她一时无法发出声音来。"啊,啊——啊——"

"你快说啊,出什么事了?你快说,到底出什么事了?妈妈!"平时一直以微笑面庞示人的妈妈,此刻却是这副模样,这种巨大的落差让舞姐姐一时不知所措。叶流名三姨张着嘴巴,瞪着双眼,犹如满月一般。舞姐姐拼命地摇着她的身体,急得几乎快哭出来了。

"你说清楚嘛!到底发生什么事情了?说清楚嘛!"

听到骚动以后,槌矢先生、友理小姐、妈妈、胡留乃二姨以及贵代子夫人纷纷赶了过来。叶流名三姨仍然没有说话,只是一个劲儿地朝着自己身后的方向挥手。那里是通往主屋方向的走廊。

难道外公出了什么事吗……当我终于意识到这点以后,便马上朝走廊跑去。世史夫哥哥立刻随我追了过来，其他人也陆续跟在我们后面。

我穿过主屋的厨房，爬上楼梯。由于楼梯太陡，我累得气喘吁吁，上气不接下气。在还剩下几节楼梯就爬上去的时候，我突然停住了脚步。在一级台阶的边缘，有一个好像印章似的东西吸引了我的目光。这个东西呈一种淡淡的土黄色，和背景几乎融为一体，乍看上去很难被人发现，我也只是偶然才看到它。我迅速把它捡起，拿在手里，随后打开阁楼间的房门。

外公趴倒在被褥上面，看样子好像想抱住谁，却被对方逃脱了。他的左臂压在肚子下面，右手像是在挠着榻榻米。他的前面有一瓶一升装的清酒，翻倒在地上。残留在瓶中的酒洒了出来，使榻榻米变了颜色。

外公后脑勺上那仿佛棉絮般的白发少得可怜，上面染上了几点黑红色。一只铜质花瓶仿佛有意挡住祖父的侧脸似的，翻倒在一边。还没到开花时节的蝴蝶兰散落了一地。

我立刻回头朝身后望去，在人群中寻找富士高哥哥和琉奈姐姐的身影。他们是最后两个匆忙赶到现场的人。我看见他们还在手忙脚乱爬楼梯的时候，便伸着脖子一直朝这边张望。

外公大概是被那个花瓶打倒的吧……这个念头在我的脑海中掠过。当然了，有这个想法的不止我一个人。不过，谁也没有动。妈妈、富士高哥哥、世史夫哥哥、胡留乃二姨、贵代子夫人、叶流名三姨、舞姐姐、琉奈姐姐，所有人都没有动。就连槌矢和友理也被这突如其来的意外惊得浑身僵直，只是站在狭小的门口，大气也不敢出一声。

时间像是被冻住一般，不知过了多久。我在恍惚之中迈步走进阁楼间。或许是因为我在本家住的时候经常被分配到这间屋子的缘故，我感到一股奇妙的义务感在心中涌动。总而言之，在没人阻止的情况下，我在躺在地上的外公身边跪了下来。

我抬起外公那干瘪如火腿一般的手臂。果然，脉搏已经没有了，外公已经死了。我再一次感到一股心灵上的冲击——虽说在看到他倒在地上的那一刻起，我便已经知道了——不，与其说是冲击，不如说我再一次变得走投无路了。或许这种说法更确切吧。

我回过头看了看站在门口探头张望的妈妈和哥哥们，全然不知在这种时候应该说些什么、做些什么才好。此时此刻，想必我那副愚蠢木然的表情已经在众人面前展露无遗了，但是谁都没有笑。大家都仿佛消磨着感情一般，紧绷着脸。

目睹这一情景的我反而想歇斯底里地大笑一番。因为在这个井井有条的渊上家里，除了贵代子夫人以外，大家都被赋予了穿上"制服"——运动衫和长棉坎肩——的义务。这些"制服"颜色各异，在这种情形之下更显得滑稽可笑。因此我索性还是表现得更怪诞一点好了。

友理小姐第一个回过神来，犹如接收到了我发出的无言讯息。她转身飞奔下楼，尖锐的声响响彻整个阁楼。她大概是去打电话报警了。

友理小姐的举动仿佛解开了把我们束缚住的咒语一般，大家顿时全都长出了一口气。好像事先打了暗号似的，妈妈、胡留乃二姨以及叶流名三姨纷纷号啕大哭起来。

"爸爸！爸爸！啊——"

"为什么要做这么残忍的事情？！"

她们说了些类似的话，好像想要取回被冻住的时间似的，悲鸣和哀号的声音此起彼伏。

世史夫哥哥拦住想要冲向外公尸体的妈妈和姨妈们。

"不行啊！现场不能乱摸乱碰。"

"不许用手碰！什么也不要摸！"琉奈姐姐厉声斥责着叶流名三姨。琉奈姐姐两眼布满血丝，平时的那种让人厌烦的态度消失得无影无踪。她气势汹汹的态度将在场的众人震慑得大气也不敢出一下。"在警察来之前，必须得保护好现场！这是常识！"

"这到底是怎么一回事？现场？是什么东西？"我分不清喊出这话的究竟是妈妈还是叶流名三姨。在这狭小的阁楼房间内，顿时化成一个悲鸣的旋涡。

"这件事只需看上一眼就能明白的吧。"世史夫哥哥拼命地解释道。虽然事态已经发展到了这种地步，但从世史夫哥哥的表情上看得出来，他很高兴自己能帮上琉奈姐姐的忙。

虽然事态已经发展到了这种地步，但我还是对世史夫哥哥产生了一种世俗的怜悯之心——琉奈姐姐的心早就被富士高哥哥俘获了，而他还蒙在鼓里，真够可怜的。

"这件事不论怎么来看，不论你怎么看，这……这，这都是一起杀人事件啊！"

杀人事件。

世史夫哥哥说出的这个词将众人再次冰封。

杀人事件。他刚才说杀人事件。

难道说……

难道说……

为什么会发生这种事情？

为什么这种没有一点现实感的事情会发生在我们的身上？

大家怯弱的眼神仿佛在这么抱怨着：

"这种事情根本就不该发生。"

"这种事情根本就不该发生在我们这种安分守己的普通市民身上,绝对不应该!"

杀人事件——这个词给我和其他人带来的冲击有着天壤之别,意义也是截然不同。不应该发生这种事情的。这件事情根本就不应该出现。

自不必说,这是"时空反复陷阱",是由于我那种特殊"体质"造成的。今天这个日子并不是普通的一天。今天是"第二个循环"的一月二号。也就是说,今天是"最初的循环"后面的那个"循环"——"第二个循环"。

在"最初的循环"里,并没有发生杀人事件这种危险的事情。因为这是我所知道的既成事实。尽管如此,"第二个循环"在日程上应该完全以"最初的循环"为蓝本而重复,可为什么会突然发生这种出人意料的事情呢?

这种事情不可能发生啊。根本就是不可能出现的。不过,这种不可能发生的事情如今却出现在了我的眼前。

外公的的确确已经死了。

到底发生了什么事情?

脑袋里乱成一锅粥的我在不经意之间,忽然和琉奈姐姐四目相交。不过姐姐好像没有注意到我,只是一味地用胆怯的目光注视着外公的尸体。

在这种时候,我居然还注意到了琉奈姐姐没戴耳环。

是什么时候摘掉的呢?琉奈姐姐的运动衫是黄色的,外面还披着一件蓝色的长棉坎肩,和耳环极不协调。不过,姐姐似乎有自己的打算,因此她很倔强地并未将耳环取下来。

想到这里,我突然意识到了我手里握着的那个东西,那个有着淡淡土黄色的印章似的东西。

"琉奈姐姐，"我下意识地把那东西递给了她，"给……"

我大概一辈子也忘不了琉奈姐姐那个时候的表情。琉奈姐姐面部的皮肤涨了起来，似乎有什么东西要从里面喷发出来，马上就要炸裂开似的。她的表情十分独特，看起来十分痛苦，一会儿像要号啕大哭，一会儿显得十分迷茫，一会儿又显得怒气冲冲。不管最终会朝着哪个方向发展，我觉得那股感情一旦爆发出来，琉奈姐姐的精神就再也没法恢复到正常状态了。

"我刚才去了趟别馆。"为了让她的表情稳定下来，我赶忙编了一个瞎话，"这个东西掉在榻榻米上了。"

琉奈姐姐如释重负，紧张的身体也放松了下来。虽然此时此刻外公就陈尸在一旁，但我看到她差一点就笑了出来。

"这样啊，谢谢你哦。"说罢，她从我的手上接过耳环。

琉奈姐姐大概以为自己把耳环掉在阁楼间里了，因此一直十分慌张。不管怎么说，这个房间现在是杀人事件的现场。把本来不应该存在于这个屋里的东西落在现场的话，毫无疑问会给自己引来麻烦。

不过，耳环掉落的地方实际上是阁楼间外的楼梯上。我突然感到自己的面前出现了一个巨大的谜团：琉奈姐姐到底是什么时候把耳环掉在那里的呢？

我在别馆的壁橱里，曾经偷听到富士高哥哥和琉奈姐姐之间的这段对话。

"我刚刚还在想怎么这么安静……怎么回事？那个跑到哪里去了？"

"咦？啊，是这个吗？那个我不知道掉哪里去了，所以就把这个也摘了下来。"

也就是说，那个"不知道掉到哪里的东西"其实指的是琉奈姐姐的一只耳环。那时候，富士高哥哥因为没有看到琉奈姐姐平时那叮当作响的耳环，才开口问她的。琉奈姐姐则说，因为一只耳环丢了，所以才把另外一只也摘了下来。

我想这就是那段对话的意思吧，应该不会错了。

问题是，琉奈姐姐究竟是在什么时候把耳环掉在了通往阁楼间的楼梯上面呢？她和富士高哥哥在别馆说话的时候，我并没有看手表。不过我刚吃完早饭的时候刚好看过时间。我在餐厅吃早饭的时候是上午九点，由此推断，我在别馆偷听的时候应该是上午十点左右。

也就是说，琉奈姐姐在上午十点以前来过主屋。这样一来，事情就变得有些复杂了，所以我们还是有条理地整理一下吧。

换言之事情是这样的：

①"真正"的昨天，也就是一月一号新年聚会的时候，琉奈姐姐还戴着耳环。这天晚上十一点多的时候，我回到阁楼间躺下睡觉。

②一月二号之"最初的循环"。

③一月二号之"第二个循环"。

因为②和③是同一天的重复，所以我们把它们放到一起来看。从一月一号晚上十一点开始，到一月二号上午十点的这段时间里，是琉奈姐姐耳环可能脱落的时间段。当然了，琉奈姐姐在①那天，肯定注意到了自己丢了一只耳环。在那一个循环里，虽说我没有躲在壁橱里偷听，但是她和富士高哥哥之间的那段对话在①那天也会发生：

——哎呀，你的耳环怎么没了？

——一边的丢了，所以我把另外一边的也摘了。

这么说的话……当顺着逻辑得出结论的时候，我突然觉得很奇怪。因为照这么说的话，在②那天里，当外公和我喝酒的时候，站在楼梯上偷听的人就有可能不是琉奈姐姐了。不，虽然偷听的人仍然有可能是琉奈姐姐，但至少在当时，她应该并没有把耳环掉在楼梯上。因为，在②那天里，我和外公是从中午以后才开始喝酒的。而在那天的中午之前，琉奈姐姐的一只耳环已经不知掉在哪里了，而另一只也被她收了起来。因此，在下午的时候，琉奈姐姐就不可能再次把另外一只耳环掉在楼梯上了。这个从理论上是说不通的。

退一步讲，在②那天里，就算琉奈姐姐和富士高哥哥为了说服外公一起来到了阁楼间的门外——不过因为我当时也在场，所以他们推迟了说服工作——琉奈姐姐也不可能在那个时候把耳环掉在楼梯上。她的耳环是在那之前的某个时间掉下的。当然了，同样地，在③的那天里，琉奈姐姐的那只耳环在她去别馆之前就已经掉了。

不过，这样一来，我就有些想不通了。琉奈姐姐的耳环只能是在"从一月一号晚上十一点到一月二号上午十点"的这段时间里丢掉的。如果这个推论没错的话，那么问题也就随之而来了——琉奈姐姐为什么会在这段时间里到主屋来呢？而且还是到主屋的阁楼间。在这段时间里——自不必说了——阁楼间里只有我一个人。这一点，琉奈姐姐应该不会不知道。她找我究竟有什么事情呢？真是搞不懂。

哎呀，算了算了。这个问题暂时先放到一边去吧。还有一个更加重要的问题。刚才，琉奈姐姐似乎十分紧张，她生怕我说出我是在阁楼间楼梯上捡到她耳环的这一事实。因为一旦我说出这个事实，便意味着她将摆脱不了杀害外公的嫌疑。

就目前的情况来说，琉奈姐姐的嫌疑是最大的。富士高哥哥也是。因为我亲眼看到了他们两人穿过走廊，追着外公去了主屋。而且中途琉奈姐姐又十分可疑地将那个插着蝴蝶兰的花瓶从本馆拿了出去。而这个花瓶便是击中外公后脑勺的凶器。

当然了，在琉奈姐姐和富士高哥哥一前一后朝本馆那边走过去之后，我也终止了"监视活动"，离开别馆回到了本馆。因此，在他们离开之后，还可能有其他什么人也去过主屋。对了，刚才叶流名三姨不就去了一趟主屋吗？正因为如此，她才在阁楼间发现了外公的尸体。

这么说来，现在还不能断言说"琉奈姐姐和富士高哥哥就是杀人凶手"。而且，从另一个角度来说，作为第一发现人的叶流名三姨也有可能是杀人凶手。刚才，发现尸体之后的叶流名三姨可以说被吓得魂不附体，但那种有失体面的行为举止或许只是一场"表演"而已。嗯，看来嫌疑最大的果然还是琉奈姐姐。为什么要把插着蝴蝶兰的花瓶从本馆搬到主屋去呢？只要这个问题不说清楚，琉奈姐姐就……

我正左思右想的时候，警察来了。鉴定科的警员和身穿便衣的刑警从楼下上来，要进入现场，因此我们便从阁楼间里退了出来，在警员的引导下，陆陆续续地回到了本馆。

我们在和大厅相连的会客厅里集合。可能友理小姐是这里看上去最可靠的人吧，刑警问友理小姐，所有相关人员是不是都到齐了。友理小姐来回看了看在沙发上坐着或靠墙站着的众人，随即点了点头。

"在接到指示之前，请大家留在这里不要离开。"刑警丢下这句话以后，便离开了会客厅，只留下两个穿着警服的警员像哼哈二将似的站在这里。看样子，他们俩的任务似乎是监视我们。

实际上警方也确实应该这么做吧。因为杀人凶手极有可能就在我们这些人当中。当然了，怀有这种想法的人不止我一个，其他人大概也是这么想的，只是憋在心里没说出来罢了。

妈妈、胡留乃二姨、叶流名三姨、富士高哥哥、世史夫哥哥、舞姐姐、琉奈姐姐、贵代子夫人、槌矢先生以及友理小姐——面对其他人偷偷向自己投来的怀疑目光，众人似乎都在强压怒火，屋子里的空气一时间变得冰冷无比。

在众人当中，形迹最为可疑的果然还是琉奈姐姐和富士高哥哥。本来我就对他们有了先入为主的看法。在别馆里的时候，明明打得火热的两人，现在却分别站在屋子的两端，把脑袋瞥向一边。从我这个知情人的角度来看，他们两个人的行为显得十分做作。

"不好意思，各位，请听我说一下。"一个声音让我们纷纷回过神来。看来在这之前，大家都一直在各自盘算着。众人纷纷打了一个激灵，好像突然被人从梦中吵醒似的。当然了，我也不例外。

"我是安槻警署的平塚。"这个刑警看上去和富士高哥哥的岁数差不多。

"请问哪位是事件的发现人？"

众人的视线唰的一下聚集到了同一个人的身上。好像自己做了坏事就会遭到责骂似的，叶流名三姨的那张脸出人意料地涨得通红。她举起手示意。如今的她，已经失去了那份敢于主动申告的游刃有余——要是放在以前，她的脸上肯定会露出那种招牌式的微笑，仿佛在说"我当然掌握了一些重要的情报，不过可不能那么轻易就跟你说哦"。

"那么，从发现人开始，大家请到这边来。我们会一个一个地和各位在别的房间单独会谈。我知道这会花上一段时间，但还是请大家多多协力配合！"

叶流名三姨被叫出去之后，接下来便轮到了胡留乃二姨。然后是贵代子夫人、槌矢先生、友理小姐、妈妈、舞姐姐、琉奈姐姐、富士高哥哥、世史夫哥哥，我是最后一个。

警方的讯问到这里差不多应该结束了吧？我刚这么一想，叶流名三姨又被叫了出去，大家又被重新问了一次。我心想，这下总算是问完了吧。可没想到的是，讯问又重头来了一次。就这样，警方的讯问一直持续到了晚上。

　　警方问完一轮之后，之前一直沉默不语的大家突然纷纷开口说话了。回到会客厅之后，大家热火朝天地讨论了起来，刑警问了什么问题啊，自己是怎么回答的啊。大家脱离了发现外公尸体之后的那种"郁闷"的状态，纷纷进入了一种"浮躁"的状态之中。

　　当然了，也有人被挡在了"情报交换活动"之外。被排挤的两个人正是所谓外人——槌矢先生和友理小姐。连平日里少言寡语的舞姐姐也好像忘了沉默是何物，喋喋不休地大侃特侃起来。由此看来，只要发生了平时难以见到的事件——哪怕是自己的亲人被杀了——人们也会兴高采烈地把它当成一个热闹的节日来过。

　　不过，在这场热火朝天的大讨论当中，我却没有收集到任何新鲜的情报。叶流名三姨说，她是为了讨论遗嘱的事情才决定去找外公的。因为听琉奈姐姐说"看到外公去主屋那边了"，所以叶流名三姨才去主屋那边找外公，可谁知道结果却是……至于那以后的事情，相信大家应该都知道了。

　　照这个形势来看，除了琉奈姐姐和富士高哥哥之外，也只剩下我手里掌握的情报"还算值得一听"了。不过，我决定不对刑警说出琉奈姐姐和富士高哥哥的事情。我之所以这么做，部分原因在于我心里多少有些抵触——毕竟不能揭发自己的亲哥哥嘛——但更深层次的原因还是因为我嫌麻烦：反正在"下一个循环"里所有一切又会被"重置"，所以就算现在把他们揭发出来也不会有什么意义。因此，我只对警方做了如下的供述：自己早上不到九点就起床了，吃完早饭以后就去了别馆，一直在那睡觉。睡醒了以后，我刚回到本馆的餐厅，就听到了叶流名三姨的惨叫。

据我观察，刑警们虽然没有对我的证言表示怀疑，但并没有打算不加思索就全盘接受。真是一帮难缠的家伙啊！不过，在问到我们这些人为什么一个个都是运动衫加长棉马甲打扮的时候，我还是不由得露出了困惑的表情。对此，我只好回答说，我只是遵循外公的指示而已，至于为什么要穿成这样就不得而知了。

事情发展到这个地步，无论是大庭一家还是钟之江一家都没法回家了。本来在傍晚的时候，我们就应该坐着世史夫哥哥的车一起回家的，结果却因为发生了突发事件，部分日程被改变了。面对这种行程大幅度变更的情况，就算原则上要忠实于"最初的循环"的"时空反复陷阱"也变得无能为力了。随着事态的不断发展，我们只好在渊上家再留宿一个晚上。

警方的新一轮讯问开始了。或许因为说累了的缘故，刚才一直讨论得热火朝天的众人变得异常安静，一时间，会客厅里鸦雀无声。这么看来，是我误会了妈妈和叶流名三姨她们——我本来以为妈妈她们对外公的去世会感到高兴。为此，我在心里对自己进行了一番深刻的自我反省，心情因此也变得极端复杂。

在等着被警察叫到其他房间讯问的时候，我突然感到了一种奇怪的感觉。总觉得自己好像把什么事情给忘了……

我好像把什么重要的事情给忘了。

到底是什么事情呢？有多重要呢？和外公的这个事件有关系吗？我自己也说不清，心里只是有一种模糊不清的感觉。我只是在心里隐隐地感到自己忘了一件重要的事情，而这件事情和某人有着什么关系。我拼命地想回忆起来，但到头来脑海里却还是没有浮现出任何线索。

现在被叫去接受讯问的是贵代子夫人。剩下的人被留在会客厅里大眼瞪小眼，这些人分别是妈妈、胡留乃二姨、叶流名三姨、富士高哥哥、世史夫哥哥、舞姐姐、琉奈姐姐、槌矢先生、友理小姐，还有我自己。那个被我忘了的"重要的事情"肯定和屋子里的某个人有关——除了站在屋里的两名警察之外。我对此深信不疑。

我在暗中依次观察每个人的表情，却什么也看不出来。就这样，越是找不到头绪，我心里就越觉得那是一件重要的事，渐渐地，我变得焦躁起来，但到最后也没发现有什么可疑的地方。

正在我焦急万分的时候，挂在墙上的时钟指针在不知不觉之中指向了凌晨零点。

第六章
果不其然，事件发生了

本来应该在会客厅排队等候警方讯问的我突然在一片漆黑当中醒了过来。我感到渴得要命，想要喝水的渴望和想继续在被窝里睡觉的困意在脑袋里打得不可开交。在它们双方激战正酣的时候，半睡半醒的我靠着脑袋里仅有的一隅安宁，意识到了自己此时此刻正睡在阁楼间的被窝里面这个事实。

一切的一切全被"重置"了。

因为只要过了凌晨零点，"时空反复陷阱"就会发生"重置"，一切便又回到了一月二号最开始的时候。我实在困得不行，在一片朦胧之中好不容易才认识到了这一点。虽说是认识到了，但由于此时困意赢得了自己脑袋里的那场争斗，于是我便再一次地被拖进了睡眠的深渊。

朦胧的阳光从窗户射了进来。我睁开眼睛，看了一眼闹钟，时间已经过了上午八点。我慌忙钻出被窝，从阁楼间走下来，蹑手蹑脚地窥视主屋厨房的动静。

"所以，红色的折纸没有了吗？"我听到了外公那健朗的声音。"这是怎么回事啊？你们早就应该把这些准备好了的啊。我一看，居然唯独没有红色的折纸。"

我暗中长长地吁了一口气。虽然我早就知道只要发生"重置"一切就会恢复原样，但是在"时空反复陷阱"中死去的人还会起死回生这种事却是第一次看到。我感到心有余悸，这之前自己一直在担心"外公到底能不能起死回生"。

胡留乃二姨随后没有说红色折纸的事情，而是反问外公昨天怎么了。外公随后拜托贵代子夫人去文具店买点红色折纸回来，但贵代子夫人指出，在新年的这三天里所有的商店都不开门。果然，一切都和那天一模一样。看来没有听到最后的必要了，我准备回到阁楼间去。

刚往上走了几级台阶的我突然停住了脚步。在一级台阶的边缘，一个印章似的东西吸引了我的注意力。我伸手把它捡了起来，当然了，这便是琉奈姐姐的那只耳环。

在"最初的循环""第二个循环"以及同样是一月二号的"第三个循环"里，"琉奈姐姐的耳环掉在这里"这个事实本身就让人感到不可思议。在上一个"循环"里——也就是"第二个循环"的一月二号——我是在外公的尸体被发现之后才捡到琉奈姐姐的耳环，并还给她的。因为发生了"重置"，所以耳环又回到了老地方。这个没有问题，是说得通的。

虽然这个事情说得通，但是既然耳环在这个时候就已经掉在这里了，那么就说明琉奈姐姐在昨天——真正的昨天，也就是一月一号——夜里十一点，到今天（一月二号）早上八点之间的这段时间里，曾经特地从本馆来过主屋，而且还爬上了连接阁楼间的楼梯。

琉奈姐姐究竟为什么这么做呢？

在上一个"循环"里就萦绕在我脑海中的疑问再一次困扰着我。就算琉奈姐姐有事找我，那也不会选在晚上过来——她完全可以另找一个时间嘛。我怎么也想不通，难道说……琉奈姐姐想过来找我私会，和我共度良宵不成？要真是那样的话，我确实乐意奉陪。不过我也知道那是不可能的。

我手里把玩着耳环，一屁股坐在被子上，随即抱起胳膊。对我来说，不得不去思考的事情实在太多了，简直堆积如山。最首要的问题就是，在"最初的循环"里没有发生的事情为什么会在"第二个循环"里发生呢？这是一个最大的谜团。

就像我之前说的那样，能够从因"时空反复陷阱"而反复的"日程"当中逃脱，并按照自己的意志改变言行的人只有我。因为只有我一个人能够认识到这种不断反复的现象。也就是说，如果在第二个循环里发生了第一个循环里没有发生的事情的话，那么事情发生的原因只能是我在其中搞过鬼。也就是说，我才是杀死外公的真正凶手。这是唯一符合逻辑的推论。

当然了，我并不是说自己直接下手把外公杀掉了。我肯定是因为说了什么或者做了什么异于"最初的循环"的言行，使"最初的循环"的"日程"发生了畸变。就像一个接着一个倒下的多米诺骨牌，一系列的连锁反应让本来不应该死去的外公被人杀害了。这应该是一个——也是唯一一个——合理的解释了。

我在"最初的循环"和"第二个循环"里的言行有什么不一样的地方呢？说到这里，我第一个想到的便是陪外公喝酒的事情。我在"最初的循环"里被外公抓到陪他喝酒，但是在"第二个循环"里却有意避开了。大概就是因为这一点上的"差别"才导致了因果反复，进而最终发展成为杀人事件了吧。

这样的话，我只要陪着外公一起喝酒，外公就不会被杀了。这个道理还真是简单易懂啊。不过话又说回来了，算上现在这个"循环"，这个"时空反复陷阱"还剩下七个"循环"，所以我还得被灌上七次，吐上七次，受上七次折磨才行。

当然了，为了拯救外公的生命，我情愿承受这分痛苦和折磨。不过，除了这个大概还有其他的方法吧。算上这个"循环"还有七次重新一试的机会，我完全可以在这七次机会里尝试各种各样的方法。如果在不用陪外公喝酒的情况下，能够找到其他可以成功解救他的方法，那么只要在余下的"循环"里一直重复使用那种方法就好了。

我在阁楼间里等到九点，随后便朝本馆的餐厅走去。吃完事先准备好的早餐之后，我走出了中庭。有没有什么适合隐蔽起来的地方呢？我来回看了一圈，突然发现在别馆旁边有一处花草丛，于是便躲了进去。

我监视着别馆的入口。过了一会儿，琉奈姐姐和富士高哥哥出现了。他们两个人果然一副小心谨慎的样子，看见四周没人之后，慌慌张张地闪进别馆。这一点与"日程"完全相符。

我从花草丛里走了出来，朝着别馆走去。我敲了敲别馆的大门，可以感到屋里的两个人顿时屏住了呼吸。我也不管三七二十一了，直接去推别馆的大门。本以为会被反锁上的大门，不费吹灰之力就被我打开了。

真是粗心大意的家伙啊！要是我的话，把女孩子拉到隐秘的地方亲热的时候，一定会把门锁上的。真是的，我这可不是在说大话哦。

"不好意思！"我尽可能地装出一副一本正经的样子，朝屋子里探出头，"在你们百忙之中打扰了，十分抱歉！"

琉奈姐姐看上去一副悠然的样子。她坐在那里，双腿并拢优雅地歪向一边，镇定自若地看着我。而富士高哥哥的样子实在是滑稽。他离开琉奈姐姐一段距离，朝着壁橱的方向硬挺挺地僵在那里。

他慌慌张张地好像在掩饰着什么。显然，他刚才想要做出让人不齿的行为。富士高哥哥的裤子早就脱了下来,为了不让人看到自己的内裤,他背对着我,略微欠身成半蹲状。

我觉得富士高哥哥的背影里充满了哀愁。

"富士高哥哥,我有话要跟你说。"

"什么事啊?!"他干咳了一下,终于回过头来。他用一种哀怨的眼神偷偷瞥了一眼镇定自若的琉奈姐姐,好像在说,你这个女人为什么在这种时候还临危不惧、面不改色心不跳啊?"改天再说!"

"琉奈姐姐,我也想让你一起听我说。"琉奈姐姐说了一声"那我先走了",正要离开的时候,被我用这句话拦了下来。"请姐姐务必留下来,我有重要的事情要说。"

"重要的事情?"

"当然是有关外公继承人的问题。啊,对了。"我把手里拿着的耳环交给琉奈姐姐,"把这个还给你。"

琉奈姐姐的表情变得僵硬起来。她十分警惕着瞪着我,用一种从泥巴里捡东西的姿势从我的手里取走耳环。

"那个,不好意思,我就不兜圈子,开门见山好了。你们两个人是不是,那个,所谓亲密关系?"

"算是吧。"事已至此,再怎么掩饰也没用了。于是富士高哥哥索性大大方方地把裤子提好,挡住内裤。"你这么想也可以。"

"你们很亲密。以至于休息日的时候,琉奈姐姐会到哥哥的公寓去帮哥哥洗衣服。"我想尽快把对方拖进自己的节奏里,因此多少有些着急,不经意之中竟然把自己手里所有的牌打了出去。"而且,琉奈姐姐还叫哥哥小富。"

"你连这个都知道了啊?"富士高哥哥笑了出来。被别人不留情面地说了一通的富士高哥哥不但不生气,反而很高兴。笑得如此开心的富士高哥哥，我还是第一次见到。看来他的心情并没有变坏，也没有逼问我"为什么连那种细节都知道"。

"算了算了，确实是这样。我跟老妈说我自己做饭，但实际上是她做给我吃的。当然了，她是利用休息时间过来帮我做的。你别看她那个样子，其实她是一个很传统的女人。她煮的菜可好吃了。尤其是土豆炖肉，真是太棒了！"

"当然了。"富士高哥哥像是一匹脱缰的野马，津津乐道地讲起了自己的感情故事。和他正相反的是，我注意到琉奈姐姐依然是那样的僵硬。和我刚踏进这个屋子的时候比起来，他们两个人的态度发生了互换。

"哥哥和姐姐早晚会结婚的吧？"

"不，那个问题嘛……倒不能说完全没有那个打算。不过，我们还没讨论过那么具体的问题。不管怎么说，我还是个学生嘛。"

"琉奈姐姐你怎么想的呢？你不打算一直和哥哥在一起吗？"我一鼓作气直接切入问题的关键。"你不打算和哥哥在一起吗？比如和哥哥一起继承渊上家，姐姐没有考虑过这个问题吗？"

"咦？"琉奈姐姐大吃一惊，刚才还犹如铁板一块的严肃表情，不争气地露出了裂缝。或许是自己一直在暗中谋划的计策被人说中的缘故吧。"哎？呃……啊……啊！是、是啊！那个……人家，那个，人家也不知道啦——"可能由于惊慌过度，琉奈姐姐十分罕见地装出一副无脑女孩的样子。"小 Q 说的那些事情，我全都不知道——"

"简而言之呢，在我看来，无意之中在你们两人之间擦出的爱情火花，成了大家的救命稻草。"

"你这话是什么意思？"富士高哥哥兴致盎然地探过身来，"我们两个人结婚，然后继承渊上家，也就是说，我们两个人都成为胡留乃二姨的养子，是吗？"

"是的，就是这样。这样一来，我们的妈妈和叶流名三姨也就没有必要相互仇恨了，不是吗？因为两个人的孩子结为连理，还一起继承了渊上家的事业。如果小宝宝再出生了的话，那一切就都圆满了。到时候，不仅是哥哥姐姐两个人，大家都会过上幸福的生活！"

"不过啊，事态的发展真的会这么一帆风顺吗？还有，外公不是已经说了吗，他要自己决定渊上家的继承人啊。而且他早就把决定继承人的那份遗嘱写好了吧？"

"外公还没有写遗嘱。"

"你说什么？"

"外公他还没有开始写那份遗嘱。还没有写。他正在为选谁当继承人而发愁。当然了，这事琉奈姐姐可能早就知道了吧？"

"真的吗？"富士高哥哥问道。

琉奈姐姐没有说话，只是紧紧地握住了手里的耳环。我看见她的眼睛在一瞬间迸发出了一道光芒。

琉奈姐姐随后点了点头，说道："是的。外公和我说过他还没有写。我本来想和小富说这件事来着。我本来就是为了和你说这件事情才找你来这里的。"

"什么？原来是这样啊。"

"而且我也这么想过，如果我能和小富结婚，两个人一起继承渊上家的事业的话，那该有多好啊。我本来想和你提这个事情来着，但没想到却被小Q抢在前面说了出来。"

"真的吗？！"富士高哥哥发自内心地感叹道，"你们两个人居然在同一时间思考着同样的问题，真是太偶然了。"

"可不是嘛。真是吓了人家一大跳呢。"

"难道说，琉奈姐姐你……"尽管琉奈姐姐一直用一种恶狠狠的目光盯着我，但我却没有给她喘息的机会。我连珠炮似的接着说道："是不是想抢在外公立下新遗嘱之前，向外公说，请他改变自己的决定。是这样的吧？所以姐姐你早就打定了主意，打算一会儿和富士高哥哥一起去说服外公，我说得没错吧？"

"是啊。"

琉奈姐姐看上去并不太惊讶，或许我刚才说的那个推论过于普通了，一般人只要想一下就能猜到吧——当然了，也可能是琉奈姐姐已经对我抢在前面说出她的想法这种情况感到麻痹了。

"所以，我们必须赶在外公写完最终决定版遗嘱之前去找他，否则请求就没有意义了。"

"这倒不见得哦。"

"哎？为什么啊？"

"首先，就算我们去找外公谈，但外公听不听我们的话，这本身就是一个问题。"

"嗯。是啊，小Q说得没错。"富士高哥哥已经完全沉浸到这个话题之中了。或许，"继承渊上家事业"这个假设，对他来说越来越有诱惑，也让他的野心膨胀起来。"这确实是最大的难题啊！怎么办才好呢？就算坐下来真诚地和他交心，他也不会对我们言听计从的。不管怎么说，外公这个人确实很顽固，自己一旦决定了的事情，就算别人怎么请求，他也不会撤回成命。请求他没有用，那只会得罪他。"

"那么，"琉奈姐姐望着我，眼神里面少了一分恨意，多了一些期待，"那，那怎么办才好呢？"

"不管怎么样，一定要让外公觉得整件事是在朝着他喜欢的方向前进。总之呢，就是让外公按他自己的意愿立下遗嘱。"

"不过，这样一来，一切就都来不及了啊。"

"不过，请哥哥和姐姐仔细想想。这次决定要立一个最终决定版遗嘱的，可是外公本人。这是外公自己决定的。从这点上考虑，外公还是有可能改变心意的。"

"你说得也是。"富士高哥哥抢着说道，他似乎察觉到了我的用意，"只要让外公满意，这之后就算再让他改上几次遗嘱也不是什么问题嘛。"

"是啊，是啊，所以我们只要让外公满意就行了。外公一满意，没准儿就会说'嗯，我还是把遗嘱再改一次算了'。"

"那，那应该怎么办才好呢？你说啊！"琉奈姐姐兴奋了起来，她一把推开富士高哥哥，探出身来，精巧的鼻子一鼓一鼓的。"怎么做才能让外公改变心意，让他再重新写一次遗嘱呢？"

"方法其实很简单。哥哥姐姐你们俩结婚就是了。千万不要对外声张，别向外人透露自己要继承渊上家事业的打算。暂时不要管渊上家，哥哥和姐姐先专心构筑好自己的家庭就可以了。这样的心态最为重要。"富士高哥哥和琉奈姐姐不约而同地连连点头，两个人仿佛被什么机器连接起来似的。他们这么倾尽热情地听我说话，还真是有生以来的第一次。"接下来的事情，就要看哥哥姐姐你俩了。总而言之，请哥哥姐姐竭尽全力地生个小孩出来吧。必要的话，你们可以先生孩子再奉子成婚，这样也可以。反正你俩生个小孩就是了，对外公而言，这可是他的重孙，可爱的重孙啊，是比孙子还要可爱的重孙啊！"

富士高哥哥和琉奈姐姐似乎明白了我的意思，两个人的脸上顿时泛出太阳一般的光芒，那严肃的表情简直就像在聆听神谕一样。

"千万不要让外公有机会经常见到他的重孙子。当然了，也不能过于疏远。在下一次见到重孙之前，一定要让外公等得不耐烦了才行——你们得让外公一直保持这种心境。这其中的关键就是把握好时机。一定要逼得外公动这样的念头——'干脆让重孙子和我一起生活吧。对了,这个好办啊,让富士高和琉奈他们变成胡留乃的养子,继承渊上家的事业不就可以了嘛!'让外公有这种想法,不会花多少时间的。到时候外公就会下定决心——'让他们搬到这个房子里,和我一起住吧。'这样一来外公自然而然地就会主动改写遗嘱了。"

"Q太郎!"富士高哥哥用一种庄重而严肃的表情对我说道,"你真是一个天才啊!"

"谢谢夸奖。"

我彬彬有礼地低头行礼,趁着这个机会偷偷地吐了下舌头。哥哥只听我说了一个行动概要便陷入了一种错觉,觉得这是个"完美的作战计划"。实际上,这个计划里有着很多的不确定因素,在执行的时候,能否按照计划去施行还是一个未知数。不过对我而言,那些事情并不在我考虑的范围当中。

重要的是,在今天这一天当中,不能让富士高哥哥和琉奈姐姐两个人靠近主屋——能达到这个目的的就可以了。

"杀死过"外公的人是富士高哥哥和琉奈姐姐当中的哪一个呢?难道说,是他俩一起杀死的外公吗?我做出这种推断也是无可厚非的。不管怎么说,将那个用来"杀死"外公的凶器——插有蝴蝶兰的花瓶从本馆拿到主屋的正是琉奈姐姐。而富士高哥哥在整个过程中一直和琉奈姐姐共同行动。因此,不论从哪个角度来想,他们两个人是共犯这个推论都是可以解释通的。

他们两个人为什么会动手"杀害"外公呢?杀人的动机又是什么呢?我不知道。不过我很难想象他们两个人会对外公抱有"杀意",因此,我觉得他们应该是在说服外公的过程当中,与外公发生了争执,才失手杀死了外公。所以，这一回，我只要不让他们两个人接近主屋，并一直监视他们，外公就应该不会有事了。我对自己的分析坚信不疑。

"不过啊，有一个问题。"刚才一直拍手叫好、喜出望外的琉奈姐姐，脸色突然一沉，"我妈妈那里是个问题啊。当然了，还有加实寿大姨那里。我觉得她们不会赞成我和小富结婚的。而且，她们还会极力反对，使用一切手段来拆散我们。"

"所以咱们要尽早把小孩生出来啊。"富士高哥哥那副急不可耐的样子，给人一种现在就想把琉奈姐姐扑倒在地的感觉。实际上，我要是不在场的话，他早就扑过去了。

我看着富士高哥哥色迷迷的表情，总有一种看见世史夫哥哥的错觉。我的心里突然涌起了一种奇妙的感慨：虽然富士高哥哥和世史夫哥哥两人乍一看在外表上一点也不像，不过毕竟是亲兄弟嘛，在本质上还是一样的。

"只要我们把生米煮成熟饭，老妈她们也就无话可说了！所以咱们赶快开始吧，抓紧时间。要对外公使用怀柔政策，就必须得生个小孩出来！"

"我觉得如果我怀孕了，去说服妈妈和大姨她们倒是没有什么问题。"琉奈姐姐挡开伸手过来要摸她的富士高哥哥，扭过头来征求我的意见。

既然姐姐都这么盯着我问了，无奈之下，我只好回答道："为了达到最终的目的，你们必须预先团结好世史夫哥哥以及舞姐姐他们。大庭和钟之江两家，必须终止这种关于继承人的竞争，因为，两家很可能在竞争当中双双落败，两败俱伤。与其冒着这种风险，两家不如齐心协力，共同继承渊上家的财产。我觉得，如果大家一起去说服她们的话，她们还是会接受我们这种提议的。"

"有道理。"琉奈姐姐用力地点了点头。

"事不宜迟,"我和富士高哥哥赶紧站了起来,"我记得舞现在应该在餐厅吃饭。我们现在就去找她,请求她的帮助吧。"

虽然我知道,这个时候在餐厅里用餐的不止舞姐姐一个人——世史夫哥哥也在,但我还是理所当然地保持了沉默。

我们离开别馆,朝着本馆的方向前进。在途中,我在走廊里看到了外公的身影。他手里拎着一个一升装的酒瓶兴冲冲地朝着主屋的方向走去。他打算避开胡留乃二姨和贵代子夫人的监视,一个人偷偷地喝个痛快。目前为止,一切都在按照"日程"进行着。

走在我前面的富士高哥哥和琉奈姐姐完全沉浸在热烈的讨论中,似乎并没有注意到外公。太好了,太好了,这样一来只要随便找个借口缠住他们两个,耗到傍晚,外公就能避开被杀的命运。只要能够证明这个方法行之有效——换言之,只要杀死外公的凶手是富士高哥哥和琉奈姐姐两人——在余下的六个"循环"里,就可以一直按照这样的"日程"来反复操作,直到过完"最终的循环"。这样的话,外公被杀的事就不会发生,这一天也会以"平安无事"而结束。

"哎呀,太好了,正合适!"我们走进餐厅以后,世史夫哥哥果然正和舞姐姐一起吃饭。琉奈姐姐见状,不禁喜出望外。"你俩都在啊!"

"哦,怎么了?怎么了?我说小琉奈,你见到我真的那么高兴吗?我太感动了!"世史夫哥哥还是老样子,一脸安逸地说道,拿着筷子的手在空中来回比画,"来来,快坐,来,坐我旁边嘛,快点快点。"

"喂,我问问你俩啊。"琉奈姐姐无视世史夫哥哥的热情招呼,在他们对面坐了下来。富士高哥哥则理所当然地坐在了她的旁边。"小Q刚才灵光闪现,想出了一个非常棒的主意。"

"Q 太郎他怎么了？"看来在世史夫哥哥的字典里，我的名字和褒义词构成的组合是不存在的。"比目鱼①怎么了？"

"我说的是渊上家的继承人问题。小 Q 提出了一个方案，可以把目前这种混乱的局面一下子全部解决。我说啊，那个方案……"

琉奈姐姐按顺序将之前我提出来的"重孙"作战方案详细地说明了一下。虽然那是我提出来的方案，但是琉奈姐姐显然已经将其咀嚼消化、融进了自己的思想。

可能因为身上没有口袋吧，琉奈姐姐下意识地在手里把玩着我刚还给她的耳环，用一种富有沉思的口吻解释着作战方案。琉奈姐姐的解释远比我说的更具说服力。

"什么？！"不过这个提议对世史夫哥哥来说无异于一记晴天霹雳。他用满嘴喷出的米粒来表示自己的抗议。

"什么？你说什么呢啊？我说小琉奈啊，你说你早就和哥哥交往了吗？怎么会有这种事情呢，这也太过分了吧，太过分了！"

或许由于过于激动，米粒从世史夫哥哥的气管进入了他的鼻腔。他一脸痛苦地用卫生纸擤着鼻子，每擤一下就打开肮脏的卫生纸看看。随后，世史夫哥哥可怜巴巴地叹了口气，说道："我的那分痴情可怎么办啊！算了，一切都完了，哥哥你下手实在太快了，你这可是犯规啊！"

不过世史夫哥哥的抗议便到此为止了。我们只是苦笑了几下，把他的抗议当成笑话，一笑而过。真正的问题在后面。

舞姐姐突然拍了下桌子，"腾"的一下站了起来。大家都被她吓了一跳，身体僵直，手足无措。琉奈姐姐也因为突然受了一惊，手一松，

---

①在日语里，"灵光闪现"的读音为"hirameki"，"比目鱼"的读音为"hirame"，二者相差不多，所以世史夫听错了。

刚才在手里把玩的耳环掉落到了桌子上面。

"讨厌！讨厌讨厌讨厌！这算什么事啊？！太过分了！"舞姐姐大喊大叫了几声，随后便放声大哭起来。她就像一个发脾气的小孩一样，拿起茶杯盘子往地上乱摔一气。陶瓷的破碎声和她的哭喊声交杂在一起。

"你们真是太过分了！过分过分过分，太过分了！"

"怎……怎么了？姐姐你怎么了？"琉奈姐姐怯生生地弓起身子，像是预感到危险似的，向后退了几步，但为了安慰自己的姐姐，她似乎又觉得应该向前探出身子。"我说姐姐啊，你这是怎……怎么了？啊——啊——啊啊——啊啊——盘子都让你摔坏了！"

"我管它什么盘子不盘子的呢！"舞姐姐蹿上桌子，一把揪住琉奈姐姐的头发。被舞姐姐一压，桌子开始不断地摇晃起来，餐具发出了"乒乒乓乓"的刺耳声音。"你这个，这个，这个，这个——"

"不……不要啊，你放开我，姐姐！"这回轮到被抓住头发的琉奈姐姐大哭大叫了。一种可以让玻璃碎裂的声音从琉奈姐姐的喉咙里迸出。"你放开我！放开！疼！好疼啊！疼死我了！"

"你这个小贱人！你这个臭不要脸的！"舞姐姐嘴里大喊大叫着，伸出手臂，照着自己妹妹的脸上抡圆了就是一巴掌。舞姐姐随后又张开手指去挠琉奈姐姐，仿佛要把她的眼珠挖出来似的。发生在我们眼前的这幕惨剧，简直让人无法相信。"你给我去死吧！你这个贱人！你去死吧！啊——啊——"

"疼啊，疼死了，姐姐，你快住手啊，住手住手住手，疼疼疼死我了！"

"快……快停下来，喂，快住手！"世史夫哥哥终于从桌子对面绕了过来，朝舞姐姐扑了过去。他把舞姐姐从琉奈姐姐身上拉开，从后面倒剪住她的胳膊。"快住手！小舞！你想干什么？！喂！我让你住手！快点，住手！"

"够了，喂，琉奈！"

富士高哥哥也拼命地把琉奈姐姐从舞姐姐身边拉开。由于舞姐姐被世史夫哥哥倒剪住双臂动弹不得，琉奈姐姐总算抓到了一个反击的机会，她揪着舞姐姐不肯放手。这对姐妹真是半斤八两，谁也不服输。

"够了够了，喂，你冷静点，冷静点！"

"出什么事了？这是怎么了？"听到吵闹声音后走进餐厅的胡留乃二姨，露出一副少有的严肃神情。贵代子夫人跟在她的身后，说道："怎么了？这到底是怎么回事啊？"

"你这个浑蛋！"琉奈姐姐似乎没有听到胡留乃二姨的斥责，仍旧一边哭着一边对舞姐姐破口大骂，"浑蛋！浑蛋！你疯了吧！什么玩意儿啊，去死吧你！"

"琉奈，你住嘴！"或许觉得琉奈姐姐骂得太难听了，胡留乃二姨十分罕见地发出尖锐的愤怒斥责，"你这是干什么呢！怎么能那么对姐姐说话呢！"

"可是，是这个家伙不好嘛！这个家伙先动的手！我没招她没惹她的，我到底做错什么了？我到底哪点做错了？"

"真是的，都这么大的人了，已经不是小孩子啦。"目瞪口呆的胡留乃二姨漫不经心地摆了摆手，仿佛要赶她们出去似的。那姿势就像在说，你们要吵就接着吵吧，随你们的便，不过要吵的话，到外面吵去。"你们都是成年人了，贵代子夫人，对不起，不好意思，请您帮忙收拾一下吧。"

"啊，啊，不，那个……"众人当中最先回过神来的是世史夫哥哥，他慌忙从正要打扫餐具碎片的贵代子夫人手里接过扫帚和簸箕。

"我们来收拾吧，对不起，对不起，真是对不起，引起了这么大的骚动。"

槌矢先生和友理小姐随后也急匆匆地赶了过来，然后是妈妈和叶流名三姨她们。我唯独没有看到外公的身影。大概因为他正躲在主屋的阁楼间里，所以才没有听到这里的吵闹声吧。

妈妈十分紧张，问世史夫哥哥到底发生了什么事。世史夫哥哥用一种强硬的态度掩饰道："没什么，没什么，已经没事了，都结束啦。"

"琉奈你太狡猾了。"舞姐姐慢条斯理的一句话让本来已经缓和下来的空气再次变得凝重起来，"为什么？为什么好主意总是你想出来的呢？为什么总是你招人喜欢呢？为什么？为什么？我到底哪里不如你了？哪里不如你啊？！"虽然这些话是冲着琉奈姐姐说的，不过很明显，舞姐姐那双泪水婆娑的眼睛从一开始就没有离开过富士高哥哥。

尽管如此，舞姐姐的这番话并不是向在场的某个人倾诉的，实际上，这完全是她的个人独白。她似乎将自己封闭了起来，完全失去了对外部世界的感知。舞姐姐身上弥漫着一种危险的气息，不论是谁，只需看上一眼就能感受到她身上那种阴森恐怖、令人毛骨悚然的愤怒之情。

"我到底哪里不如她了？为什么她就比我好呢？"

舞姐姐口中喃喃地嘟嚷着，步履蹒跚地离开了餐厅。叶流名三姨看起来十分担心舞姐姐，说了一声"等一下"，随即便追了出去。

"不要跟着我，走开！"舞姐姐的喊声在走廊里回荡。

琉奈姐姐或许终于理解了舞姐姐爆发的原因。她恢复了往日的神情，仿佛刚才自己的暴怒是被什么鬼怪附了身似的。琉奈姐姐看了看一脸复杂表情的富士高哥哥，又看了看舞姐姐她们离开的方向。

"也就是说，"胡留乃二姨虽然不知道具体的来龙去脉，但事情的梗概似乎已经了然于胸。她望着富士高哥哥，多少有点不负责任地挖苦道："看来钟之江家的这场姐妹之争，是由富士高引起的嘛。哎呀呀，果然是真人不露相啊。富士高，你到底是从什么时候开始变得如此受欢迎了啊？"

"就是啊！哥哥，你太狡猾了！"世史夫哥哥一边收拾着餐具的碎片，一边愤愤不平地说道。虽然他的口气听起来像是在开玩笑，但这无法掩饰他大受打击的事实。"也就是说，不仅是小琉奈，连舞姐姐也迷上你了？真是太出人意料了。搞不懂，我可一直都是个好男人啊！"

"你身上的那种优点不容易被年轻女孩发现。肯定是这样的。"

胡留乃二姨边笑边安慰世史夫哥哥——但世史夫哥哥听了这话以后会不会感到高兴就无从得知了——随即走出餐厅。贵代子夫人也跟着离开了。槌矢先生和友理小姐两人或许也觉得目前这种情况还是走开比较好，因此在和我们点头示意之后，便转身离开了。琉奈姐姐本来还在窥视富士高哥哥的表情，但是在妈妈无言的压力之下，还是无可奈何地离开了餐厅。

"这是怎么一回事？你们几个怎么了？"待外人全都走开之后，妈妈唰的一下把脸凑了过来，对富士高哥哥和世史夫哥哥说道，"难道说——虽然我说的只是个假设吧——难道说，你们真的被叶流名的笨蛋女儿给迷住了？而且还是两个人一起？"

富士高哥哥和世史夫哥哥并没有否认，妈妈见此情况，变得愈发狂怒起来。"笨，笨蛋！你俩真是，真是气死我了。你们都多大了，怎么还跟小孩似的？看见一个稍微漂亮点的姑娘就走不动路？怎么这么不管不顾的啊你们，一点都不知道顾全大局。你们，你们怎么能看上那种脑袋空空的女孩呢？你们难道不觉得羞耻吗？睁开眼睛好好看看，用你们自己的眼睛，看看吧！"

"可是妈妈……"这种时候还能不紧不慢地张口顶嘴的也只有世史夫哥哥了。至于富士高哥哥那边，只要妈妈一开始唠叨，他就会变得沉默不语。"不管是我还是哥哥，只要我们当中的一个和小琉奈结婚的话，一切就能圆满解决了。"

"你，你说什么？世史夫，你到底在说什么呢？"

"我的意思是——"

世史夫哥哥得意扬扬地把我想出来的主意告诉了妈妈。虽然他刚才只是听琉奈姐姐说了一遍，但却描绘得仿佛自己十年之前就已经成竹在胸了似的。

"大庭家的儿子和钟之江家的女儿共同继承渊上家的话，两家的关系不就可以变得更融洽了吗？如果能生出一个重孙，外公一高兴，说不定会指定同为自己孙辈的夫妇一起成为渊上家的继承人。这简直就是一个万全之策啊！"

"你少说蠢话了！如果这个事情能那么轻易地解决，那人生也就不会那么辛苦了。"妈妈虽然嘴上这么反驳，但实际上她觉得世史夫哥哥的主意——确切地说是我的主意——也不无道理，因此她看上去多少有些心动。妈妈大概在心里算计，与其被槌矢先生、友理小姐这种外人夺走全部财产，还不如在这个时候和自己的妹妹联起手来通力合作。"总而言之，你们两个都给我振作一点，别总是沉迷于女色了。还有Q太郎你也是，别老呆头呆脑地张着嘴巴，一副事不关己的样子。"

妈妈这时候突然把矛头一转，口沫横飞地教训起我来，这让我十分困惑。

"你也是一样。总有一天，你也会面对这种问题的。到时候，可不能被女孩的外表蒙蔽了。你要提高自己的眼光，找个更好的女孩。听见了吗？明白了没有？不然你会后悔一辈子的！"

是像爸爸一样后悔吗？我本想这样反唇相讥来着。但我镇静下来一想，要是这么说的话，可能会让事态变得更加复杂。因此，我最后决定保持沉默。

妈妈离开了餐厅。过了一会儿，富士高哥哥也走了，从他离开的方向来看，应该是去追琉奈姐姐了。世史夫哥哥不知如何是好，他耸了耸肩膀，坐回到桌子旁边继续吃饭。由于刚才的骚乱，自己盘里的烤鱼飞到了桌子上面。世史夫哥哥若无其事地将桌面上的烤鱼攫碎，放入嘴中。看来世史夫哥哥一点都不介意。

我目瞪口呆地看着世史夫哥哥的样子，不禁对他敬佩万分。突然，我注意到一个本应在桌子上的东西不见了。琉奈姐姐的耳环平白无故地消失了。刚才舞姐姐突然发狂，琉奈姐姐在惊恐之余将耳环掉在桌子上面了。那之后琉奈姐姐应该并没有去捡耳环，她根本就没有时间去捡。可是，耳环却从桌子上消失了。

到底跑到哪里去了呢？

可能在舞姐姐翻上桌子去抓琉奈姐姐的时候，被踢到地板上去了吧。我弯下腰到处寻找，但哪里也没有耳环的踪影。

"你在干什么呢？"世史夫哥哥看着在地板上爬来爬去的我，不禁有些起疑。

我心里有一种不祥的预感。我不知道自己在为什么担心，也说不清那是一种什么样的不祥之感，总之，我有点忐忑不安。稍微调整一下心情或许就会好了吧。我准备到暖房去呼吸一下新鲜空气，于是便走出本馆，来到中庭。外面寒风刺骨，我紧了紧长棉马甲的领子，打算在中庭里散一会儿步。

富士高哥哥和琉奈姐姐他们去哪里了呢？突然间，这个疑问出现在我的脑海之中。我本来打算一整天都黏在他俩身边的，但由于发生了一场骚乱，自己一不留神便和他们走散了。

他们是不是又回到别馆去了？虽然我觉得这不大可能，但是我走到别馆旁边，从窗户往里偷偷一看，两个人居然真的在里面。我在惊讶之余，不禁大失所望，因为他们两个这会儿并没有干什么不雅的勾当，反而一脸认真地在谈着什么——大概是在商量怎么笼络舞姐姐吧。

不管怎么说，这样一来就应该没事了。我只需盯好别馆的入口，就能掌握富士高哥哥和琉奈姐姐的一举一动。这样一来，在傍晚之前让他们两个一直远离主屋，外公被杀的事就不会发生了。我感到如释重负，开始四处寻找合适的藏身地点。

就在这时，我的目光突然被吸引到了走廊的方向。

是舞姐姐。她正从主屋的方向往本馆走去。她晃晃悠悠地走着，整个人看起来轻飘飘的，仿佛没有了体重一样。舞姐姐的眼睛里没有一丝生气，只是呆呆地凝视着半空。

舞姐姐为什么要去主屋呢……刚才那种不祥的预感再一次袭上心头。在餐厅的那次骚动之后，舞姐姐应该直接回房了，不过，叶流名三姨随后又追了过去。对于叶流名三姨来说，她只是想去安慰一下自己的女儿而已，但对舞姐姐来说，这种行为只会让她变得更加郁闷。于是，她便出人意料地逃到主屋去了——事情大概就是这样的吧。

问题是舞姐姐的那种表情。很明显，舞姐姐还处于不稳定的状态之中，而且，我能感觉到她此刻正身处于比刚才更加沉重阴郁的氛围之中。可是，既然如此，舞姐姐为什么要从主屋走出来呢？她本来是为了平复自己的心情才去主屋躲着的。舞姐姐完全无视站在中庭正中央的我。在我看来，她的这种行为很不自然。

难道发生了什么事情吗……一种不安的预感让我焦躁起来。我在等待骚动发生。可是，等了半天，宅邸里仍然是一片寂静，丝毫没有要发生骚动的迹象。我开始觉得或许是自己过虑了。

我改变了自己的看法：本来就不会发生任何事情。如果这个"循环"和上一个"循环"一样的话，那么叶流名三姨现在就应该发现外公的尸体，开始大喊大叫了。可是，现在的宅邸却是鸦雀无声。这样看来，事情的发展或许会像我当初设想的那样，外公没准真的可以成功地避开被杀的命运……

想到这里，我忽然发现自己的判断出现了失误。叶流名三姨在上一个"循环"里，为了找外公商量遗嘱的事情去过主屋；三姨去主屋找外公，是因为琉奈姐姐说她看见外公到主屋去了的缘故。而琉奈姐姐这么说，当然是因为她想要叶流名三姨去成为尸体的"发现人"。琉奈姐姐大概是这么想的吧：第一发现人会首先遭到警方的怀疑（这是犯罪调查的第一步），因此，如果自己成为第一发现人，那会给自己带来很多麻烦。因此，琉奈姐姐利用了叶流名三姨要找外公的迫切心情，顺水推舟地让她成为第一发现人。

不过，在这个"循环"里，琉奈姐姐他们并没有杀害外公。他们没有作案的时间。在这一点上，我十分确信。这么说来，琉奈姐姐故意诱导叶流名三姨去主屋的假设就说不通了。而且，最主要的是，叶流名三姨是因为担心舞姐姐、而不是为了找外公谈判才去的主屋。

我暂且先回到本馆，随后沿着走廊向主屋走去。我穿过主屋空无一人的厨房，爬上楼梯。

我打开阁楼间的房门，外公倒在地上的身影立刻映入眼帘。他趴倒在被褥上面，我摸了摸他的脉搏，确信外公已经死了。和上一个"循环"一模一样。

不同的是，这回屋里并没有那个插着蝴蝶兰的花瓶。取而代之的是一个翻倒在地的一升装酒瓶。我仔细一看，只见酒瓶的上面还留有斑斑血迹。看来，凶手就是用这个酒瓶猛击了外公的头部。

还有一个不同的地方。虽然外公的姿势和上一个"循环"相同——都是左臂压在肚子下面，右手挠着榻榻米——但是这回，我在外公右手的前方，发现了一个淡土黄色、好像印章似的东西。没错，这是琉奈姐姐的耳环。

我赶忙跑下楼梯，朝本馆的方向跑去。我的脑子里一片空白，回过神以后发现自己正朝友理小姐的房间跑去。我伸手刚要敲门，友理小姐正好开门走了出来。她注视着跑得上气不接下气的我，不禁杏眼圆睁，似乎在问"这是怎么了"。

"快……快去……"我终于从嘴里把这句话挤了出来，"快去报警！"

第七章
发生了令人棘手的事件

由于警察的到来，宅邸里又变得乱哄哄的，和上一个"循环"一样。

那个姓平塚的年轻刑警把事件的相关人员集中起来，做了一些指示。一切都和上一个"循环"的时候一模一样。而唯一不同的是，第一个发现外公尸体的人从叶流名三姨变成了我。因此，警方的讯问顺序也发生了改变，我变成了第一个，琉奈姐姐变成了最后一个。问完一轮之后，再从头开始问起，这种没完没了的讯问也和上一个"循环"一样。就这样，不知道问了几轮之后，在我等待讯问的时候，时间过了深夜十二点。我在一片黑暗当中醒了过来，顿时觉得渴得要命。我立刻意识到了自己正躺在被窝里。

一月二号这一天再一次被"重置"了。

和上次一样，我再一次陷入了"应该起来下楼去厨房喝点水还是继续睡觉"的思想斗争之中。就在我为此烦恼的时候，我忽然想起一件事来。虽然不知道现在是几点，但是在楼梯的那级台阶上，到底有没有琉奈姐姐的耳环呢？这个疑问开始出现在我的脑海当中。

就像我之前说过的那样，耳环掉落的时间应该在一月一号的晚上十一点到一月二号的早上八点之间。现在起来去楼梯那里确认一下吧。

如果耳环在的话，只需确认一下时间就能缩小耳环掉落的时间范围，这样一来，也就能大概知道琉奈姐姐到底在晚上几点来过主屋。

我想得很好，但是无论大脑如何驱使，身体就是不听使唤。困意渐浓，我逐渐进入了一种朦胧的状态。尽管如此，我还是"觉得"自己挣扎着从被窝里站了起来，我"觉得"自己走出了房间，检查了楼梯。

当我再次睁开眼睛的时候，发现自己依然蜷缩在被窝之中。真是大言不惭啊。我这才发现，尽管我"觉得"自己醒了过来，但其实只是在做梦而已。一种仿佛从高处坠落的冲击感让我顿时清醒了过来。

想必大家都有这种体验吧：在半梦半醒的状态下，心里焦急地想着"得赶紧起来穿衣服，要不然上学就该迟到了"，随后便在梦里梦见了自己换好衣服吃完早饭。因为自己误把这种梦境当成了现实，便放心地继续睡了下去。我当时的感觉就和这种情况差不多。那种坠落的冲击感立刻烟消云散，自己再一次被拖进了睡眠的深渊当中。

当我真的睁开眼睛以后，和"日程"一样，时间已经过了上午八点。朦胧虚幻的阳光从窗户射了进来。我立刻想起了耳环的事情，于是来到楼梯查看。果然，耳环依然掉落在同一个地方。

我在手里把玩着耳环，走下楼梯，刚走到主屋的厨房，便听到了外公健朗的声音。

"所以，红色的折纸没有了吗？这是怎么回事啊？你们早就应该把这些准备好了的啊……"等等。

当然了，与其相对的，胡留乃二姨和贵代子夫人的回答以及行动都和"最初的循环"一模一样。虽然我立刻意识到了这一点，但还是耐着性子听到了最后。等他们三人离开厨房后，我估摸着他们已经走远了，便朝本馆的方向走去。我的目的地是舞姐姐的房间。

在上上个"循环"里——也就是"第二个循环"的一月二号——杀死外公的是琉奈姐姐和富士高哥哥；但在上一个"循环"里——也就是"第三个循环"的一月二号——杀死外公的并不是这两个人。毫无疑问，凶手是舞姐姐。

我不知道她的杀人动机是什么。自己一直暗恋的富士高哥哥，实际上却拜倒在了琉奈姐姐的石榴裙下，这让舞姐姐深受打击——这大概是她行凶的间接原因吧。

由于自己平时经常被人拿来和担任展览会讲解员的美女妹妹相比，舞姐姐对琉奈姐姐本来就抱持着深深的自卑情结。那种日积月累的羡慕与嫉妒终于在今天以这种形式爆发了出来。为了躲开多管闲事想要安慰自己的妈妈，逃到主屋的舞姐姐在阁楼间巧遇了正在自斟自饮的外公。

至于他们两人之间发生的争论，我们只能通过想象来还原了。外公或许在不经意之间说了几句无心的话，却深深刺痛了舞姐姐那颗自卑的心——"你和你妹妹不一样，五官生得太难看了"——外公大概只是在开玩笑，并没有恶意。大概他做梦也没有想到这些话会给自己招来杀身之祸吧。但是，对于舞姐姐来说，本来因为富士高哥哥的事情，她的精神状态就已经不太稳定了，外公的这些话无异于火上浇油。在最后一丝理性从她的头脑当中消失的时候，舞姐姐抄起那只里面已经没有多少酒的酒瓶，朝着外公的头部猛击了过去。

整个事情的经过大概就是这个样子吧。

当然了，把琉奈姐姐的耳环掉在外公身旁的也是舞姐姐。把杀人的罪行嫁祸给自己深恶痛绝的妹妹，这大概是舞姐姐临时想出来的。当然了，她手里之所以会有琉奈姐姐的耳环，大概也是出于偶然。在餐厅的时候，舞姐姐曾经跳上桌子袭击琉奈姐姐，估计她就是在那个时候偶然拿到的耳环。因为情绪过于激动,她并没有把耳环扔出去,只是下意识地攥在手里。在杀死外公之后,舞姐姐突然意识到了手里攥着的耳环,因此将计就计地利用这个东西来嫁祸琉奈姐姐。

好不容易才把琉奈姐姐和富士高哥哥的罪行成功地封印在"历史的另外一面"——我刚松了一口气,却不曾想到,半路上居然杀出来一个舞姐姐。我故意躲开外公,不和他喝酒,使"日程"发生了扭曲,并由此展开了一系列极为复杂的因果反复,最终导致了外公被杀。在"最初的循环"里没有发生的杀人事件却在"第二个循环"里发生了。而且,十分奇怪的是,只要我做出了有悖于"最初的循环"的行为,就会出现杀人事件。

但是,"日程"居然扭曲到了不能修正的地步,就我目前的经验来说,这实在是不可理解。就像我之前说的那样,循环现象基本上是忠于"最初的循环"的,在冥冥之中存在着一种抑制力,会修正有悖于"最初的循环"的一切行为。因此,我只要稍加努力——具体到这个场合的话,就是不让琉奈姐姐靠近主屋——"日程"就会自动回归它本来的样子。

可是,实际上却并非如此,杀人事件再一次发生了。就我的经验来讲,这简直就是不可能发生的事情。

当然了,目前为止,我还从来没有在"循环"之中遇到过"杀人事件"这么大规模的扭曲现象。换句话说,这是我的"人生第一次"。因此,尽管发生了一系列的"不协调"事件,但我却不能事先预测到,从某种意义上来说,这也是在情理之中。所以,我刚才说,这是由"一系列极为复杂的因果反复"而导致的杀人事件。不过,我却没有那种脑力,也没有那种时间——分析这些因果反复。总之,目前我唯一关心的就是在每一个循环中,如何修正导致外公被杀的"不协调"因素。当然了，如果无论我怎样努力都无法避免外公被杀的话，那么拯救外公的方法也只剩下陪外公喝酒这一条路了——就像"最初的循环"的时候那样。但是，这只是我最后的权宜之计。

我敲了敲舞姐姐的房门，敲了好几次，就是没人应声。看来舞姐姐已经下楼去了。我下楼来到餐厅，只见舞姐姐正在一个人给味噌汤加热。尽管我朝她走了过来，但舞姐姐只是礼节性地点了下头，并没有说话。一大早就给人一种阴郁的感觉啊。

我注意到舞姐姐并没有化妆。她的相貌一点也不难看，反而可以说出落得十分标致。如果性格能够开朗一些的话，舞姐姐会是一个魅力四射的女人，绝对不会输给琉奈姐姐。算了，像我这样的小屁孩哪里有什么资格替舞姐姐打抱不平呢？只不过是越俎代庖、多管闲事罢了。

"舞姐姐，我想占用你几分钟时间，可以吗？"按照"日程"，过不了多久，世史夫哥哥就会下楼来餐厅了。剩下的时间不多了。"我有话想对你说，是十分重要的事情。"

"什么事啊？"舞姐姐一开始大概是这么想的：你所谓重要的事情，充其量也只是一些无聊的事情吧。她的表情和叶流名三姨简直一模一样，真是有其母必有其女。再过几年，人近中年的舞姐姐肯定会变得和叶流名三姨一样，脸上挂着一种倦怠却又意味深长的笑容，以此来迷惑人心，并暗自窃喜。"干什么啊？吓了我一跳，大早上的，现在一定要说吗？"

"姐姐，你觉得富士高哥哥，他人怎么样？"没有时间搜肠刮肚、斟酌词句地和她绕弯子了，我开门见山地直接切入正题，"我总是觉得，舞姐姐……你好像很喜欢富士高哥哥似的。"

舞姐姐这时候的表情让我终生难忘。她的双眼周围仿佛被染上了一抹朱砂，渐渐地，舞姐姐的整张脸变成了樱花般的颜色。在一瞬间，舞姐姐平时用来保护自己的那种玩世不恭的面具脱落了下来，露出了一种毫无防备的羞涩。舞姐姐没有工夫来琢磨我是如何知道她的心思的——她连惊讶的时间都没有，只是单纯地羞得面红耳赤。舞姐姐这种纯朴的反应真是大大地出乎我的意料。

"我绝对不是因为好奇才问的。"我实在受不了她的那副戒心十足的盔甲，因此为了不让她重生戒心，我慌忙补上一句，"我说的每句话都是认真的。因此，请姐姐你冷静地听我把……"

我还没有将"话说完"三个字说出口，便听见有人拖着长音说道"早——上——好——"。说话的人正是世史夫哥哥，他走进了餐厅。世史夫哥哥的出现要比我预想当中的早了很多，他还真是会挑时候啊。"喂，我说，你，你们俩，干什么呢？一脸严肃的样子，发生什么事情了吗？"

"什么事都没有啊！"焦虑过度的我，一个不小心说错了话，"和世史夫哥哥没有关系。"

"什么？你，你说什么？Q太郎，你这是什么态度，那么冷淡。"刚要在桌边坐下的世史夫哥哥出人意料地朝我们这边飞奔过来。

完了，这下全完了。

"你这家伙对小舞干了什么？！难道你在勾引她？明明还是个高中生，你怎么能做出这种事情呢？虽说这种事情对你来说不能算是'为时尚早'，但是起码等你十八岁以后再干嘛！你离十八岁还有两年零三个月呢！"

"我可没做那种事情！我怎么可能有那种福气啊！"

"那你在干什么？快说快说！"

"嗯……也就是说，那个，我和姐姐有一些私事要谈。"

"私事？什么私事？你小子果然在勾引小舞！你是不是这么说的？'我为人聪明，有学问，今晚就来找我吧，别看我年纪小，但是热情能够弥补一切……'是不是这么说的？！你小子打算先唤起小舞的母性，然后再逼她就范，是不是这样？哇呀呀！"

世史夫哥哥自顾自地想象出了一幕情景，随后又自顾自地为自己想象出来的情景而郁闷。真是一个不让人省心的家伙。这种人居然是我的亲哥哥。

"Q太郎真下流！太过分了，你这个无耻下流的家伙！"

"都跟你说了啊，我怎么可能干这种事情呢？我可是要和舞姐姐谈正经事的，你就别瞎掺和了！"

"谈正经事？对，是正经事！Q太郎是要一本正经地向小舞求爱，绝对不以肉体为唯一目标。噢——这样一来，就不能开玩笑了，Q太郎要求爱①啦！"

不能让世史夫哥哥一直在旁边这么折腾，因此，我半拉半拽地把舞姐姐拉到了餐厅外面。我本来以为他会追过来，但回头一看，却发现世史夫哥哥笑呵呵地回到了桌子旁边。这么看来，我可以暂时放心了。

"你要去哪儿？"舞姐姐被我从温暖的宅邸一下子拉到寒冷的中庭，或者是因为这个缘故，她忽然换上了一副近乎责难的表情。"我说，喂，你……"舞姐姐有点半信半疑地说道，"你要和我说的话，真的和富士高有关系吗？"

"嗯，是的。"我们来到别馆的入口，躲进了上次我藏身的那块花草丛里。"姐姐你要睁大眼睛好好看着哦。无论看到了什么，都不要慌

---

① 在日语里，"Q太郎"的"Q"字，和"求爱"的"求"字，发音相同。世史夫在这里特地用"求爱"一词，正是为了追求这种效果。

张。一定要冷静！"

用一种狐疑的眼神瞪着我的舞姐姐随即把脸板了起来。不用说了，琉奈姐姐和富士高哥哥正肩并肩地走了过来。他们俩看起来十分亲密，在确认了四周没人之后，蹑手蹑脚地闪进了别馆。舞姐姐看到了这一幕，身体开始微微颤抖起来。或许是因为牢记着我之前的叮嘱，舞姐姐并没有出声。

"请仔细听我说。"舞姐姐此刻肯定已经妒火中烧了，如果再刺激她的话，恐怕会适得其反。因此，我小心翼翼在心里斟酌了一下词句，说道："正如姐姐你看到的那样，富士高哥哥和琉奈姐姐的关系十分亲密。不过，如果只是这样的话，我就不会特地叫舞姐姐过来，做出这种伤害姐姐的低级举动了。"

"这到底是怎么一回事？"

我说的话舞姐姐到底能不能理解呢？对此，我没有一点把握。舞姐姐的眼睛里燃烧着憎恨的火焰，看上去她已经完全沉浸在了自己的激动情绪当中。

"他们两个究竟是从什么时候开始的……"

"这和渊上家继承人的问题有关。"舞姐姐的猜测和我接下来要说的简直就是风马牛不相及，因此我决定无视她的问题，继续说下去，"姐姐您知道吗？外公他还没有动笔写遗嘱呢。"

"嗯。"对于渊上家的继承人问题，舞姐姐一直冷眼旁观，保持着自己的矜持。但是这件事情对于舞姐姐其实也很重要。突然之间，她的口气和声音冷静了下来。"外公确实这么说过。"

"他们两个人想利用这个机会直接找外公倾诉衷肠，请求他改变主意。也就是说，他们两个人打算结婚，并一起继承渊上家，这样一来，大庭家和钟之江家也就不必彼此敌视了。他们打算这么说服外公。"

我将琉奈姐姐在别馆正对富士高哥哥说的话简单扼要地对舞姐姐做了说明。幸运的是，舞姐姐并没有对我起疑，而是全盘接受了我的话。大概她自己也不相信她的那个妹妹会放任事态的发展吧。

"当然了，他们两个人相亲相爱、决定结婚，这都是他们的自由。不过，我觉得，他们要是把继承人问题也牵扯进来的话，就未免有些不公了。"到底为什么不公呢？其实我也没有什么依据，但是为了不给她思考的时间，我还是用一种强硬的态度说了下去，"对于爱慕富士高哥哥的舞姐姐来说，这种行为近乎暗算。想必舞姐姐今生今世也不会祝福他们的吧？"

"那是当然的了。"

舞姐姐的好斗心陡然高涨了起来。不过，他们两个人结婚为什么就是对舞姐姐的欺骗呢？虽然我没有向她灌输这件事情的合理性，但是舞姐姐显然已经不加思索地接受了这种说法。

"开什么玩笑！这种事情绝对不能原谅！他们太自私了，只想着他们自己。这种人居然还想得到幸福，真是厚颜无耻！太无耻了！一定得好好整整他们！他们这种行为必须受到谴责！彻底粉碎他们的美梦！不过——"舞姐姐突然变得意志消沉起来，"只靠我一个人能惩罚他们吗？就算找他们当面质问也只会被当成一个笨蛋吧？我和那个小丫头吵架就从来没有赢过。从小时候开始就是，真的一次都没赢过……"

"先下手为强啊！"我说道。原来如此。我终于明白了舞姐姐对琉奈姐姐为什么总是一副阴暗的表情了。"对方会认为他们的底细已经被我们摸透了，这样一来，我们就能占得先机。"

"你说得倒轻巧，那你说说，我应该怎么做？"

"琉奈姐姐经常去富士高哥哥的公寓，帮他洗洗衣服、做做饭什么的。哦，顺便说一下，哥哥十分喜欢吃琉奈姐姐做的土豆炖肉。下一个假期，琉奈姐姐还会去富士高哥哥那里。在他俩独处的时候，琉奈姐姐会叫富士高哥哥'小富'。姐姐你只需把这些事情一件一件地当面指出，他们两个人就算配合再好，也没法敷衍过去了。"

如果有物证的话，会对舞姐姐更为有利。因此我把琉奈姐姐的耳环交给了舞姐姐。我给舞姐姐出了一个坏主意：她把这个耳环还给琉奈姐姐，就说是富士高哥哥扔掉的，你碰巧看见了，就捡了起来——当然了，这并不是事实——这样一来，肯定会让对方深受打击，心神不宁。

我把手里的牌一口气全部打了出来。舞姐姐对我知道的如此之多感到十分诧异，露出一副狐疑的神情。但不管怎样，舞姐姐十分清楚，自己手里的那个东西很有可能成为一个"武器"。她一言不发地盯着别馆，等着他们走出来。

"对了，"一个疑问突然出现在我的脑海之中，因此我赶忙问道，"姐姐你怎么知道外公还没有写遗嘱呢？难道你是听琉奈姐姐说的吗？"

"嗯，是啊。"

"她什么时候跟你说的？"

"什么时候来着——"这种事情也要问吗？舞姐姐满腹狐疑地说道："她昨天和我说的。确切地说，是昨天晚上。"

"昨天晚上？"也就是一月一号的晚上。话虽这么说，但我还是感到有些奇怪。在那天的新年聚会上，外公当着众人的面宣布他要在当晚写遗嘱，最后却没有动笔。琉奈姐姐是如何在当天晚上就知道这件事的呢？她不但知道了，还把这件事情告诉了世史夫哥哥和舞姐姐他们，由此看来，琉奈姐姐一定得到了什么证据。

"琉奈姐姐说过她是如何得知这个消息的吗？"

"谁知道呢。她没有详细地和我们说。不过，因为知道了外公还没有写遗嘱，琉奈看起来很兴奋。虽然一开始我并不太相信她的话，但她看起来很有自信。不过话又说回来了，那个女人什么时候都是一副很有自信的样子。"

"琉奈姐姐和舞姐姐说这件事的时候，当时在场的还有谁呢？"

"世史夫在场。富士高……哥哥并没有在场。"舞姐姐在说到世史夫哥哥的时候平心静气地直呼其名，但在说到富士高哥哥的时候，她特意地加上了"哥哥"两个字。平时自己不在场的时候，别人是怎么称呼我的呢？我对这个事情多少有些在意。"后来，我妈妈，对了，还有加实寿大姨也听见了。后来，槌矢先生在中途走了进来。就是这些了吧。胡留乃二姨和贵代子夫人并没有在场。友理小姐也不在场。当然了，外公他本人也不在。"

"你们当时在哪里？"

"当然是在大厅啦。这不是显而易见的嘛，大家都喝多了啊。"

"你们后来又喝了不少啊。"

外公是什么时候决定不在当晚写遗嘱的呢？我不知道。不过，在新年聚会的时候，我中途离开独自躲到主屋的时间是晚上十一点。那个时候，包括外公在内的所有人，都应该还在大厅里，所以不会比这个时间更早。那之后，外公因为不知道选谁当继承人才好，为此迷茫不已，因此决定当晚不写遗嘱了——这时候已经接近拂晓了。

"然后还熬夜了吗？"

"是啊，你那天睡得太早了。"

虽然我并不认为晚上十一点上床睡觉就算"睡早了"，不过现在显然没有讨论这个问题的时间，因为别馆的大门打开了。富士高哥哥急匆匆地走了出来。他被琉奈姐姐煽动,认为只要说服外公,自己和琉奈姐姐就能一起成为渊上家的继承人。这和"日程"是一样的。

"外公现在应该在主屋里。"我悄悄地对舞姐姐耳语道,"所以现在最重要的就是不要让他们接近主屋。那么,请你奋战到底!"

"等、等一下。"事情到了这个地步,舞姐姐居然把腰弯了下来问我,"小Q你不一起来吗?"

"我要一起去的话,姐姐会被人看不起的。'难道你要带着保镖来和我争男人吗?'"我不负责任地继续煽动着舞姐姐,虽然多少有那么一点罪恶感,但是事已至此,已经不能回头了。"姐姐你要真心想把富士高哥哥抢回来的话,就雄赳赳气昂昂地冲上去吧。不能在气势上输给对方。没问题!我相信你,舞姐姐!你绝对有和他们两人对决的实力!"

我这次"修正日程"的方法,想必各位已经看出来了吧。对,没错,我的意图是,制造机会让琉奈姐姐、富士高哥哥和舞姐姐直接对峙,这样一来,他们几个就都不可能接近主屋了。只要将在"或许存在过的过去"中杀害过外公的三个人全部困住,杀人事件便绝对没有可能发生了。

当然了,想让琉奈姐姐他们彻底放弃去说服外公的想法简直就是不可能的事情。不过,我可以让他们改天再去找外公。事实上,只要他们今天放弃这个念头就足够了。但是我的计划能不能成功,就得看舞姐姐的表现了。

舞姐姐对富士高哥哥的那分爱慕之情,在多大程度上能化为战胜对手的气势和勇气呢?

我觉得这次很有可能拖住他们。在上一个"循环"里,我亲眼目睹了舞姐姐翻上桌子痛击琉奈姐姐的狂怒、对富士高哥哥的执着以及对琉奈姐姐的憎恨。因此，现在让舞姐姐出其不意地发起攻击简直就是上上之策。

舞姐姐拦住从别馆里走出的两个人。她拿出耳环，在大吃一惊的琉奈姐姐面前晃了晃，然后按照我的设计对他们说，她是看到富士高哥哥把耳环扔了之后，才捡起来的。随后舞姐姐把耳环往琉奈姐姐手里一扔，然后先发制人，照着琉奈姐姐的脸上就是一拳。

随后的战局就完全进入舞姐姐的节奏了。从"小富"，到土豆炖肉，只要把手里的牌全部打出，就会给他们一次致命的打击。接下来，因为和富士高哥哥的关系被人揭穿，琉奈姐姐只能把他们的事情一件件地披露出来。

"你们太不要脸了！"有生以来第一次让妹妹感到畏惧的舞姐姐陶醉在这种体验当中，事情发展得极为顺利。"本来你们两个人想私定终身的事情我就不会答应！你们居然还打起了EDGE-UP餐饮连锁集团继承人的主意，太不要脸了你们！不能原谅！绝对不能原谅！"

"你……"

被总是在争吵中输给自己的姐姐占了上风，这让琉奈姐姐感到屈辱万分。她柳眉倒竖。平时是个美女的她，现在却是一副气势汹汹的样子。光是这样倒也罢了，因为发怒，琉奈姐姐的眼睛往上吊起，变成了一个三角形，这让我不禁想起了妈妈。看来有其姨妈必有其外甥女啊。

琉奈姐姐大声地喊道："你别自作多情了。我为什么非得征求姐姐你的意见啊！我愿意！我愿意喜欢谁就喜欢谁，我愿意和谁上床就和谁上床，你管不着！"由于过于愤怒，琉奈姐姐的话变得越来越激烈，平时应该委婉表达的猥亵词汇接二连三地从她的嘴里说了出来。

琉奈姐姐站在中庭里，将自己的性生活习惯大声地公布于众，这让听到这些话的我不知所措,暗自替她捏了一把汗。自己平时一直看不起的姐姐,今天居然干涉起了自己的私事,这让琉奈姐姐恼怒不已。

"我做什么事情难道还要向你请示吗?每件事都要你答应才行吗?你也不看看你自己是什么德行,大笨蛋一个,笨,笨到家了你!我说你的脑子是不是进水了啊?嗯?你的脑子就是进水了吧?其实是因为你自己做不了吧,因为没有男人看上你吧。我说你的脑子是不是都烂成一坨屎了?你欲求不满了吧?哎哟,大概你那里都长蜘蛛网了吧!为什么啊?因为太久没用了呗!哈哈哈哈——"

"富士高哥哥,难道你真的愿意和这种女人厮守终生吗?我记得以前你说过,你最讨厌你妈妈那样的女人了。"

舞姐姐出人意料地说出了我的心里话。她十分冷静,琉奈姐姐的声音越是狂暴,她就越是气定神闲地观察对方的眼神。

"你快看看她吧,现在的琉奈,你看她的样子,无论怎么看都和实寿大姨一模一样。吊着三角眼,歇斯底里,不知羞耻地喊着一些难以入耳的话。怎么样啊?富士高哥哥,难道你真的愿意让这种女人成为自己的妻子吗?"

富士高哥哥往后退了一小步,用一种怯生生的表情注视着激情对决的姐妹二人。富士高哥哥被琉奈姐姐满口的污言秽语吓得瞠目结舌。他对她的感情开始出现了一丝微妙的裂痕。与之相反,舞姐姐在富士高哥哥心里的地位上升了。

"为了几顿土豆炖肉就牺牲自己的一生,这不是很愚蠢吗?土豆炖肉之类的菜,我也会做。我有自信,会比琉奈做得好吃。"

"土……土豆炖肉?不只是这个好不好?做饭只是一个方面,他之所以喜欢我,还有很多方面的因素。我能做他喜欢做的事,能做让他高兴的事,我能满足他的各种需求,姐姐你能吗?你能为他做那些事情吗？嗯？说啊！"琉奈姐姐再一次详细地说出了一些"平时应该委婉表达出来"的事情。

"男人说什么就做什么的女人不见得就是个好女人！"舞姐姐对琉奈姐姐的话嗤之以鼻，"那样的女人只是男人的奴隶而已。虽然我很喜欢富士高哥哥，但是我不会因此而穿上那些不实用的内衣，也不会摆出那种弄疼肌肉的姿势。就算因此不能成为他的妻子，我也不会去做。请不要误解我的意思，我很想和富士高哥哥成为精神上相互爱恋的伴侣，但我却不想和某人一样，成为他的肉体玩具。"

舞姐姐的这种说法将琉奈姐姐攻击得体无完肤。明眼人都能看出来，舞姐姐已经取得了压倒性的胜利。

琉奈姐姐放声大哭起来，她把怒气撒到了富士高哥哥身上：

"姐姐她那么说我，你就不管吗？

"你难道不爱我了吗？

"你不是说要守护你心爱的女人吗？至今为止，你除了会说些冠冕堂皇的话之外，还会干什么？这种时候，你应该出面保护我啊！这个时候你该替我说话啊，快说话啊，反击那个女人！"

本来就不知该如何是好的富士高哥哥，露出一种失落的神情。他装腔作势地耸了耸肩膀，随后便独自朝本馆走去。富士高哥哥既没有看琉奈姐姐，也没有看舞姐姐。大概富士高哥哥已经看出来了，这种情形之下，无论自己帮哪一边，都会被人耻笑的。如果冒冒失失地袒护琉奈姐姐，便会被人说成是个沉迷女色、甘受疯女人欺压的软弱男人；如果支持舞姐姐，又会被人说成是一个容易移情别恋的差劲男人。不管他支持哪一边，都会被人嘲笑，颜面扫地。所以，富士高哥哥决定干脆谁都不帮，明哲保身。

这么看来，在富士高哥哥的心里，自己的自尊心显然要比女人重要。

看着自己精心策划的这出好戏居然以如此寂寥的结局收场,我不禁痛心疾首。富士高哥哥居然这么冷淡,不,居然这么冷漠无情,实在让人难以置信。琉奈姐姐依然像个婴儿似的大哭大闹;而将自己积攒多年的怨气发泄出来的舞姐姐则对这种爽快的感觉如痴如醉,她的脸上露出了一种让人毛骨悚然的冷笑。此时此刻的她,沉浸在发现"伤害他人＝自己的幸福"这个公式的喜悦当中,看起来十分危险。

下一个"循环"来临的时候,一切都会被"重置",大家关于刚才这一幕的记忆也会消除。谢天谢地,好在这一幕是在这个时候发生的。"最终的循环"之前,我可不想一直重复使用这种余味很糟的方法。我毫不犹豫地下定决心：这个方法就到此为止吧。虽说这个方法也可以避免外公被杀,但是结局实在是太凄凉了,我还是再去想个别的法子吧。

琉奈姐姐哭哭啼啼的身影消失在本馆的方向。那种状态的她大概已经没有力气去主屋了吧。琉奈姐姐会把自己关在屋里,在完全冷静下来之前,她是不会出来的。而舞姐姐则把我藏在花草丛里的事情忘得一干二净,头也没回地跟着走回了本馆。

我现在应该怎么办呢?仰天大笑,然后举杯庆祝吗?别开玩笑了。

这时候,我不禁担心起来：目击了这种场面的我会不会变成一个见死不救的人?会不会变得不敢相信他人?我从花草丛里站了起来,突然之间,几个从走廊走过的人影映入了我的眼帘。

是外公。他拎着一瓶一升装的清酒,正朝主屋走去。嗯,很好,和"日程"一模一样。

但外公并不是一个人——我简直不敢相信我的眼睛——那个和外公一同蹑手蹑脚、唯恐被人看到的人不正是世史夫哥哥吗?世史夫哥哥哥的两只手都拿着下酒菜,看来他们打算躲到阁楼间去,准备一起喝个痛快。没错,他们的这种心情已经写在了脸上。他们的脸上挂着悠然的微笑,明显因共同密谋了一件事而产生了亲切感。

怎么会变成这样?我一时间不知该如何是好,只是木然地站在原地。既然我躲开了外公的"盛情邀请",他就应该一个人喝酒才是啊。为什么会半路杀出来一个世史夫哥哥呢?这个设定是什么时候加到"日程"当中的呢?

在"最初的循环"当中,一起喝酒的只有我和外公,现在加上世史夫哥哥之后,就是三个人了。如果当初一起喝酒的是三个人的话,那么就很容易解释了——因为我躲开了,所以只剩下外公和世史夫哥哥两个人,只是单纯的减法而已。可是事实上并非如此。在"最初的循环"当中,陪外公喝酒的只有我一个人,这一点绝对不会有错。而且,在我故意躲开的"第二个循环"和"第三个循环"里,外公都是一个人去主屋自斟自饮的,这可是我亲眼所见的啊。

不过话又说回来了,现在的这个场面也是我亲眼所见。外公他并不是一个人,世史夫哥哥就在他的身边。为什么原本"日程"中没有的事情会突然发生呢?原因只有一个:我在这个"循环"里做出了异于前几个"循环"的言行,由此引发了一系列的反应,最终导致了这种"不一致"的出现。

能够导致这种"不一致"发生的契机只有一个,那就是世史夫哥哥偷听到了我和舞姐姐最开始的对话。我说了一句"和世史夫哥哥没有关系",随后便强行把舞姐姐拉到了外面。但在那之后,世史夫哥哥并没有追过来。至少在那个时候,他看起来没有跟过来的打算。但我并不相信好奇心旺盛的世史夫哥哥在被弟弟冷落了之后会如此轻易地放弃。其实他心里大概早就做好了偷听的打算。或许世史夫哥哥在吃完早饭之后,并没有回到二楼,而是透过本馆一层的窗户——那个地方离走廊很近——偷偷地窥视着在中庭的我们。

我和舞姐姐之间的对话,以及后来舞姐姐和琉奈姐姐的对决,我不知道世史夫哥哥到底偷听到了多少。或许他厌烦了那种无情的场面,中途便放弃了偷听。在他正要起身回房的时候,手里拎着一升装酒瓶的外公正好从他身边走过。外公正好要找人陪他喝酒——"哦,你在啊,正好!"而生性爱凑热闹的世史夫哥哥肯定会摇着尾巴爽快地答应的——"正好我也没事,我们走吧。"

撇开细节部分不谈,事情的大体过程应该和我的推测相差无几。说实话,也只有这种程度的"巧合"才能让"日程"发生这样的偏差。算了算了,就算这种"偏差"可以修正,我也不会再使用这种方法了。要是让这种方法产生的结果成为"一月二号的决定版"的话,那么舞姐姐、琉奈姐姐以及富士高哥哥之间将会出现一条永远都无法逾越的鸿沟。而亲手掘出这道鸿沟的不是别人,正是我自己。反正我还得再想一个新的方法,所以目前这种程度的偏差——让世史夫哥哥陪着外公去喝这场他本不应该喝的酒——就显得无关紧要了。

我在心里这么盘算着,恍然间才发现自己不知为何正傻傻地站在寒风刺骨的中庭里面。可能是因为我心里有一种不祥的预感吧。我嘴里呼出的气变成了白雾,寻思着自己到底像这样盯着走廊看了多久。

突然间,世史夫哥哥的身影映入了我的眼帘。他慌慌张张地一路小跑,看起来很是奇怪。由于角度的原因,我看不到他的表情。世史夫哥哥的身影消失在了本馆的方向。他和外公的酒会结束了吗?我期待着外公的出现,却完全没有这样的迹象。就在这个时候,世史夫哥哥再一次出现在了我的视野里面。

"啊!"在看到他的时候,我不禁干脆却又愚蠢地叫了出来。世史夫哥哥手里拿着一个东西，这东西不是别的，正是那个插满了犹如饺子皮一样鲜花的花瓶——正是那个插满了蝴蝶兰的花瓶。世史夫哥哥并没有注意到怅然若失的我，再一次消失在了主屋的方向。

当世史夫哥哥再一次从主屋回到本馆以后，几乎瘫坐在地的我也终于走回了本馆。我在本馆等了一会儿，但外公的身影仍然没有出现。

难道说……尽管今天的我并没有宿醉，但是仍然感到头晕目眩。不，确切地说这比宿醉更让人难受。

难道说……难道说……

世史夫哥哥把外公……

怎么可能！那种事情完全没有道理发生的嘛！

首先，世史夫哥哥完全没有动机，不，他怎么可能有动机呢！而且那种事情本来就没有发生的道理嘛。虽然方法上有待商榷，但是我确实阻止了琉奈姐姐、富士高哥哥以及舞姐姐他们的行动。按说，这样一来，外公就不会被任何人杀死了。他根本就没有可能被杀死，因为所有在过去"能够引起"外公被杀事件的因素都被我封印在了"历史"当中。

根本就不应该发生的。

那种事情根本就不可能发生。

总之，我必须去确认一下，看看外公到底有没有事。就在我鞭策着由于深陷惶恐而变得瘫软的身体，费尽九牛二虎之力，总算到达本馆的时候，一声惨叫传入我的耳中。

那是叶流名三姨的惨叫声，犹如野兽咆哮般的凄惨叫声。

叶流名三姨究竟目睹了什么样的景象才会变得如此惊慌？我无须调查，便早已心中有数。

第八章
再次发生的事件

"我必须从根本上改变自己的思路。"

我十分深切地感到了这样做的必要性。一开始，我认为只要阻止了琉奈姐姐和富士高哥哥这对情侣就可以高枕无忧了。事实上，我也是按照这个想法去行动的。但在将其付诸实施之后，却从半路杀出来一个舞姐姐。既然这样不行，我便决定将舞姐姐和那对情侣的犯罪可能扼杀在摇篮之中。但没有料到的是，这次却又被世史夫哥哥来了个突然袭击。

我们来总结一下至今为止反复发生过的这些"一月二号"吧。下面，我将所有在事发地点——也就是阁楼间——和外公一起待过的人的行动，简单地整理如下：

①"最初的循环"——和外公一起喝酒的人是我。在这个"循环"里面，没有对外公造成任何伤害。

②"第二个循环"——琉奈姐姐和富士高哥哥二人。为了说服外公让自己继承EDGE-UP餐饮连锁集团，他们二人特地去阁楼间找外公。根据我的推测，他们应该是在和外公商量有关继承人问题的时候，因言语不和发生了冲突，这才起了杀意。杀人的凶器是友理小姐送给胡留乃二姨的礼物——插着蝴蝶兰的花瓶。尸体的发现人是叶流

名三姨。

③"第三个循环"——舞姐姐。在得知琉奈和富士高的关系之后，大发雷霆的舞姐姐为了平息自己的怒气打算在阁楼间里独处一会儿。因此，和外公的相遇应该并不在她本人的意料之中。根据我的推测，舞姐姐应该是被外公在无意之中说的话激怒，因此起了杀意。凶器是外公喝的那瓶一升装的清酒酒瓶。尸体的发现人是我。

④"第四个循环"——世史夫哥哥。根据我的推测，他是被正在寻找酒友的外公偶然发现，才被拉去陪酒。当然了，也有可能是他在看到拎着一升装酒瓶的外公之后，毛遂自荐去陪喝的。凶器以及尸体的发现人都和②相同。

这样一整理，一切便一目了然了。为了避免外公被杀，我采取的方法是尽量缠住上一个"循环"里的凶手。但是事到如今，这个方法似乎已经行不通了。很明显地，现在已经形成了一种模式——即使我阻止了一个凶手的行动，到最后也会有其他的人来接替他行凶。

我也不知道为什么会出现这种模式。既然在"最初的循环"里外公没有被杀，那么这个"事件"就没有来回"反复"的道理。尽管如此，在现实中，外公被杀事件却以这样的一种模式不断地循环反复着。

就像我之前说的那样，我是这一切事件的"罪魁祸首"。这一切都是我造成的——因为我从第二个循环开始就没有陪外公喝酒。与其说这是我的想象，不如说只有这么想才合乎逻辑。因为我只要像在"最初的循环"里那样陪着外公喝酒，只要一直和外公在一起的话——只要我没有突然发作摇身一变，化为凶手——杀人事件就绝对不会发生。因此，我打算把这个方法留到最后使用——这个方针并没有变。

最让我感到困惑的是，在②和③里我还能推测出一个合乎情理的犯罪动机来，但在④里面，我却怎么也想不出世史夫哥哥杀死外公的理由。尽管如此,世史夫哥哥还是选择了和②一样的凶器。而且,叫住打算去找外公商量继承人问题的叶流名三姨,把她引到主屋去的手法几乎如出一辙。虽然我还不知道世史夫哥哥的动机是什么,但是他们的犯案手法为什么如此相似呢?真是太不可思议了。当然了,因为②被"重置"了,所以世史夫哥哥根本不可能参考琉奈姐姐他们的犯罪手法。这真是一个不解之谜。

难道说,世史夫哥哥并不是出于自己的意志杀死外公的吗……这样的一个念头突然飞进了我的脑海之中。难不成,他是被某种人类智慧无法匹敌的不明力量所操纵,才犯下罪行的?

不管怎么样,迄今为止使用的这种方法是无法使外公免遭杀身之祸的。我必须对此有所觉悟,必须从根本上改变自己的思维方式。

按照惯例,警方对我们进行了讯问。讯问内容和上几次如出一辙。没完没了的讯问已经不知道进行到了第几轮,我一边排队等待,一边暗自下定了决心。我将这个决心牢记在心,等待着凌晨零点的到来。

时间过了凌晨零点。一月二号这天被"重置","第五个循环"开始了。和上次一样,我在一片黑暗之中口渴无比地醒了过来。每每在这个时候,我总是想下楼去厨房喝水,但最后总是无一例外地再次进入了梦乡。不过,这一回我决定一定要抓住这稍纵即逝的机会,无论如何也不能再睡过去。在半梦半醒的状态下,我拼命地照着自己的大腿拧了一把,总算是没有重蹈覆辙。

疼痛之余,我的意识渐渐地恢复了清醒。我从被窝里爬了起来。

会不会又在做梦?梦见自己醒了过来,其实只是自己的错觉呢?要是这样的话,那就麻烦了。

随即,我在自己的脸上结结实实地拧了一把。嗯,痛感很强烈,很好!我完全地清醒了过来。从被窝里爬出来之后,我轻轻地活动了一下手脚。闹钟的指针显示，现在是凌晨三点左右。

我打开电灯，决定尽早去检查一下楼梯。那级楼梯的位置已经深深地印在了我的脑海当中。我去查了一下，琉奈姐姐的耳环果然在那儿。这个时候耳环已经掉在这里了啊。这么说的话，琉奈姐姐来主屋的时间段便可以进一步缩小了——即从一月一号晚上的十一点，到一月二号凌晨三点这四个小时之间。遗憾的是，这个时间段不能再进一步被缩小了。因为被"重置"之后，我第一次睁眼醒来的时间是被"设定"在凌晨三点。既然如此，我便不可能在这个时间之前恢复意识了。我对此也是无可奈何。

算了，已经把时间段缩小到四个小时之内了。换个角度想，没准儿琉奈姐姐刚刚来过这里呢。而她会在深更半夜到主屋这边来，很大程度上因为她是最早得知外公并没有如期写完遗嘱的人。不管怎样，我一定得好好调查一下这件事情。

我关掉电灯，待双眼习惯了黑暗之后，下楼来到了厨房。当然了，这时候的厨房空无一人。靠着从窗外射进来的一丝亮光，我穿过走廊，朝本馆走去。

我首先来到大厅。一月一号那天，我从这里离开，躲到主屋去的时间是晚上十一点钟。那之后，新年聚会继续进行。如此说来，在一月二号凌晨三点的现在，就算有人仍在大厅里面边喝酒边撒酒疯，也不足为奇。不过和我想象的正好相反，此时此刻，大厅里面一片黑暗，空无一人，鸦雀无声。和大厅相连的会客厅也是如此。

接着，我走进餐厅。餐厅里也是一样寂静无人，只有和这里相连的厨房里露出些许亮光——是洗碗池上的小灯发出来的。我突然感到口渴难耐，便喝了一杯水。

那么，接下来干什么呢？我突然陷入了僵局。我本来以为大厅里的新年聚会仍然在如火如荼地进行着,喝酒的人也应该会有很多。因此,我一直期待着能从他们嘴里偷听到一些有价值的东西。比如,琉奈姐姐直接向大家汇报外公还没有写遗嘱的场面什么的。不过,从目前的情况看来,新年聚会应该早就结束了。

我漫无目的地爬上二楼。深更半夜的,要是被别人看到的话,大概会误以为我有什么不良的企图,以为我正徘徊着伺机作案呢。我注意到前面是女客房区的一隅,觉得还是不要靠近为好。另外一条路通往外公的书斋,和书库相连,我别无选择,只好朝那里走去。

"哎呀!"我慌忙停住脚步。只见一道亮光从书斋的门缝射了出来。看来外公还没有睡。

难不成,外公正在写遗嘱吗?

我在心里这样期待着。不过转念一想,便知道这是不可能的。因为在这之前,琉奈姐姐早就已经在大厅里向众人发布了宣告——"外公还没有写遗嘱"。

尽管如此,我还是把耳朵贴到书斋的门上,仔细听着里面的动静。书斋的房门似乎没有关上,在我体重的作用之下,悄然无声地开了。

我偷偷地朝里面看了看。书斋里面有一张不大的书桌,外公趴在桌边。我心想,不会现在就死了吧?在听到外公发出的阵阵鼾声之后,我才松了一口气。看样子,外公是在查阅什么东西的过程中不小心睡着了。他的肩膀上搭着一条毛毯,我猜多半是胡留乃二姨或者贵代子夫人看到他睡着以后,给他披上的吧。

我在不经意间看了看外公的手边。我本来以为那里会摆着一些和工作相关的书籍,却发现了一样令我意想不到的东西。不,在这"三天"当中——确切地说,是三个"循环"——我总是听到这个东西的名字,耳朵都磨出茧子来了。因此,从这个意义上来说,这个东西的出现其实并未出乎我的意料。

那是十分稀松平常的折纸——当然了，我不知道这个世界上究竟有没有不稀松平常的折纸——那些折纸大概有手帕那么大，七零八落地散落了一桌。桌子上面有一只用两张折纸叠成的黑色纸鹤。

在偷听胡留乃二姨和贵代子夫人交谈的时候，我还多少觉得有点不可思议，不过现在看来，外公确实有每天晚上折纸的习惯。当然了，我并不想对别人的兴趣爱好说三道四，不过我确实无法将折纸与平时我认识的那个外公联系到一起。

我仔细看了看，果然，桌子上面确实没有红色的折纸。外公一直坚持着自己的意见——"因为没有那个颜色的折纸，所以我才没折完"。不过，对此我多少觉得有些怪异，用黑色折纸好好折完不就行了吗？

我望着桌子上面的那些东西，忽然，一个念头在我的脑海中闪过。

唯独没有红色的折纸。桌子上面散落着几种颜色的折纸，但并不能说是"五颜六色"。折纸的颜色只有黑色、蓝色和黄色三种。当然了，人嘛，都会有自己喜欢的颜色，因此，外公对颜色的那种坚持——算上红色，一共是四种颜色——也没有什么大不了的，最多只会给人一种爱钻牛角尖的不良印象而已。

但是桌上却还摆着另外一样奇妙的物品。乍看上去，像是个小箱子。那是一个用白纸糊成的手工制品，大小正好可以装进一个奶油蛋糕。箱子上面有一个洞，大小做得正好可以伸进手去，像个大面巾纸盒。我拿起纸箱，把它翻过来，让洞口朝下，摇了摇。箱子里面什么也没有。

我的目光立即从这个纸箱上离开，因为外公手边的另外一样物品引起了我的兴趣。那是一本日记。外公的手指搭在日记封面的边缘。我把日记慢慢地从外公手底下抽了出来。由于我十分小心，外公并没有被我吵醒。

　　这是外公今年的日记，因此日记本很新。我随手翻了几页，日记里的内容顿时呈现在了我的面前。

　　　　一月一日——新年聚会。加实寿和她的儿子们，叶流名和她的女儿们过来参加聚会。两个女婿都没有来。一切顺利。槌矢和友理两个人也像往年一样参加聚会。贵代子做的菜十分可口。

　　这便是第一页上写的全部内容。我翻开第二页。

　　　　一月二日——胡留乃和贵代子两个人都叫我少喝点酒，真是烦人。深江是由于脑溢血而去世的，他们担心我的身体，这我理解。不过，我这么大岁数，时间已经所剩无几了，我不希望自己的快乐被别人夺走。我说什么也得喝个痛快。

　　也就是说，新年聚会还没喝够，换个日子接着喝了。话虽如此，外公做事还是很严谨的。尽管是一个晚上写的日记，他却特意把日期分成了两天。真是个细心的人啊。这也算是外公性格中令人意外的一面吧。
　　我本来以为从下一页开始都应该是空白页了，但翻开之后却发现还有内容。这让我着实吃了一惊。

　　　　一月三日——还是决定不了。尽管今天大家都住了下来，但我还是决定把遗嘱延期到四号以后，那个时候再写。因为今天商店不开门，这也是没办法的事。

看来，这个部分是外公在睡着之前写下的。日记上的日期写的确实是"一月三日"。尽管是新年聚会之后的同一个晚上，外公却仍然按照自己的习惯特意变更了日期。看来，外公出现了判断上的失误——或许是因为他喝多了吧——他本来想换行继续写下去的，但却稀里糊涂地写成了一篇新的日记。

原来如此。我终于明白琉奈姐姐为什么会第一个知道遗嘱延期的事情了。她绝对偷看过这本日记。琉奈姐姐本来想找外公单独谈谈有关继承人的问题，在来书斋的时候，偶然看到了这本日记。那个时候，外公要么正好出去了，不在书斋里，要么就是像现在这样睡着了。

虽然这样也能说通，但我还是有一些地方不太明白。比如，外公将"遗嘱延期到四号以后再写"的决定我可以理解，可为什么做出这个决定的原因是"今天商店不开门"呢？外公在这里说的"商店"到底是什么样的"商店"呢？

另外，还有一个地方我也不太明白。在一月一日的日记里面，"两个女婿都没有来"后面的"一切顺利"又是什么意思呢？到底什么事情"一切顺利"呢？最近发生在大庭家以及钟之江家的事情可都称不上"顺利"，难道说这些事情都和外公有关吗？

日记？！

在我把那本带锁的日记悄悄放回外公手边的同时，一个念头突然在我的脑海中闪过。既然外公有记日记的习惯，那么，如果去读一读他之前的日记，说不定会有所收获呢。比如，我现在认为在"第四个循环"里面杀害外公的世史夫哥哥并没有杀人动机，但外公和世史夫哥哥之间或许有过什么过节，而我只是不知道内情而已。这一系列的谜团，说不定都能在外公的日记里面找到答案。

我迅速地在书架上翻找起来，没费多大工夫就找到了，这多少让我觉得有些意外。过去十几年以来的日记整整齐齐地排列在书架上面，全都是带锁的豪华精装本。我也不管那么多了，一股脑儿地把所有日记都取了出来。我打算把所有的日记带走，换个地方再慢慢看。当然了，就算把日记本上的那些锁都弄坏了也无所谓。反正这个"循环"过去以后，被弄坏的锁就会自动修复，根本无须我自己动手。日记本也是，不管随手扔到哪里，最终都会自动回到书架上去的。

哎呀，不得不说，"时空反复陷阱"的"重置"功能实在是太便利了。

我抱着十几本日记回到了主屋。其实本来想上楼，回阁楼间去的，但我瞬间便将这个念头打消了。因为天亮之后，外公会到这里来喝酒。虽然我可以把日记藏起来，但是要取出来的时候还得找准时机，这样就实在太麻烦了。我呼出一口白气，随后穿过中庭，朝别馆走去。

我把日记藏在别馆的壁橱里面，然后再次返回本馆。

在贵代子夫人开始准备早餐之前，我想在餐厅里找个能偷听到对话的地方藏起来。虽然我不知道能不能收集到有用的情报，但是为了想出更行之有效的方法，就必须尽可能多地掌握"一月二号"这天的情况。我认为这是十分有必要的。而和外公被杀事件相关的所有人都至少会在餐厅里出现一次，因此餐厅可以说是最适合收集情报的地方了。

不过，适合藏起来偷听的地方实在不好找。我反复比较、评估各处藏身地点，不知不觉之中，时间已经快到早上六点了。不好，天马上就要亮了！就在我焦急万分之时，从走廊的方向传来了拖鞋的声音。没办法，我只好躲到餐具架和备用桌子之间的阴影里面。不过这个地方不能算是个好的藏身之处。虽说这个地方可以暂时隐蔽身形，不过只要有人过来在备用桌子旁边坐下,我就会立刻暴露自己。

不过好在大家的用餐时间比较分散,所以那种情况应该不会出现。但如果被发现了,我就真的百口莫辩了。当然了,就算有什么意外发生,只要到时候一"重置"也就没事了。所以大体上我还是不怎么担心的。

餐厅的灯亮了起来。我从餐具架后面往外偷偷地看了看,原来是围着围裙的贵代子夫人。尽管昨天的新年聚会开到很晚,但她今天依然起得很早。在我赞叹她勤劳的时候,贵代子夫人早已经十分麻利地开始为大家准备早餐了。

这个时候,胡留乃二姨也走了进来。当然了,她身上穿的是那身绿色的运动衫。胡留乃二姨开始帮贵代子夫人准备早餐。过了一会儿,早餐准备完毕,她们两个人便先行吃了起来。

"哎,贵代子夫人。"胡留乃二姨的声音传了过来,她坐的位置正好对着我,所以如果我在这个时候冒冒失失地探出头偷窥的话,肯定会被她看到。因此,我决定暂时先偷听。"你是怎么看的啊?"

"是过继养子的事情吗?"过了几秒之后,贵代子夫人才如此回答。贵代子夫人用餐时候的举止十分优雅,在嘴里的食物完全咽下之前,她是不会开口说话的。"大小姐?"这里的"大小姐"自然指的是胡留乃二姨了。胡留乃阿姨一直没有结婚,所以不能直接叫她"太太"。

"那件事情,你觉得会是认真的吗?"

"您指的是哪件事情?"

"就是那件事,说要在今天下午宣布一个决定。你怎么看?父亲他是认真的吗?"

"老爷他到底是不是认真的呢⋯⋯嗯,我觉得他不是认真的,这回不是又延期了嘛。反正商店也没有开门。"

"这倒是啊。商店不开门,就真的没办法了。"

怎么又说到商店上去了?！我不禁焦急了起来。

但胡留乃二姨说的另外一句话引起了我的注意。她说外公准备在今天下午宣布一个决定。说到"决定",肯定是宣布谁是最终继承人的"决定"。我头一次听到琉奈姐姐和富士高哥哥对话的时候,并不太明白其中的意思。外公之前说过,遗嘱的内容要等到他去世的时候才会公布,但是照现在的情况来看,外公已经改变了主意。一月一号的那天晚上,在我躲到主屋以后,大家仍然在继续喝酒。据我推断,外公的这个决定就是在那个时候做出的吧。

"你能不能和我说说心里话,你觉得谁最适合当我的养子?"

"大小姐,您说的是对您最适合,还是对老爷最适合?"

"只要爸爸是认真的,不管由谁来当继承人,我都觉得无所谓。反正这个公司能有今天,也是靠着一笔不义之财发展起来的。所以就算第二代无能,把公司弄垮了也无所谓。我觉得,父亲反倒希望找个继承人代替自己把这个公司彻底弄垮,这样他反而会更高兴。难道不是吗?"

"既然如此,就照着大小姐的意思来办吧。我之前也说过,为什么大小姐自己不能做主决定自己的继承人呢?"

"我也不知道该选谁才好。如果选了一个性格上适合做自己养子的人,那他肯定不适合做公司的继承人;如果选了一个能力出众的人,那他的性格又肯定不适合做自己的养子。所以,我只好让父亲做决定了。"

"您心里觉得哪位才是合适的人选呢?如果您不介意的话……"

"作为继承人来说,友理小姐绝对是不二的人选。她虽然是个女孩，但最为可靠。但是话又说回来了，因为她的能力过于出众，要把她当作自己女儿的话，我感觉很难和她建立起母女的情意。"

"说到能力出众，槌矢先生您觉得怎么样？"

"不行。他绝对不行。虽然他有一种做什么都不会出错的才能，但是在关键时刻，我感觉他会是最软弱的一个。他是那种如果没有人指引就会惊慌失措找妈妈哭鼻子的类型。当然了，这只是我的直觉而已。"

"是恋母情结吗？要是那样的话，倒真是不能选他了。"

"这或许是我的偏见吧。对了，他似乎还对琉奈情有独钟。"

"这是真的吗？"

"我觉得是。他看女人的眼光可不怎么样。"

"如果只是单纯地挑选养子，谁又是最佳人选呢？"

"我大概会选小舞吧。不知为什么，每当我看到她的时候，就会想起当年的自己。我感觉她一直生活在妹妹的阴影里，很难施展开。当然了，她也有爱抱怨、爱挑毛病的一面。不过，小舞确实是最能给我'这就是我女儿'感觉的人。"

"那么把舞小姐收为养女怎么样，如果作为继承人能力不足也无所谓的话？"

"这可不行。父亲确实觉得无所谓，但我却不这么看。EDGE-UP餐饮连锁集团可是我人生的全部啊！"

"原来如此。这就有点难办了。"

"所以最后我只好决定让父亲来决断。不过呢……"放下餐具的声音和叹息声重叠在一起，"真没想到父亲会说出那种话来……怎么会用那种方法。"

"因为老爷他本来就喜欢赌嘛。"

"赌也得有个限度吧。居然在这个事情上面……就算要赌,也犯不上用那种方法吧。为什么会选那种方法呢……真是搞不懂。父亲他这次真的是认真的吗?"

"有句话怎么说来着?对了,我想起来了。"

"哎?"

"有句话,不是这么说的吗——'年纪一大,就会变成老小孩儿'。所以啊……"

贵代子夫人的话被一声"早上好"所打断。不用看也知道,这是友理小姐的声音。

"非常抱歉,社长。明明在您府上叨扰,我却仍不知廉耻地睡过了头。"

"你说什么呢。你看,这不是才七点嘛。这么多人里面也就我们两个起床了,你过一会儿再起来也没事的。"

我知道胡留乃二姨的话里并没有讽刺的意思,但是友理小姐并没有完全把自己当成这里的客人。因为没有过来帮忙准备早餐,友理小姐的语气里露出了些许羞愧。

抢先一步将早餐准备好的胡留乃二姨和贵代子夫人随后走出了餐厅。又过了片刻,友理小姐才开始静静地吃起早餐来。

"哎呀!"随着这样一声招呼,槌矢先生走了进来。

"你来得好早啊。"

"哪里。社长和贵代子夫人早就把早餐准备好了。"

"嗯。那董事长呢?"

"我还没有看到他。"

"大概还在睡觉呢吧。太好了,要是秘书比董事长还贪睡,早饭比董事长吃得还晚的话,那麻烦可就大了。啊,不,我并没有讽刺你的意思。"

"您不用顾忌我。"

"好，我也开始吃了。"

我从来没有听过槌矢先生用这么随便而又亲昵的口气说过话。难道说，因为谈话的对象是友理小姐，所以他就比平常放松了吗？看来友理小姐也在他的"关怀"范围里。在得知胡留乃二姨对他评价不高的时候，我还多少觉得有点意外。不过，我现在却有一种感觉，胡留乃二姨说的或许是对的。

"你知道了吗？"槌矢先生的口气变得愈发随便起来。他的嘴里塞满了食物，声音有些含糊不清，"据说，董事长还没写遗嘱呢。"

"是这样的吗？"可能是我的错觉吧，槌矢先生的语调越是亲昵，友理小姐的口气就越是强硬。"我不知道。"

"你好像没什么兴趣嘛。"

"因为和我没有关系。"

"没有关系？关系可大了。你好歹也是养子的候选人之一啊。"

"我早晚会向社长提出正式申请，拜托她取消我的候选人资格。"

"已经晚了。就算你提出申请也晚了。董事长征求完你本人的意愿之后，就已经晚了。要拒绝的话，就应该在那个时候拒绝。"

"我正在反省自己的浅薄。"

"我觉得你想得太多了。其实没有必要。如果没当上继承人，你不赚也不陪；但如果当上了继承人，你可就赚大了。"

友理小姐缄口不语。

"喂，有句话我早就想说了，你不觉得，咱们俩应该更亲密一点吗？"

"您什么意思？"

"这不是明摆着的嘛。咱们两个人可是肩负着EDGE-UP餐饮连锁集团的未来啊，所以咱们当然得亲密合作啦。"

"肩负公司的未来？这种事情我从来没有考虑过。我只想竭尽全力完成公司交给我的工作。"

"我觉得你好像在生气啊。"友理小姐的声音里明明没有一点怒气，怎么可能是在生气呢？槌矢先生干笑了几声，继续说道："我可是一直把你当成我重要的伙伴啊！"

"嗯？"

"你是个能干的人。对于EDGE-UP餐饮连锁集团来说，你是那种不可或缺的人才，不是吗？在未来，我必须担负起公司的重担。虽然现在还没有正式被指定为继承人，但是我觉得我的可能性最大。当然了，我的能力自然也是有限的，公司里有很多工作只靠我一个人无法完成。因此，像你这样的伙伴是必不可缺的。不仅仅是在工作方面，于公于私我都需要你。"

"您这话是什么意思？"

"我不是说了嘛，只要我被社长收为养子，我立刻就会娶你为妻。然后我们两个就可以齐心协力地共同努力了，无论是在工作方面还是家庭方面。"

这其实是槌矢先生的"落选对策"吧：如果我被选为继承人，我就会娶你为妻，不过作为交换，如果你成了继承人，你就必须嫁给我，让我成为你的丈夫。这点小伎俩，别说是友理小姐了，就连生性愚钝的我都瞒不了。真是够讽刺的。

"如果我和槌矢先生都没有被选为继承人，您打算怎么办呢？啊，我明白了。比方说吧，如果琉奈小姐被选为继承人的话，您肯定会娶她为妻。"

"请你不要把别人想得那么阴险。"风水轮流转,这回友理小姐的语气变得轻松起来,而槌矢先生的声音反而变得强硬。"我刚才说过那种话吗?"

"我跟您把话挑明了吧,槌矢先生,我已经有喜欢的人了。"虽然我看不到槌矢先生的表情,但是我能通过现场的气氛感觉到他的震惊。不过要说震惊的话,我觉得我才是最震惊的人。"我想和他结婚。"

"你不用编谎话了,没用的。我从来没听说你有过什么男朋友。"槌矢先生的逻辑十分厉害:只要老子没听说过,那就等于不存在。"我事先声明啊,我并不是说你没有魅力,绝对没有那个意思——你要是误会了可就麻烦了——你的所有精力都在工作上面,根本就没有时间和男人交往。我可以在这里断言,你现在根本就没有什么热恋当中的男友。你那么说,不过是为了推托而已,你还是说实话吧!"

"我确实还没有热恋当中的男友。不过,我一直对他抱有好感。而且前几天,他出人意料地对我说,希望我认真地考虑一下我们的将来。虽然还没有回复他,但是我已经准备接受他的建议了。"

"那……这,这是真的了?"槌矢先生的声音微微发颤,看来这不一定是他的"落选对策"——槌矢先生或许真的爱上了友理小姐。"你别答应他。你知道那个人的底细吗?平平凡凡地结婚生子,这就是你所憧憬的生活吗?你不是那种人。不许你再说这种丧气话了,重新考虑一下吧!"

"不管别人怎么说我,说我保守也好,说我跟不上潮流也罢,总之,我的梦想就是平凡地结婚,做一个平凡的家庭主妇,成为一名平凡的母亲。我对工作什么的没有一丝留恋。所以还请您不要干涉我的生活,那么,先告辞了。"

"总有一天你会后悔的!"与其说槌矢先生的语调里充满了"留

恋",倒不如说他的这句话是说给自己听的。"我绝对会继承EDGE-UP餐饮连锁集团的!绝对会的!我有这分自信!我才是继承人的不二人选!喂,喂!你听见没有啊!"

友理小姐离开之后,我偷偷地看了看槌矢先生。只见他一副毫无食欲的样子,怅然若失地凝视着半空。据我推测,槌矢先生太过自信了,因此,在被拒绝了之后才会遭受到如此严重的打击。不过,没过多久,槌矢先生又重新"活"过来了。他不仅将早饭吃了个精光,还高兴地吹起了口哨。

或许他是这么想的吧:就算友理那里不行也没关系,我还有琉奈呢。

不过我却没有重新"活"过来——我如假包换地失恋了。我深受打击,甚至在一瞬间萌生了这样的想法——"什么外公被杀事件啊,随他去吧,我不管了。"友理小姐是一个充满魅力的女性。虽然没有任何根据,但我一直自命不凡地以为只有我才能认识到她的那种魅力。但是,只要稍微想一下就能明白,在这个世界里,欣赏友理小姐的肯定大有人在。

以友理小姐的魅力,她肯定会得到男人的欣赏,肯定会有正在交往的男友。而且还是以成年人的方式。啊——啊——

我在"最初的循环"里面,曾经和友理小姐进行过一次私人谈话,不过那件事已经被"重置"了。为了优先阻止外公被杀事件的发生,在无可奈何之下,我只好放弃了那段对话的"反复"。不过从现在的情况来看,我不得不承认,自己当初放弃这段"反复"的行为其实是比较明智的。幸好通过"重置",将这段对话永远埋葬在了黑暗之中,不然的话,友理小姐便会永远记得我对她说的那些傻话。

或许友理小姐会这么想吧:明明还是个上高中的小屁孩,居然这么好色,还说了那么多蠢话。看在你是董事长外孙的分上,我就不当面嘲笑你了。不过,为了成功地掩饰过去,还真是费了我不少的力气。

在不断回忆的过程中,我感到羞愧难当。巨大的痛苦让我的身体不由自主地扭动起来。

那段对话能被"重置"真是不幸中的万幸。

待槌矢先生离开之后,我才从餐具架的后面钻了出来。在失恋的打击之下,我的忍耐力有所降低。或许是因为这个缘故吧,我感到痛苦难耐,无法保持着同样的姿势。况且,一直在一旁听着别人吃饭,自己的肚子也有点饿了。

"哎呀!"我从餐具架后面钻出来,刚伸了个懒腰,琉奈姐姐便走了进来。"早上好,小Q,你没事吧?"

"哎?啊……没事,我没事,真不好意思,让姐姐担心了。"

"你昨天喝得可不少哦。现在开始吃早饭吗?"

"嗯……嗯,是啊。"

"嗯,那就一起吃吧。刚才小……不,刚才我碰到富士高哥哥,叫他一起过来吃饭,不过他好像是那种不吃早饭的人吧?"

"嗯。"关于富士高哥哥的饮食习惯,想必还是和他几乎处于半同居状态的琉奈姐姐更清楚一些吧。不过琉奈姐姐却用一种聊天的口气和我谈论着这个问题,好像她也是刚知道似的。真不知道说她什么才好。说她惺惺作态,还是说她值得同情呢?"然后你又叫哥哥一会儿去别馆等你,是吧?"

"哎?"由于过于吃惊,琉奈姐姐把含在嘴里的味噌汤喷了出来。她"咳咳咳"地咳嗽起来,声音听起来就像是一个男人。再过几年,琉奈姐姐的声音会不会变成那种妖媚动人的沙哑嗓音呢?我不禁在心里胡思乱想起来。"你,你怎么会……呃,不,我是说,你刚才说什么?"

"刚才我恰巧在楼梯那边……"或许是失去友理小姐之后的失恋后遗症吧,我用一种连我自己都感到惊讶的口气,心平气和地撒了一个谎,"听到了你们的对话。"

"你,你的耳朵可真灵啊……"琉奈姐姐瞪着我,那表情好像在说,那么小的声音你也能听见啊。难道说,那些话他们不是在走廊里说的,而是在琉奈姐姐或者富士高哥哥的房间里说的不成?要是这样的话,她就有理由怀疑我了——因为不管听力多么灵敏,在楼梯那里也不可能听到在房间里的对话。"我说,小Q啊,那个……也就是说……我让他去别馆,其实没有什么,那个……"

"姐姐你找他是有事情要谈吧?比如关于继承人的问题。"

"你……"琉奈姐姐仿佛看怪物似的看着我,"你知道得真清楚啊。"

"现在这个时候,如果表兄妹之间突然有什么急事要谈的话,肯定是和这个话题有关的吧。"

"啊,你、你说的也是。"本来打算一问到底的琉奈姐姐在听到我给出的合理解释之后,露出了一种安心的神情。"说得也是啊。现在这个时候,肯定和这个话题有关。真是的,现在大家一见面就会聊这个事情。"

"对了对了,这是我刚才捡到的。"我把琉奈姐姐的耳环放到桌子上,"这个是琉奈姐姐的东西吧?"

"啊……是啊,还真是。你在哪里捡到的?"

"我在本馆的楼梯上捡到的。对了,姐姐,你们在别馆的讨论能让我们参加吗?"

"小Q你也要来吗?哎,等等,你刚才说'我们'?"

"是啊,世史夫哥哥,还有舞姐姐啊。我觉得这正是一个机会,想必大家心里都有很多话要说吧。"

"可,可是……我说小Q啊,那个,我觉得你的提议非常好,我明白你的意思。不过,不过……那个,我们两个的,那个,也就是说我们……"

"总而言之,这件事情十分重要。请姐姐向富士高哥哥传达我的提议。"

我用一种连自己都感到惊讶的冷淡口气说道。失去友理小姐的精神打击和痛苦并没有随着时间淡去,反而变得愈发强烈起来。不过,在目前这种情况之下,这种痛苦反而给我带来了幸运。琉奈姐姐难以置信地点了点头。在看到我的这种态度之后,琉奈姐姐或许以为我真的有什么重要的事情要说吧。

"世史夫哥哥和舞姐姐那边由我来通知。啊,对了,富士高哥哥的事情,暂时还是保密为好。"

"你怎么……哎,什,什么事情?我什么都不知道,你在说什么啊?"

"这个时候,千万别让舞姐姐知道。一定要多加小心。"

"喂,我说小Q啊,你到底在说什么啊,我一点——也听不懂,完全听不懂。"

"如果姐妹两人同时喜欢上一个男人的话,会引发一场怎样的悲剧呢?琉奈姐姐你能想象那种场面吗?我觉得,在公开和富士高哥哥的关系之前,你最好先和舞姐姐搞好关系,对她好一点。这也是未雨绸缪嘛。在那之后,你们再向外公或者别人公开也不算迟啊。也许这话说得有点不自量力,不过忠言逆耳啊,还请姐姐三思。"

"讨……讨厌,小Q,真是的。你怎么净说这种让人听不懂的话啊。而且还一直哭丧着脸,好像失恋了似的。"

"我确实失恋了,就在刚才。"

"哎?啊,哎呀呀,原来是这样啊。"琉奈姐姐露出些许怜悯的神情,慌慌张张地站了起来。看来我的表情大概相当悲恸,且有催人泪下的效果。

事后我又仔细地想了想。当时,琉奈姐姐或许以为我要寻短见——虽然她并不知道我悲痛欲绝的原因——因此才变得惶恐不安起来。实际上,琉奈姐姐虽然没有猜对,但也相去不远。所以,就算琉奈姐姐因为过于担心,而将我的情况紧急汇报给了妈妈,我也不会为此而责怪她。

"那我先走了,拜拜。"

"待会儿在别馆见吧。别忘了叫上富士高哥哥。"

"知、知道了,不会忘的。拜拜!"

琉奈姐姐刚一离开,舞姐姐便走了进来。接着,世史夫哥哥也走进了餐厅。这个顺序和"日程"一模一样。我告诉他们,一会儿在别馆有一个"家庭紧急会议",希望他们届时出席。两个人虽然不知所措,但都不可思议地满口答应了。或许他们也和琉奈姐姐一样担心我的精神状态吧。

我之所以将所有人集中到别馆,自然是为了防止外公被杀事件的发生。琉奈姐姐和富士高哥哥这对情侣,舞姐姐,世史夫哥哥,他们都是"曾经杀害过"外公的凶手,因此,我打算把他们全都控制住。

我之前曾经说过,"缠住上个循环里的犯人"的方法不能从根本上解决问题。直到现在,我仍然这么看。不过,"改变策略"这种事情,说起来容易,做起来难。既然没有想出更好的方法,我只好找个借口把所有的"犯人"都集中起来,限制他们的行动。事到如今也只能先试试看了，这个方案或许能给我带来意外的惊喜。

我决定充分利用那些从外公书斋里拿过来的日记。开始我本来打算自己看的，不过十几本日记我一个人可能看不过来。因此，我才想到让哥哥和表姐他们过来帮忙。如果大家齐心协力，合理分工，看完所有日记所需的时间便能缩短至原来的五分之一。他们只需将日记里有价值的部分汇报给我，这样便足够了。而在下一个"循环"的时候，因为一切都被重置了，他们便会把自己读过外公日记的事情忘得一干二净。这样一来，读过外公日记的人便只剩下了我一个。这实在是个事半功倍的方法。

看来我是一个相当厉害的智慧型罪犯嘛！我一边在心里自吹自擂，一边将十几本日记搬到别馆，把它们一股脑儿地摆在哥哥和表姐们的面前。

"请大家现在开始阅读，然后我们再一起来讨论。"我的这句话刚一出口，在场的其他四个人便纷纷面露惊恐。

"这，这是……喂，Q太郎！"就连平日里轻佻浅薄的世史夫哥哥也换上了一副严肃的神情，"我不知道你有什么样的理由，但这么做实在是太过分了。糟糕透了。你这可是严重侵犯个人隐私的行为！"

"被侵犯个人隐私的其实是我们！"我开始诡辩起来，"外公虽然嘴上说要尊重我们的个人意愿，但那只不过是些冠冕堂皇的漂亮话而已。实际的情况又是怎么样的呢？既然说要尊重我们的个人意愿，可为什么连商量都不商量就擅自决定谁是继承人呢？外公应该让有意愿、有能力的候选人提出申请，然后一个人一个人地和他们单独面谈，对他们进行评估，最后选出最终的人选。这才是应该采取的方法吧？可实际上，外公不分青红皂白地让所有人都参加了这场比赛，不管你有没有意愿，也不管你有没有能力。虽然名义上是比赛，但到底比的是什么呢？乍看之下似乎很清楚，但这里其实根本就没有具体的评判标准。所以，说白了，结果是视外公的心情而定的。如果被选上的是个既有意愿又有能力的人，那倒还好，但到时候，如果选上来一个既没有意愿也没有能力的人呢？被选上的人必须担负起超出他能力范围的重担，而那些有意愿、有能力却又落选的人，就不得不从此走上一条无可奈何的人生之路。难道不是这样的吗？这样也能说我们的个人意愿得到了尊重吗？"

"不……呃，你这家伙……不管怎么说，偷看别人日记的行为都是不对的。"

"有句话说得好，'知己知彼，百战不殆'。"

"什么，你说什么？"世史夫哥哥的成语和谚语学得很差，他哭丧着脸说道，"严禁趁人不备测试别人的文化水平。"

"意思是，只要充分地掌握了敌我双方的状况，"舞姐姐一脸认真地解释道，"不管打多少次仗，也不会失败。"

"这就是一场战争。"我借着舞姐姐带来的阴郁气场，郑重其事地宣告道，"我们的人权正在遭受践踏。难道不是吗？我们不能对这种蛮不讲理的行为保持沉默。我们应该怎么做呢？摆在我们面前的出路只有一条，那就是让外公收回他原本的做法，继承人的选择绝不是他随性而为的儿戏！方法必须改变，要让那些真正有意愿又有才能的人公平地竞争！"

"不过我们应该怎么做呢？外公可是个顽固的老头，这可是他决定了的事情。"

"所以我们才必须做到'知彼'。这些日记里面或许隐藏着极为有用的情报。在和外公谈判的时候，这些消息或许会起到至关重要的作用。"

"喂！你这话是什么意思？"世史夫哥哥的脸上露出一种暧昧的微笑，让人看不明白，不知道他是兴致勃勃，还是有所畏惧，"你的意思是要拿这些材料去威胁外公吧？"

"这个要视情况而定了。不过这也是没办法的事情。我们自己，还有家族的未来，其实早就已经成了任由外公要挟的人质。"

"眼前的这些日记都被锁上了吧。"富士高哥哥手里拿着一本日记，自言自语似的嘟囔道。虽然他表面上佯装平静，但其实心里早已经激动得不行了吧。大概他正在心里这样算计着吧：不管怎样，能抓到外公把柄的人，肯定不会吃亏。

"你刚才说要我们看，可这怎么读啊？你拿日记的时候也把钥匙拿到手了吗？"

"把锁弄坏不就行了。给你，用这个！"我拿出事先准备好的螺丝刀。众人纷纷往后退了几步，几乎笑了出来。

"放心吧。事后我会把这些锁恢复原状的。你们读完之后，我会负责把日记还回去。绝对不会让外公知道。万一暴露了的话，我也绝不会给哥哥姐姐们添麻烦的。一言既出驷马难追，请相信我吧！"

众人似乎也下定了决心。富士高哥哥首先动手拿起三本日记，用螺丝刀撬开上面的锁，默默地读了起来。随后，世史夫哥哥也动起手来，仿佛和富士高哥哥较劲儿似的，一口气拿了五本日记。琉奈姐姐一直犹豫不决，但在看到畏首畏尾的舞姐姐拿了三本之后，仿佛突然下定了决心似的，不肯服输地一口气拿起来四本。

异样沉寂的别馆里面洋溢着一种蓬勃的热情。继承人问题对所有人来说都是一种挥之不去的烦恼。我在窗边坐下，开始翻看十几年前的日记。

那个时候，外公和胡留乃二姨一手创办的西餐厅正在急速壮大着。

或许由于工作过于繁忙,那时候的日记上面大多是空白,就算偶尔写上几笔,也只是寥寥的几行而已。日记里面记载的多半是"餐厅今天哪道菜卖得最好"等鸡毛蒜皮的琐事。尽管如此,那时候的日记,却给人一种轻松快乐的感觉。

我翻页的时候,余光突然瞥到一个人影。我透过窗户仔细看了看,原来是正从走廊穿过的外公。只见他手里拎着一瓶一升装的酒,正在喜不自禁地朝主屋走去。他当然是一个人了。太好了太好了。既然世史夫哥哥也和我在一起,那么这个"循环"里面就不会再发生杀人事件了。

至少当时的我对此坚信不疑。

"哎,大哥啊,"世史夫哥哥一边翻着日记一边纳闷地说道,"谁是河添啊?我总觉得好像在哪里听过这个名字。"

"河添?"好像想到了什么似的,原本埋头翻看日记的富士高哥哥抬起头来问道,"他叫河添什么?"

"这里没写……哦,不,稍等下,嗯……河添昭太!"

"哦,那个人我知道。他是爸爸公司的社长。我估计是同名同姓吧。难道真是那个人?"

"应该不是吧……哦,快看,这里连公司的名字都写上了。"

"这么说的话,外公和河添社长是朋友吗?或许他们俩不认识?不过这事我从来都没听说过。"

"哎,姐姐啊,"琉奈姐姐也一脸疑惑地抬起头来,"你听说过钓井这个名字吗?"

"钓井?听你这么一说,我好像真听说过。"或许因为几乎没有被妹妹请教过吧,舞姐姐露出一种少有的积极态度。她凑到琉奈姐姐身边看了看她手里的日记,"钓井……哦,这个钓井啊。这个名字好像在哪里听说过。"

"嗯,我觉得也好像在哪里听过,不过就是想不起来。嗯……这里写的是钓井真由。是个女的啊。唔——这人是谁呢?"

"啊!"突然,舞姐姐大叫了一声。世史夫哥哥被这叫声吓了一跳,手里的日记顿时掉落在地。

"瑠,琉奈!"

"怎,怎么了姐姐?"

"那,那个,那个女的……"她一把抢过琉奈手里的日记,"钓井,钓井真由,这个人,这个人不就是那个女孩吗?!就是那个女孩啊!和爸爸那个的……就是让爸爸犯了错误的那个女孩,这正是那个学生的名字……"

"啊,啊啊啊啊啊啊啊!"琉奈姐姐拉着长音的惨叫声,仿佛男人发出的吼声。"没错!没,没错!姐姐,就是那个女学生!绝对错不了!就是那个女孩,那个女孩的名字!不,不过!"

"为什么?为,为什么那个女孩的名字会在这出现?为什么为什么!"

我们兄弟三人凑到琉奈姐姐身边看那本日记。只见外公用他那熟悉的笔迹在上面写道:"和钓井真由达成一致。"我们慌忙分头查看其他的日记里面是否也有这个名字。结果,虽然没有找到那个名字,但却发现了貌似和那个女孩有关的内容。

现将主要内容列出:

  本以为只要肯用钱砸就能找到很多女孩,但事实却出乎我的意料。

从那边得来的消息。听说有个女孩想找个借口休学,我决定试探一下。

对方暗示要一百万日元。我表示希望分期支付,但对方表示要现金一次付清。我拒绝了对方的建议,因为要突然凑齐这个数目会引起别人的怀疑。谈判迟迟没有进展。

对方答应可以分期支付,但追加了希望帮忙找工作的条件。我们集团不方便安排,因此交给了那边,让他们去处理。

名字叫钓井真由。问我要不要看她的照片,不知道她有什么打算,拒绝了她。

和钓井真由达成一致。

那件事情为什么还没有被人发觉?刚有点怀疑,便听说谣言已经在学生之间传了起来。很好。

一切顺利。

……

在看到"一切顺利"这四个字的时候,我的心里不禁为之一震。今年一月一号的日记上,在"两个女婿都没有来"这句话的后面,也有一句"一切顺利"。

这么说的话,难不成……

"大哥。"

"嗯?"

"你来看看这个。"

世史夫哥哥叫的是富士高哥哥,但琉奈姐姐、舞姐姐以及我的注意力都被世史夫哥哥吸引了过来。我们围到他身边,看着他手里的日记,上面这样写道:

河添社长来信表示感谢。他说时机、借口都不是问题。现在正是裁撤董事的时候,他本来正为此感到头疼,现在正好,可以送我一个顺水人情。他表示,礼金之类的就不要了,只是上次的事情,希望给他一个方便。我满口答应。

河添社长打来电话。他增设了一个有名无实的部门,专门用来裁员。他说如果只把道也一人放进去的话,会引起别人的怀疑,因此,他请示是不是要同时放进几个别的什么人进去。想得还真是周到。

……

"这个就是那件事吧……也就是说……"一时间不知道应该震惊还是愤怒的世史夫哥哥,干脆采取了一个折中的态度。他用手指弹了弹日记本,说道:"这一切都是外公在背后耍的手段吗?父亲是因此才被转到一个闲职上去的吗?"

"与其这么说……"就算是富士高哥哥也很难推断这件事会给自己带来什么样的得失,"不如说,外公的最终目的是要把父亲从公司里彻底赶出去。难道真是这样的吗?"

"爸爸那边也是这样!"和举棋不定的男性阵营不同,琉奈姐姐十分明确地表达了自己的愤怒,"总而言之,这件事就是外公在捣鬼。他雇了这个叫钓井的女孩,让她去陷害爸爸。难道不是这样的吗?他让那个女孩去勾引爸爸,和他发生关系,然后再散布谣言,这样一来,爸爸就会被学校开除了。整个事件都是策划好了的,难道不是吗?!"

"你的这种说法……"富士高哥哥依然没有放弃自己的慎重,"也能说得通。"

"什么叫也能说得通啊,本来就是那样的!"没有得到男友强烈支持的琉奈姐姐想必一定觉得十分意外吧,她下意识地换上了一副罚老公跪搓板般的口气,冲着富士高哥哥咆哮道,"除了这个以外,根本就没有其他的可能!"

"可是……"世史夫哥哥一时间不知该如何是好,索性在手里把玩起那些被弄坏的锁来,"就算这都是外公一手策划的吧,可是,外公他这么做对自己又有什么好处呢?"

"这不是明摆着的嘛。"舞姐姐冷冷地答道。尽管她看起来比较冷静,但明眼人都能看出来,她其实要比妹妹愤怒得多。"外公是想让继承人的争夺变得更加白热化。如果让那两个女婿都变成落魄的失业者,那么妈妈和加实寿大姨她们就不得不更加拼命地推销自己的孩子。让两个女儿都发疯了似的巴结自己,自己则在一旁欣赏她们的丑态,这就是外公的真正意图。"

"外公真的是这种卑鄙的人吗?"

世史夫哥哥虽然嘴上这么嘟囔着,但却无法完全否定舞姐姐的说法。而他的表情则更像是在支持舞姐姐,仿佛在说"也只能这么解释了"。

我不知道该说些什么才好。我对这些日记本来并没有抱太大的期望,所以也没期待能从里面得到什么有趣的信息。说实话,我做梦都没有想到,日记里面居然隐藏着如此具有爆炸性的消息……

难道说,外公真的对我们全家设下了那种阴谋吗?

难不成……我的脑海中突然涌现出一个奇怪的想法。难道说这就是"动机"吗?就算这不是直接的杀人动机,但多少也和外公被杀事件有关吧。在这之前,如果有人说外公是那种谁都不得罪的老好人,我绝对会毫不客气地加以驳斥;但现在,我却十分希望这种说法是真的。万一这个阴谋被哪个亲戚知道了的话,可就……

我的脑子顿时变得一片空白，思考在这里戛然而止。本来就处于惊愕状态的自己，在这个节骨眼上却又目击到了一件不可思议的事情。

透过窗户，我看到一个人影正踱过走廊。

那个人正是……妈妈！

妈妈从本馆过来，正朝着主屋的方向走去。

可是，这究竟是为什么啊……下巴几乎脱白的我已经品尝不出震惊的味道了。

我呆呆地凝望着窗外。

妈妈，你为什么要去主屋呢？你的这种行动可是不符合"日程"的啊！

这种事情根本不可能发生，这种事情明明就没有可能发生！

不知过了多久，妈妈又从主屋走回了本馆。和我预感的一样，过了一会儿，妈妈再次出现，朝着主屋的方向走去。

她的手里捧着一个花瓶，上面插满了蝴蝶兰。

第九章
尽管如此，事件还是发生了

发现外公尸体的人是叶流名三姨。和往常一样，她想找外公谈谈。四处寻找外公的叶流名三姨在从妈妈口中得知外公在主屋之后，便成了尸体的第一发现人。

在排队等待警方问讯的时候，我和琉奈姐姐、舞姐姐她们相互交换了一下各自掌握的情报。最终，我明白了妈妈为什么会做出脱离"日程"的行动。原因果然在我这里。

据说，琉奈姐姐在叫富士高哥哥去别馆之前，曾经去过一趟妈妈的房间。她对妈妈说，我的样子看起来不太对劲，不但完全没有了平时那种悠然自得的感觉，而且眼睛里面还充满了血丝。琉奈姐姐听我对她说"我失恋了"，虽然不知道这话是真是假，但她觉得我肯定出了什么事情，因此很是担心。她对妈妈说，我的样子看起来不太正常，很有可能因为想不开去寻短见。

我不知道妈妈在多大程度上相信了琉奈姐姐的话。她或许会对此一笑了之——"我那个笨儿子才不会自杀呢，这种形而上学的复杂思考对他来说实在是太难了。"不过我的生死毕竟和继承人的问题有关联，出于这个原因，妈妈觉得还是应该向我传达一下她的旨意，顺便再看看我的情况。或许，妈妈正是怀着这种轻松的心情朝主屋走去的。

琉奈姐姐应该没有把我们在别馆开会的事情告诉妈妈，因此，妈妈理所当然地认为我在主屋的阁楼间。这才是妈妈去主屋找我的原因。

推断到这里，条理大致上还算比较清晰。问题是在这以后发生的事情，我就有点看不懂了。

妈妈到了阁楼间以后，并没有看到我，却发现了正在一个人喝酒的外公。他们两个人之间究竟发生了什么样的对话，以至于妈妈竟然会亲手将外公杀死呢？事情的来龙去脉实在难以推断。

这回的凶器又是那个插满蝴蝶兰的花瓶。这到底又是为什么呢？妈妈根本不可能去参考琉奈姐姐和富士高哥哥那对情侣，还有世史夫哥哥的作案手法，可为什么他们的作案手法又出奇一致呢？这里面一定存在着什么必然的原因。究竟是什么呢？目前我还不太清楚，这仍然是一个未解之谜。

这么说的话，我只能去问妈妈本人了。我想是这么想的，可是这种问题不管问谁，对方都不会轻易回答吧。我甚至觉得要是凶手们也和我一样知道一月二号这天会被"重置"就好了。这样一来，因为有了重新来过的机会，他们就会乐呵呵地把犯罪的详细过程和动机一五一十地告诉我了。只要有"重置"这一功能，作为直接罪证的尸体可以起死回生，犯罪行为本身也会消失得无影无踪。只要让他们明白了这一点，那么不仅是妈妈，我还可以让琉奈姐姐和富士高哥哥、舞姐姐，还有世史夫哥哥老老实实地交代自己的犯罪心路历程。

不过，在他们的角度来看，一月二号这一天根本就不可能重新来过。因此，他们自然也会将自己犯下的罪行作为"一生的秘密"永远地深埋于心。

这么说的话，在案发当天，我就不可能从凶手本人的嘴里问出任何东西了。而且,就算是我,也没有当面质问自己家人的信心。我总不能这么问吧——"你今天杀了一个人吧?快点把你的作案过程和杀人动机从实招来!"所以,尽管我知道不管做了什么最后都会被"重置",但从感情上,我还是对这种做法有所排斥的。

因此,作案过程和杀人动机就都只能靠我的想象力来推断了。琉奈姐姐和富士高哥哥那对情侣,还有舞姐姐的情况还算好说,世史夫哥哥以及妈妈的作案动机就很难推断出来了。他们的杀人动机或许会成为一个永远的谜。在发生"重置"的时候,凶手的记忆会随着杀人事件本身一起消失,事件的真相也会随之而去。不过这也是没有办法的事情。对我来说,最为重要的事情并不是弄清楚他们作案的过程和杀人的动机,而是阻止外公惨遭杀害。

不过还有一个问题。难道我必须千辛万苦、费尽心机地去救外公吗?我有这个义务吗?

这些疑问顿时涌上了我的心头。我会这么想自然和我在那些日记里发现了外公的阴谋有关。外公在背后施展的那些手段,不仅让爸爸被迫赋闲,还让钟之江姨夫丢了饭碗。这些事实都带给我巨大的精神冲击。

我和爸妈的世界观不尽相同,在很多事情上也确实和他们持有不一样的看法。他们的很多做法的确很难赢得我的尊重,我也曾经在某些时候彻底放弃过,认为自己根本不可能爱上这样的父母。不过,我并不认为爸爸妈妈已经坏到了那种程度,坏到了应该用尽一切手段将其逼入绝境的地步。

诚然,妈妈和叶流名三姨曾经十分冷淡地对待过外公,外公对她们怀恨至今的心情我也并不是不能理解。可是,毁掉她们丈夫的社会地位以及她们全家在社会上的立足之地,毁掉她们的生活和未来,这样的复仇方式也未免太幼稚了吧。

唉，他真是太能惹麻烦了。

那种只知道给别人惹麻烦的老头，我才不想管他是死是活呢！事实上，我也确实准备撒手不管了。照现在的情况来看，不管怎么做，他都无法摆脱被杀的命运。嗯，看来这是他命中注定的了，这也是没办法的事情。

我不想管了。我真不想管了。他死不死跟我没关系。我什么都不知道。

不过最终我还是改变了主意——这事情我不能不管。因为我忽然想起来，外公被杀一事和原本的"命运"是不太一样的。就像我之前曾经好几次提到过的，在一月二号"最初的循环"里面，外公身上并没有发生任何异常事件。外公只是从第二周期开始才被拖入了被杀的命运。换句话说，这本来就是一件不应该在一月二号发生的事情。如果我不打乱原来的日程，就不会导致奇怪的因果反复，事件也就不会发生。也就是说，外公的死并不是他"命中注定"的事情。

可以说，外公的死应该是一场"人祸"。这其实是说得通的。一般的"人祸"是无法挽救的，但幸运的是，我有重新来过的机会。只要有重新来过的机会，就应该尽一切努力去挽救，这才是人道的做法。我打定了主意：拯救外公是我义不容辞的"责任"！

和往常一样，我们在排队等待警方问讯的时候，时间到了凌晨零点。被"重置"的我在阁楼间的被窝里醒来。一月二号的"第六个循环"开始了。和上一个循环的情况一样，口渴和困意依然在激烈地交战。我强打精神在自己的大腿上拧了一把，终于醒了过来。

现在是凌晨三点。检查楼梯或许已经成为我的一种习惯，我捡起耳环之后，一边在手里把玩着，一边迈步走回阁楼间，在脑袋里思考着对策。

那么，在这个"循环"里应该如何是好呢？

算上这个"循环"，我还剩下四次机会去挽救外公的性命。不过，一月二号的最后一个"循环"——也就是"第九个循环"——将成为"最终决定版"，那之后就不会有重来的机会了。所以，实际上，在第九个循环之前，我必须找出一个最终的挽救方法。在"第八个循环"里，我会试验一下那个方法的最终效果，因此"第八个循环"便成了事先的彩排。换言之，确切地说，只有这个"循环"和下一个"循环"——也就是"第七个循环"——还能够让我试验新的方法。

我在六点之前离开了主屋，来到了胡留乃二姨位于本馆的房间。和我预想的一样，胡留乃二姨正要下楼去餐厅。

她在看到我之后，不禁大吃一惊。"哎呀，啊，你起得好早啊。没关系吧？你的身体状况没什么事吧？"

"嗯，没什么事。"大家只要一开口，就是在担心我宿醉的事情。在我的印象中，我在新年聚会上也没有喝多少啊。不过在他人看来，我喝得似乎不少，以至于都为我担心起来了。"真不好意思，让您担心了。"

"哪里哪里。Q太郎不用道歉。你明明还没有成年，那些人就灌你喝那么多，该责骂的是他们。"

"哦，对了。"如果我没记错的话，新年聚会的时候，一直灌我喝酒的人不是别人，正是胡留乃二姨。"实际上我有一事想求二姨。"

"啊，什么事呢？"

"那个，我的请求可能有点奇怪。不过，我想向您借一下蝴蝶兰，可以吗？只借今天一天就够了。"

"蝴蝶兰？"胡留乃二姨瞪圆了眼睛，"你说的蝴蝶兰，就是那个蝴蝶兰吗？"

"是的，就是那个蝴蝶兰。友理小姐买的那些。"

"借倒是没有问题。不过你为什么要借蝴蝶兰呢？"

"我想写生。"

"写生？啊，原来Q太郎你会画画啊？！"

"这是我的寒假作业。"其实我在学校上的艺术选修课不是美术而是书法，不过无所谓，反正也不会露馅儿的。"我今天早上才想起来。其实，我本来打算在这几天里画点东西的。我连写生簿都带来了。"

"哎呀哎呀，是这样的啊。真是让人大吃一惊。当然可以了！"胡留乃二姨虽然嘴上说可以，但并没有要回房取花瓶的打算。我感到有点奇怪，这时，胡留乃二姨接着说道，"对了，花不在这里，在楼下呢。"

"哎？可是，二姨不是吩咐过要把花拿到楼上房间的吗？"

"我原本是这么打算的。可看那花实在是太漂亮了，我就想，还是让大家一起欣赏吧。所以那花就一直留在会客厅里。难道你没注意到吗？"

我一点也没有注意到。我仔细想了想，自从一月二号开始"反复"以来，我只是在上一个"循环"的深夜，偷偷进过外公的书斋。那个时候，似乎因为屋里过于昏暗，我才没有注意到。

当然了，每次"反复"的时候，我都会排队等候警方的问讯，因此也在会客厅待过。不过，在命案发生以后，作为凶器的花瓶早已被移到了作为案发现场的阁楼间里，所以我也不可能注意到。当然了，舞姐姐作案的那一回又另当别论了。不过，我或许真的因为事件的缘故导致心情烦躁，所以才没有注意到放在会客厅的花瓶。

之前，有一个问题我一直不能理解：为什么凶手们会冒着被发现的危险,特地潜入胡留乃二姨的房间去拿那个插满蝴蝶兰的花瓶呢?现在看来,花瓶摆放的位置并不是特定的某个房间,而是谁都可以轻易进入的会客厅。这么说的话,事情就变得完全不同了。凶手可能在琢磨着"拿什么当凶器好呢"的时候,偶然想到了放在会客厅的花瓶。而舞姐姐使用杀人现场的那个酒瓶,或许是因为她的情绪当场失控吧。当然了,我们还可能得出一个正好相反的结论,舞姐姐之所以这么做,也可能是她比其他人都更冷静。

我和胡留乃二姨一起下楼。原来如此,那个插满了蝴蝶兰的花瓶果然摆在会客厅里面。

"我可以把它拿到主屋去吗?"

"当然可以啦。不过你要小心哦。"

我准备过一会儿就把花瓶拿到主屋的储藏室去。当然了,我并不是觉得只要这么做就可以成功阻止杀人事件的发生。处理凶器最多只能算是第一个步骤而已。不过,胡留乃二姨答应得如此爽快,确实出乎我的意料。第一个步骤的顺利实施,让我多少松了一口气。

胡留乃二姨邀请我和她以及贵代子阿姨一起共进早餐。我一不小心,居然满口答应了下来。因为在答应之后,我突然想起一件烦人的事情。

在"日程"里,我本来是不应该出现在这张餐桌上的。按照"日程",胡留乃二姨和贵代子夫人本来是要在这里交换自己对继承人问题的看法。可是,如今我这个第三者突然加了进来,她们两个就不会再讨论那个话题了,估计最多也就是聊一些家长里短的事情。家长里短我倒是无所谓,不过,"日程"要是因此而变得混乱起来,引发奇怪的因果变化的话,那就不好了。

我有一种十分不祥的预感。这次或许又会从半路杀出什么"伏兵"来。

不过，事到如今，也不可能中途离席了。算了，管不了那么多了，我将错就错地吃起饭来。这时候，友理小姐也按照"日程"走了进来。和上一个"循环"几乎一样，友理小姐说了同样的话。她表示尽管自己留宿在社长家里，却厚颜无耻地睡过了头。胡留乃二姨的回答也是和上个"循环"如出一辙。

不过，从那之后，情况略微起了一点变化。按照"日程"，在友理小姐过来之后，胡留乃二姨和贵代子夫人应该马上离开餐厅才是。可事实上，尽管吃完了饭，洗完了盘子，两人却依然没有要离开的意思，甚至当友理小姐在我身边坐下开始吃饭以后，也是如此。这个时候，按照"顺序"，槌矢先生走了进来。

"贵代子夫人，要不要来一杯咖啡？"

完全不在"日程"里的一句话从胡留乃二姨的嘴里说了出来。真是让人头疼啊。完了，这下完了。"日程"到底还是出现了大幅度的变化。

"和你们这些人一起吃饭，我真是太高兴了。我记得应该还剩下一些点心。啊，对了！还有一些橘子。我们拿出来吃吧。"

不知从什么时候开始，胡留乃二姨变得亢奋起来。看来，对胡留乃二姨来说，大家聚到一起，气氛十分融洽，这让她不禁有了想聊天的欲望。这可真是大事不妙啊。

但愿别引发出什么"奇怪"的结果来。

"我说，Q太郎啊……"我一个人早走点应该没什么问题吧。我拿着茶碗，刚想站起来的时候，被胡留乃二姨抓了个正着。"你觉得选谁当我的养子好呢？如果可以的话，我希望你不用顾忌，大胆地把你的想法说出来。没关系，只是闲聊而已，我不会对其他人说的。当然了，也不会对你妈妈说的。"

原来如此。我明白了。看来最终还是会谈到这个话题。冥冥之中，一种抑制力在发挥着作用，它让事情尽量朝着忠实于"日程"的路线发展。虽然情况和上一个"循环"多少有些不同。

"我觉得友理小姐是最合适的人选。"

"哎呀？"胡留乃二姨的眼睛一亮。因为被人说出自己心里中意的人选，她显得既高兴又惊讶。胡留乃二姨探出身来，说道："你能说说为什么要选她吗？"

"当然了，槌矢先生也是个不错的人选。"

本来想说"那当然是因为她能力出众了"，但话到嘴边，我慌忙改口这么说道。因为如果要么回答的话，那等于在讽刺坐在一旁的槌矢先生"无能"。

"总而言之，我觉得要选一个有能力的人来继承渊上家的事业。"

"Q太郎，你们兄弟几个不行吗？"胡留乃二姨瞥了一眼一脸困惑的友理小姐和得意扬扬的槌矢先生，继续追问道。这让我很是意外，真没想到二姨居然是这种爱刨根问底的性格。"或者，小舞姐妹俩呢？"

"我觉得舞姐姐很适合当二姨的养女。"

"哎呀哎呀。"这次被人猜中自己心意的胡留乃二姨，看起来喜笑颜开，但过了一会儿又换上了一副警惕的神情。她盯着我问道："这又是因为什么呢？"

"因为我觉得舞姐姐和二姨最像啊。我总有一种印象，比起叶流名三姨来，舞姐姐其实和您最为相像。当然了，话虽然这么说，如果舞姐姐真的成为您的养女，两个人到底能不能如亲生母女般相处，我就不得而知了。"

"作为养子来说没有问题，但是如果作为EDGE-UP餐饮连锁集团的继承人就不太适合了。Q太郎你想表达的就是这个意思，对吧？"

"不适合的并不止舞姐姐一个人。其实我们大家都在各种意义上不太适合成为继承人。富士高哥哥是大家说的那种学者类型。世史夫哥哥是那种企业从属型的人，作为一个下属他会干得很好，但是要成为一个领导者的话，就很难说了。而且他和爸爸一样，面对逆境的时候，会出现软弱的一面。"

"Q太郎你呢？"

"不管怎么说，我毕竟是个连畅销书都会比别人晚读好几年、完全跟不上社会节拍的人。"

"那琉奈呢？"

"她似乎是个愿意为男人彻底改变自己价值观的人。要说'人不可貌相'可能不太恰当，琉奈姐姐其实是个十分守旧的人。我觉得这样的人并不适合当企业经营者。"

"真是让我大吃一惊啊。"胡留乃二姨一脸愉快地喝了一口咖啡，"Q太郎，真没想到你居然是这么一个有眼光的旁观者。我本来以为你是一个光会发呆的小孩呢。"

"我确实只会发呆。不管怎么说，我的一天过得要比别人慢——"

"总而言之，亲戚里面的各位都不太适合了。"胡留乃二姨打断了我的话，她并没有仔细探究我刚才的抱怨，"友理小姐或者槌矢先生，是吧？总之，你的主张就是从家族外部注入新鲜血液了？"

"啊，可以这样说吧。"

"那么，友理小姐和槌矢先生，他们两个人里你觉得哪个比较适合呢？"

"我毕竟是个男孩嘛，所以对女性更加青睐一点。"

"哎呀哎呀，好好好，你说得很好，难道说……"胡留乃二姨眯起眼睛，仿佛一个幼儿园园长，正在嘲笑从女孩手里抢巧克力的幼儿园小朋友一样，"Q 太郎是不是喜欢友理小姐这种类型的女孩啊？"

"嗯，我觉得她很漂亮。"

"哎呀，你居然连这话都说得出来，真是不害臊啊。"胡留乃二姨笑着，伸出胳膊，敲了敲友理小姐的手背，"友理小姐你意下如何啊？你喜欢 Q 太郎那种类型的男孩吗？"

"嗯……嗯。那个……"友理小姐这种结结巴巴的样子，我还是头一回见到。

友理小姐现在一定很为难吧。如果承认自己有男友，坚决拒绝的话，只会让事态变得更加扑朔迷离。但如果抓着社长的外甥不放，又有点不太好，所以她又不能实话实说。

"我也，那个……我也很喜欢那种类型的男孩。嗯，很喜欢。"

"哈哈哈哈，好了好了，你不用勉强了。那种男人……确实有点不太好啊。你们两个其实不太合适。"

那种男人？是说我吗？虽然我觉得没有必要妄自菲薄。

"对了，友理小姐，我想趁着这个机会问一下，你现在有男朋友吗？"

"嗯……"友理小姐一开始像是在思考如何岔开话题，但后来她发现胡留乃二姨其实是在绕着圈子问继承人的问题。于是，她恢复了往日的那种毫不犹豫的冷静口气和表情，答道："是的。实际上前些天他向我求婚了。"

看来不能小看"抑制力"这个东西啊。果然又提到了这个话题。我偷偷地叹了一口气。好不容易才克服了打击，刚要打起精神继续前进，却又碰上这种话题。算了，这也是没办法的事。

和我相比,槌矢先生显得更为震惊。对我来说,这毕竟是"第二次"了,因此多少有了一些心理准备。但对他来说,这却是"第一次"听到。我偷偷地看了一眼他的样子,槌矢先生的表情简直僵硬到了滑稽的地步。他嘴里咬着筷子,眼睛瞪得圆圆的。

"啊……"或许胡留乃二姨也没有想到友理小姐会这么直截了当地回答她。突然,她的眼睛一亮,问道:"然,然后呢?"

"我准备接受他的请求。"

"想必……"胡留乃二姨看起来有点泄气,她不由自主地叹了一口气,然后用一种外交辞令似的口气说道,"想必对方一定是仪表堂堂、风度非凡吧。不管怎么说,不管怎么说,他能够让你这样的女孩为之倾心,肯定十分出色。"

"还差一点。"

友理小姐虽然有些犹豫,但是脸上却露出了微笑。或许她也感觉到了,这确实不是一个应该板着脸谈论的话题。但对我这个刚刚失恋的人来说,这个时候感到的却是一种撕心裂肺般的痛苦。我偷偷地看了一眼槌矢先生,他露出一副几乎晕倒的样子,已经翻起了白眼。

"不过我相信他以后会成为这种人的。"友理小姐说道。

"如果你成为我的养女,你的那位先生会不会同意入赘渊上家,和你一起继承渊上家的事业呢?"

"不。我想他多半不愿意这么做。"

"啊,这就让我为难了。"

胡留乃二姨忽然换上一种责难的眼神,死死地瞪着友理小姐。平时工作的时候她也是这个样子吗?

"如果父亲指定你来继承渊上家的话,你打算怎么做呢?"

"其实我正好想说一下这个事情。我想请求董事长,将我的名字从社长的养子候选名单中去掉。"

"我觉得这是不可能的。"身体刚能动弹的槌矢先生立刻插嘴说道,"凡是董事长定下的事情,虽然不是绝对的,但几乎不会被更改。"

"这个问题要早一点解决就好了。"胡留乃二姨似乎直接无视了槌矢先生,她接着说道,"如果你早一点嫁给那位先生的话,父亲还有时间修改遗嘱。可如果父亲过早去世的话,你就必须做出选择了,要么放弃和那位先生的婚约,要么让那位先生入赘继承渊上家。"

"我不能放弃养子候选人的资格吗?"

"不,并不是不可能。如果父亲去世的话,一切就都会由我来决定了。就我个人来说,我希望友理小姐成为渊上家的继承人。"

尽管同为候选人的槌矢先生也在场,但是胡留乃二姨却毫不在意地说出这种话来,而且看起来丝毫没有不安的感觉。

"况且连Q太郎都看上你了呢。"胡留乃二姨居然还顺便利用了我一下,真是麻烦啊。

尽管槌矢先生竭力装出一副镇静的表情,但他看上去却像一只热锅上的蚂蚁。尽管他知道现在拥有决定权的人还是外公,而胡留乃二姨并没有这个权力,但他还是显得十分不安。

看起来,槌矢先生正在心里盘算应对紧急情况的"落选对策"——如何拆散友理小姐和她的恋人,然后让她成为自己的"老婆候选人"。

按照"日程"的顺序,琉奈姐姐走进了餐厅。"早上好!"她热情洋溢、满脸微笑地和大家打过招呼之后,便在槌矢先生的身边坐了下来。或许因为自己在友理小姐和琉奈姐姐之间摇摆不定的缘故,槌矢先生向琉奈姐姐回了一个微笑之后,便露出了一种内疚的神情。至少在我看来是这样的。

"怎么?你们都在这里啊?"随着外公的出现,餐厅里的空气顿时变得紧张起来。我赶忙看了一眼挂在墙上的时钟,现在是早上八点零一分。"胡留乃,贵代子夫人,你们俩过来一下。"

胡留乃阿姨和贵代子夫人站了起来,跟在外公的身后走出了餐厅。我知道他们要去哪里。肯定是主屋的厨房。然后在他们之间肯定会发生一系列的对话,先是外公说昨天晚上没有红色折纸了,因此没法折了,随后,他会让贵代子夫人去文具店买,然后贵代子夫人会说文具店这三天都不开门,等等。这些对话的内容确实不太适合被别人听到。外公大概是因为这个才特意去主屋的吧。

被留在餐厅里的四个人,顿时变得无话可说。友理小姐站了起来,点头行礼之后便走了出去。槌矢先生仿佛要追过去似的,也匆忙站了起来。

恐怕槌矢先生待会儿便会对友理小姐说——"你不是那种满足于平凡婚姻的人",随后对她提议,"让我们一起来守护EDGE-UP餐饮连锁集团吧",然后再和上一个"循环"一样,被严词拒绝。

"那个,这个……"我凑到默默拿着筷子吃饭的琉奈姐姐面前,把耳环拿了出来,"这个掉在地上了。"

"啊!"饭粒好像跑到气管里去了,琉奈姐姐"咳咳咳"地咳嗽了起来,"啊,啊……谢……谢谢你。"

"实际上我有事想和大家商量。"琉奈姐姐的表情好像在问"你到底想问什么"。我无视她的眼神,直接切入主题。"我希望一会儿大家在大厅里集合。你能帮我叫一下叶流名三姨和舞姐姐吗?"

"商,商量?商量什么呢?"

"除了继承人的问题之外不会有别的事情了吧。我妈妈和两个哥哥也都过来。啊,不过,富士高哥哥那边,拜托琉奈姐姐跟他说一下吧。"

"啊，那个……"琉奈姐姐几乎哭了出来，"非得今天商量吗？"

"必须今天商量。"

"可我有事啊！"

"和富士高哥哥幽会那种事情，什么时候都可以吧。"尽管琉奈姐姐的嗓子里发出"咯"的一声，但我还是连珠炮似的说个不停，"还有，不管我在大家面前说什么，你都不要透露你和富士高哥哥之间的关系。至少在今天，请姐姐一定保守住这个秘密。富士高哥哥那边也请姐姐反复叮嘱一下。"

我的话音刚落，舞姐姐便走进了餐厅。真是千钧一发啊。

"正好，舞姐姐那边我去通知。那就拜托姐姐了。"我刚嘱咐完，就见琉奈姐姐脸色苍白地像从鬼屋逃出去似的飞奔出餐厅。她连盘子都没顾上洗。

琉奈姐姐刚一出去，世史夫哥哥便走了进来。我对他和舞姐姐说，我有重要的事情和他们说，请一会儿在大厅里集合。

事态陷入了泥沼，进展十分缓慢，但这也是没有办法的事情。总之，我只能用我这个不太够用的脑袋来考虑对策了。既然妈妈有可能杀死外公，那么叶流名三姨就也有可能。既然如此，干脆想个办法把所有人的行动都限制住好了。妈妈和叶流名阿姨会不会接受我这种小屁孩的召集呢？我对此十分不安，因此便说是和继承人问题相关。这样一来，他们要么会在意起来，要么会热血沸腾。

大庭家和钟之江家全员都聚集到了大厅里。

"我想大家彼此之间肯定有很多话要说，但是……"我来回看了看妈妈和叶流名三姨，然后决定直奔主题，"现在不正是我们两家握手言和的时候吗？"

"做面条①？"

妈妈似乎想问，你刚才说要做面条，是要做乌冬面吗？

"那个，到底做什么面条啊？"

"是和渊上家继承人问题相关的事情。大家难道不觉得吗，大庭家和钟之江家都想让自己家的孩子成为继承人，可是我们两家除了相互竞争之外就没有别的办法了吗？如果外公指定槌矢先生或者友理小姐当继承人的话，我们两家可就两败俱伤了。既然是这样，我们为什么不通力合作，达成一个双赢的局面呢？"

"说到合作，你到底想怎么个合作法呢？"叶流名三姨像往常一样对周围宣告着自己的倦怠感。

妈妈狠狠地瞪了她一眼，随后问道："合作，到底指的是什么？"

"举个具体的例子来说，就是让两家的孩子结婚。"我无视假装打嗝儿来掩饰惊讶的琉奈姐姐，接着说道，"比如富士高哥哥和舞姐姐，舞姐姐和世史夫哥哥，琉奈姐姐和富士高哥哥，琉奈姐姐和世史夫哥哥。不管怎么组合都行，总之结婚就可以。虽然这么说让我十分过意不去，不过，如果两人之间有感情的话就另当别论了。这种联姻有点像政治婚姻。不过，我觉得就目前的态势来说，我们已经被逼到不得不这么做的地步了。如果哥哥姐姐们之间能够出现一对夫妇的话，外公的想法或许会改变。不，仅靠这个方法，外公或许不会改变主意。请大家想象一下，如果那对夫妇生下一个孩子的话，会是什么样的情况呢？这对外公来说，那可是很可爱很可爱的重孙啊。有了这个重孙，外公便很有可能考虑给他留下点什么东西，而这个孩子还将成为妈妈和叶流名三姨共同的孙子。这个孩子便会成为连接大庭家和钟之江家

---

①在日语里，"手打ち"这个词既有"握手言和"的意思，也有"做面条"的意思。

的纽带，两家从此便会永远共同发展下去。"

"Q太郎，你真是太聪明了！"世史夫哥哥喜上眉梢，"为什么别人都没想到这个办法呢？不不不，你简直就是一个天才！"

他身后的琉奈姐姐小声咕哝了一句"人家也想过这个法子，真是的……"世史夫哥哥回过头来，马上对她说道："那就让我和小琉奈赶紧结婚吧！"

"稍等一下！"

叶流名三姨微微扬起嘴角，好像在说"除了我以外的其他人都是单细胞生物，真是让人发愁啊"。

"让孩子们政治联姻并不是不可以。不过，就算两个孩子结了婚，但最后被指定为继承人的却是槌矢或者友理的话，到时候该怎么办呢？这岂不被人耻笑吗？"

"只要外公还活着，"或许因为脑袋里还惦记着和琉奈姐姐幽会的缘故，富士高哥哥十分少见地郑重说道，"只要外公还活着，他就会不断改写遗嘱。有权力决定哪份遗嘱才是最终决定版的人也是外公。因此，Q太郎的提议是，为了让他改变主意，我们应该利用'重孙'来对他使用怀柔政策。"

"就是这个意思。"

"没有爱情的婚姻，拿重孙当活人供品——连这些都出来了。纵使你们贪图金钱，但也不能想出这种不人道的法子吧。"叶流名三姨冷笑道。她露出了一种让人厌恶的表情。"现在还只是个高中生便这么心狠手辣，长大以后那还了得啊。真是和某人一个德行。"

"你，你，你说什么呢？！"我并不是一个利欲熏心的人，出这个主意也不是我的本意，但是对于目前的状态，确实连我都感到不安，因此我决定保持沉默。不过妈妈却无法保持沉默。

"我们家孩子好不容易,好不容易想出一个主意来,为了我们大家着想,也为了你和你的女儿们着想。可你……可你却,你这是,你这是什么态度啊?!"

"居然说为了我们好,别开玩笑了!"不知道哪里刺痛了她,叶流名三姨十分少见地"哈哈哈"狂笑起来。"你们还不是为了你们自己!你们是怕自己的那份遗产拿不到,才绞尽脑汁想出这招苦肉计的吧。少骗人了!收起你们那套假仁假义吧!居然说什么,说什么是为了我们好,少以恩人自居在那里说大话了!"

"算了算了,三姨,请你冷静一点吧。"

我本来就没想要大家都接受我这个提议,因为那并不是我的目的,所以就算交涉失败了也无所谓。只要把大家一直困在这里,并一直待到傍晚就可以了。不过如果过早引起大规模的冲突,让某个人过早离开这里就不好了。因此,我只好过来调解一下。

"说实话,我也是想要钱的。爸爸现在变成那个样子,这让我十分担心自己的未来。我也想好好地去上大学,所以……"

"够了!别说那种丢人的话了!"情绪激动地站起来的是富士高哥哥。只见他满脸通红,紧握的双拳不断地颤抖着。情绪如此激动的富士高哥哥,我还是平生第一次见到。"Q太郎!你,你这家伙,你这家伙被人侮辱了,你难道没听出来吗?你被人家侮辱了啊!你难道不知道吗?不许你再说那么谄媚的话了!"

"算了算了,大哥,别生气嘛!三姨对Q太郎也没有恶意啊,没错吧,是这样的吧,嗯?"

"没错。她没有恶意,只有对金钱的欲望。"

"你说话给我小心点。"对叶流名三姨而言,碰上这种外甥也是没有办法的事。

她反省了一下,想开个玩笑把这事敷衍过去,但是富士高哥哥却把她的玩笑当成了真话。"说到对金钱的欲望,我们两个其实彼此彼此。"

"别为那种事情生气了嘛,小富。"面对富士高哥哥的暴怒,琉奈姐姐有些束手无措,一不小心竟然叫出了对哥哥的爱称。不过其他人好像并没有注意到。"妈妈她也没有恶意的啊。只不过有点……"

"你这家伙给我闭嘴!"

"你这家伙?你,你居然对我的女儿……"叶流名三姨脸上的那种挖苦似的微笑完全消失了。她的眼睛吊成了不输给妈妈的那种三角眼。"你居然用'你这家伙'来称呼我的女儿?你以为你是谁啊?!嗯?!你以为你是谁啊?!快道歉!现在就道歉!双手伏地,跪下来谢罪!"

"该下跪道歉的是你这家伙吧!"看来富士高哥哥是那种平时不怎么生气,但只要一生起气来就一发不可收拾的类型。他唾沫横飞地咆哮着:"快下跪给我弟弟道歉!你这个造孽的死老太婆!"

"老,老太婆?你居然叫妈妈……"仿佛发生共鸣的音叉一样,琉奈姐姐也跟着咆哮起来,"你居然管别人的妈妈叫老太婆!居然敢叫什么老太婆……你这个野蛮人!"

"吵死了!我不是叫你闭嘴了嘛!真烦人!"

"你快道歉啊!"琉奈姐姐哭了出来。

最近,我总是会碰巧遇到琉奈姐姐哭泣的场面。在这之前,她给我的印象一直是一个快乐的现代女孩,可能是我没有发觉吧,或许琉奈姐姐只是一个爱哭鼻子的小孩罢了。

"道歉,我叫你道歉啦!你要不道歉我就不原谅你!我一辈子都不会原谅你的!"

"我为什么非要你来原谅啊!别开玩笑了好不好!话说你这家伙怎

么老是哭哭啼啼的啊，你以为哭就能哭赢了吗？"

"你过分！过，过分！我本来以为你挺温柔的……本来，本来以为你是个温柔的人的。你这是怎么了？你今天到底是怎么了啊？我喜欢的那个既知性又温柔的小富到底去哪里了啊？！"

"你白痴啊。男人对女人温柔还不是为了干那种事情啊。这明显只是为了干着方便嘛！你装什么傻啊。"

"什，什，什么！"叶流名三姨神色恐怖地打了富士高哥哥一巴掌，"你，你这个，你居然，居然……把人家的姑娘，你居然伤伤伤，伤害人家的女儿！"

"你傻啊你？要是她过了二十岁还是处女，那个时候丢人的是你们。我给了她正常的性生活，你们应该感谢我才对啊！"

"你，你，我杀了你！"

"哇，住手！我叫你住手！"叶流名三姨冲着富士高哥哥气势汹汹地杀了过去。世史夫哥哥想要拦住她，却被她漂亮地挥肘，噗的一下打在胸口。

"呜！"

"住手！你这个家伙！"妈妈朝着叶流名三姨猛扑过去，她胡乱地挥舞着双手，去抓对方的脸。"住手！住……你给我，住手！你这个……我让你住手你听见了没有！你这个，你这个！"

"没……没，没事吧？"世史夫哥哥痛苦地倒在地上，琉奈姐姐则是瘫坐在地上号啕大哭，而夹在两人中间的舞姐姐一时不知该如何是好。"哎，我说，那，那个，这个，喂，现在该怎么办啊？喂，现在该怎么办才好啊！"

"你是怎么教育你儿子的！你怎么补偿我们啊！你到底怎么补偿我们！人家女儿还没嫁人呢！"

"吵死人了！你这个家伙，你是怎么教育你女儿的啊！他们两个人能睡到一起，绝对是被你那个笨蛋女儿勾引了！脑袋里空空如也，就靠着卖弄自己的屁股和胸部，和你简直是一模一样！和你真是一模一样！你这个淫荡胚子！丑八怪！蠢货！"

"我才不想被你这种人说呢！你这种家伙，你才是淫荡胚子呢！因为不想继承那个破餐厅，就特地跑去念大学，然后缠着男人不放的人到底是谁啊？"

"我那是谈恋爱！我可是堂堂正正地谈过恋爱。平凡的恋爱！缠着男人不放的是你吧！"妈妈拿着坐垫"啪啪啪啪"地打着叶流名三姨。"明明才十六岁，明明还是个小姑娘，就学会勾引学校的老师了，死皮赖脸地非要搬到人家公寓去的，又是谁啊？！你这个，你这个淫荡女人，你这个荡妇！"

"那都怪姐姐你不好！"叶流名三姨也不服输地拿起坐垫反击。或许是经年累月的愤怒和屈辱一下子爆发了出来，她的声音听起来撕心裂肺，眼角也渗出了泪水。"都怪姐姐你不好！你把我们，你把我们几个扔下不管逃了出去。明明是长女。明，明明你是长女，却慌慌张张地逃了出去。我也想逃出去啊。姐姐你难道没有错吗？全都是姐姐你的错！一切都是姐姐你的错！"

"我什么都没有做！我只是普通地结婚了而已。只是普通地结婚而已！难道不行吗？普通地结婚难道也不行吗？我就没有追求幸福的权利了吗？！"妈妈流着眼泪，"啪啪啪"地打着叶流名三姨。"长女怎么了？长女又怎么了？就因为是长女，就因为是长女，就必须牺牲掉一切吗？凭什么啊？凭什么啊？！我也要追求幸福！没错，我只是想像普通人那样，变得幸福！这有什么过分的吗？你说，这哪里过分了？！"

"到底出什么事了?"胡留乃二姨突然在我身边说道,不知道她是什么时候过来的。她望着大厅里嗷嗷乱叫、拿着坐垫相互厮打的妈妈和叶流名三姨。友理小姐站在她的身边,用一种哑然的表情看着眼前的这场乱斗。

"她们两个在干什么呢?!"

"二姨您好,那个,她们在感情上产生了点误会……"

"住,住手啊!老妈!"好不容易从地上爬起来的世史夫哥哥冲到她们两人中间,不过却被双方的坐垫同时击中,再一次被打飞。他后背撞到拉门上面,从拉门中间穿了出去,摔倒在拉门另外一侧的走廊上面。

"总之,大家请冷静一下!"我决定趁这个机会担起责任,不再继续冷眼旁观。我想果敢地挑战一下,结果立即被两枚飞过来的坐垫打了回来。我在地板上翻滚的时候,不小心用脚将挂在墙上的字画扯了下来。

"没,没事吧?"友理小姐跑到我的身边,将我扶起来。一股幸福感顿时沁入我的心脾。不过我冷静想了一下,现在还不是高兴的时候。"你振作一点!"

富士高哥哥抱住叶流名三姨。虽然叶流名三姨被摔到地上,但是手里的坐垫却依然犹如飞盘一般飞了出去,一下子正中妈妈的面门。妈妈仰面倒下,朝着舞姐姐和琉奈姐姐压了过去。一直惊恐不安的舞姐姐被妈妈的身体一压,顿时火冒三丈。她抓起坐垫朝富士高哥哥扔了过去。

琉奈姐姐见状,也抄起坐垫过来帮忙。在接连不断的坐垫打击下,富士高哥哥被逼得走投无路,只好踹破拉门逃跑。

转瞬之间,大厅忽然变成了小学毕业旅行团投宿的旅馆,在这里,一场坐垫大战正在进行。

聚众生事的心理真是可怕。

胡留乃二姨用刺耳的声音大喊着:"你们快给我住手!到此为止吧!不要太过分了!"但在被一个坐垫打中脸部之后,胡留乃二姨立刻改变了态度,弯腰开始收集坐垫。看来,尽管过了这么多年,她的心里还是存有芥蒂。

"看这个!"胡留乃二姨抄起坐垫,照着妈妈和叶流名三姨抬手就打。在走廊倒着的世史夫哥哥又爬了起来,再一次投入到坐垫大战之中,真是好了伤疤忘了疼。不知为何,世史夫哥哥仿佛一个没有责任感的淘气包似的,脸上浮现出了一种凑热闹的神情,那表情好像在说:"真有意思,我也要来和你们一起玩。"

"不行!"友理小姐一把拦住想要站起来的我,"你现在去劝架,只会让自己受伤的。"

就这样,整个大厅里,只有我和友理小姐两个人置身于坐垫大战之外。在地板上的狭小空间里,我们依偎在一起,仿佛在等待着暴风雨的来临。一股香气从她的身上散发出来,让我顿时精神恍惚,如在梦中。

不过现在还不是恍惚的时候。我看着我眼前的这幅光景:亲戚们混战在一起,相互丢掷着坐垫,嘴里大叫着"吃我一记""看招"。该怎么形容这幅画面呢?真是宛如地狱受难图一般。再加上大家身上都穿着运动衫和长棉马甲,更给这幅光景平添了一丝滑稽。在外人看来,或许会以为这是一种新兴的运动呢。真是令人忍俊不禁。不不,现在还不是笑的时候。

到最后,连听到骚乱声过来察看的贵代子夫人都加入了战局。事情居然发展到了这个地步。看来,被坐垫打到脸上的人都会从心里爆发出一种独特的复仇欲望。这就是所谓睚眦必报吧。大家完全进入了一种"不分敌我"的状态。其实一开始还可以勉强算是"大庭家"和"钟之江家"之间的对决,但是到了后来完全就乱成一锅粥了。大家也不管对方是谁了,拿起坐垫就"啪嗒啪嗒"地一通乱扔。所有人都杀红了眼,真是让人受不了。

大厅里一时间充满了悲鸣和哀号,几乎将天花板掀开。

不知过了多久,大家全都表情呆滞地瘫坐在地板上,一个个气喘吁吁、狼狈不堪。有的人不但头发凌乱,鼻子还流出了血。屋子里鸦雀无声,众人只是呆呆地凝视着空中。不管怎么样,这场骚乱总算是告一段落了。

大厅里像被龙卷风袭击过一样。所有的隔扇都无一例外地被打破了,拉门也没有一个是完好无缺的。走廊那边的窗户,一大半的玻璃都被打碎了。从天花板垂下来的电灯也被飞来飞去的坐垫打得来回摇晃。视野所及之处,无不是一片尘埃飞舞的景象。

友理小姐拿来急救箱开始给受伤的人包扎。大家总算都恢复理智了。或许因为意识到了自己的鲁莽——尽管自己岁数不小了,却依然像小孩一样大吵大闹打群架——大家都十分不好意思地躲避着别人的目光。

"啊——"不知道被谁把脸挠出了一道口子,胡留乃二姨一边往脸上贴着创可贴,一边叹了口气,说道,"父亲要是看到了这幅场面,还不知道会怎么说呢。"

"这么说来,老爷他现在在干什么呢?"贵代子夫人面带愧色地摆弄着身上那件已经被弄破了的围裙,"这里明明发生了这么大的骚乱……难道说他现在还在休息,所以完全没有听见?是这样的吗?"

"那个……这么说来……"我率先注意到了这一点。一种不祥的预感像火灾现场的黑烟一样在我的心中升腾起来,"槌矢先生好像也不在场啊……他有什么事吗?"

"槌矢先生吗?"贵代子夫人答道,"我刚才看见槌矢先生了。怎么了?他刚才去主屋那边了。真不知道他想要干什么,我还看见他把小姐的蝴蝶兰拿走了。"

我几乎被自己的粗心大意气得昏厥过去,没有发狂地大叫起来已经算是一个奇迹了。没错,我本来想把蝴蝶兰花瓶藏到储藏室里,但却把这事忘得一干二净。怎么会这样呢。或许因为所有亲戚都集中到了大厅的缘故,我才疏忽大意了。

"然,然后呢?槌矢先生他后来……"

"过了一会儿,槌矢先生才从主屋回来。不过他并没有把花瓶拿回来。所以我就凑过去问他那些花哪里去了。他听了以后,表情立刻变得惊恐万分,就好像看到了幽灵一样。然后他就跑到外面去了。他什么话都没说,害得我在原地愣了半天。"

第十章
讨厌，事件怎么又发生了

我已经有点厌烦了。

槌矢先生为什么非要把外公杀掉呢？他的动机到底是什么呢？我心里一点头绪都没有。不过，槌矢先生是杀人凶手，这一点已经确凿无疑了。

当我们在大厅里混战的时候，外公正在主屋的阁楼间里一个人喝酒（应该是这样吧）。然后槌矢先生走了进来（我猜的）。槌矢先生为什么会到阁楼间去呢？我实在弄不明白。我猜他是去那里找我，打算对我献殷勤吧。原因自不必说了，肯定是因为早上在餐厅里的那些对话。胡留乃二姨问我为什么希望友理小姐成为继承人的时候，我说因为我喜欢她。在胡留乃二姨看来，这当然是一句玩笑话，但在槌矢先生看来，我的话却是认真的。况且在那之后他还被友理小姐不留情面地拒绝了（大概吧）。出了这些事以后，他或许觉得局势正在变得对他越来越不利，走投无路之下，他决定来讨好我，因为他觉得我的话对胡留乃二姨会有一定的影响。就这样，他决定到阁楼间去找我。不过他在阁楼间遇到的并不是我，而是在那里喝酒的外公。

到这里我还能推断出来。和上次一样，让我困惑不解的是接下来发生的事情。究竟发生了什么事情，以至于槌矢先生会将外公杀死呢？总之，槌矢先生将放在本馆会客厅里的蝴蝶兰花瓶拿走了。这一幕被贵代子夫人看到，但槌矢先生却没有发觉。槌矢先生在犯下罪行之后，把花瓶留在了现场，在回来的路上，他再次和贵代子夫人相遇。在被追问"花到哪里去了"之后，槌矢先生变得惊慌失措起来。他做梦也没有想到，自己将凶器拿到犯罪现场的事情居然被人看到了。而只要外公的尸体被人发现，自己的罪行也就无法掩盖了。如果这些事情被警察知道了的话，一切就全完了。因此，槌矢先生决定在警察到来之前逃走。事情的经过大概就是这样的吧。

不过，尽管推断出了事情的来龙去脉，但关键的杀人动机还是没有一点头绪。

接到报警之后，警察立刻赶来，拉开了警戒线。如果能抓到槌矢先生，就能从他本人的嘴里问出杀人动机，其他的情况或许也能弄清楚。不，应该说"一定会弄清楚的"才对。当然了，从槌矢先生的嘴里问出事情真相的机会很可能永远不会出现。如果在十二点之前不能将他逮捕的话，就会发生"重置"，一月二号这天就会进入"第七个循环"。

尽管今天凌晨三点的时候，我因为口渴一度醒了过来，但是我并没有强迫自己起来，而是继续睡了下去。多少有点赌气而睡的意思。虽说是临阵磨枪，但我确实拼尽全力了，而仿佛像嘲笑我的努力似的，总会有什么人出乎意料地从半路杀出来，然后将外公杀死。说实话，我已经对这一切感到厌烦了，爱怎么样就怎么样吧。

这次我必须想出一个将槌矢先生一起限制起来的计策。不过，这样一来就能阻止外公被杀吗？事情既然已经发展到了这个地步，真是什么情况都有可能发生。就算我阻止了槌矢先生，下一次或许胡留乃二姨、贵代子夫人她们就会突然化身为"代理凶手"。而且，还有友理小姐。虽然我不相信友理小姐会变成凶手，但毕竟这种可能性是存在的。

无论如何，要想出一个能够阻止所有人的万全之策……在梦中我依然在左思右想。不仅仅是大庭和钟之江两家……槌矢先生和友理小姐……还有胡留乃二姨、贵代子夫人……难道就没有一个万全之策能限制住所有人吗？

不，等等。我突然想到了一个不合乎常理的可能性。就算我把所有人都限制住，这次会不会从"外面"闯进来一个全然不认识的"代理凶手"呢？就算我大喊"喂，喂，那样就犯规了哦"，也无济于事。我必须考虑到那些突然杀出来的"伏兵"。目前不就有爸爸和钟之江姨夫这两个十分出色的"伏兵预备役部队"吗？如果让他们两人知道把自己逼入闲职和革职境地的人正是外公的话，便等于给了他们充足的杀人动机。推辞不来参加新年聚会只是借口，其实他们现在正在渊上家附近伺机而动呢。这种情况非常有可能发生，真的不是在开玩笑。

要真是那样的话，可就太麻烦了。

就是这么回事。我得出结论之后，便从被窝里站了起来。只限制槌矢先生、胡留乃二姨他们是不够的，要限制的话，就必须把包括外公在内的所有人一并限制起来。为了达到监视的目的，还得把所有人全都集中在一个屋子里面，直到傍晚为止。现在只剩下这个方法可以阻止外公被杀了。不过具体来说，到底怎么施行才好呢？

我起床的时候是早上八点。在我想办法的时候，时间不知不觉地就过去了十几分钟。我慌忙走出阁楼间，下楼来到主屋的厨房。在下楼梯的时候，我看都没看那耳环一眼。因为就算我今天把它捡起还给琉奈姐姐，到了下一个"循环"，它还会回到同样的地方去。还是在最后一个"循环"的时候捡吧。

我走进厨房,发现那里只剩下胡留乃二姨一个人。看来,那些一如既往的对话——"没有红色折纸了,所以我没折""商店这三天不开门"等等——已经结束了。外公和贵代子夫人大概已经回到本馆去了吧。

"哎呀,Q太郎。"不知为何,胡留乃二姨在看到我之后,露出一副惊讶的表情,其中还夹杂着一些悔恨和畏惧,就像在偷东西时被抓到的现行犯一样。当然了,胡留乃二姨的脸上并没有贴着创可贴。"啊,这,这样啊,这么说来,你的房间是在主屋呢。"

"二姨您是不是误以为主屋这边没人,对吧?"我的直觉告诉我,二姨的态度有些可疑,于是便把脑子里想的话原封不动地说了出来。我有一种预感,或许能从胡留乃二姨这里找到一些和事件相关的线索。"是这样的吧,所以才特意把外公拉到这里。因为那件折纸的事情不能被外人听到,对吧?"

"Q太郎,你!"

用"震惊"来形容胡留乃二姨这时的表情一点也不为过。不,震惊确实是震惊了,但我还从她的表情里看到了些许如释重负似的神情。胡留乃二姨把这个原本只有自己知道——确切地说,贵代子夫人也知道的重担——卸了下来。

"原来你听到我们刚才的对话了。"

"是的,我不知道听了多少遍了。"我一不小心说漏了嘴。不知听了多少遍的人当然只有我一个,实际上,这个对话只发生过一次。"反正我听到了。"

"那么,"胡留乃二姨板起脸来,释然的神情变得更加浓厚,让人觉得她在瞬间老了很多,"你什么都知道了吧?"

"您说的是外公要折纸鹤的事情吗?有黑色的⋯⋯"在滔滔不绝的

同时，我慢慢地把模糊不清的想法归纳成一个具体的假说。我之前怎么就没想到呢？这件事其实简单得不可思议。"有蓝色的，有黄色的。不过红色的折纸没有了。换句话说，也就是我的颜色，没有了。"

"没错。"胡留乃二姨点了点头，"你说得很对。"

"折纸的颜色和我们身上运动衫的颜色一模一样。黑色代表槌矢先生和友理小姐，蓝色代表富士高哥哥和舞姐姐，黄色代表世史夫哥哥和琉奈姐姐。不过，绿色的折纸从一开始就没有，因为没有准备的必要。折纸的颜色和EDGE-UP餐饮连锁集团继承候选人身上穿的运动衫颜色是一致的。"

"没错。"胡留乃二姨叹了口气，不过，表情却反而放松了下来。她看起来有些犹豫，但脸上还是露出了笑容，"就是那么回事。"

"外公打算使用各种颜色的折纸，来选出最终的遗嘱继承人。不过，事先应该准备好的红色折纸——也就是我的颜色——用完了，所以外公就没法折纸了。也就是说，外公无法选择继承人，因此也就没法写遗嘱了。是这样的吧？"

"你连这么详细的信息都知道啊？这些只有Q太郎你一个人知道呢？还是说，其他人都知道了？"

"其他人应该知道遗嘱还没有写的事情。至少琉奈姐姐和我的两个哥哥都知道。不过，他们还不知道折纸的事情。我也不知道外公用纸鹤选继承人的具体办法。"

"方法很无聊哦。那个方法太幼稚了，我都懒得解释，实在是太愚蠢了。"胡留乃二姨虽然长叹了一口气，但随后不知道想到了什么，又无忧无虑地笑了出来，"他会把事先折好的纸鹤放进做好的一个纸箱里。箱子有两个，按男孩和女孩分开。也就是说，男孩的箱子里装有黑色、蓝色、黄色以及红色四种颜色的纸鹤。女孩的箱子里装有黑色、蓝色、黄色三种颜色的纸鹤。两个箱子上面都有一个大的开口。然后他便会闭上眼睛，把两只手分别伸到两个箱子里，然后抽出纸鹤。这就是决定继承人的方法。"

"这么说的话，"所谓纸箱子，就是我在书斋看到的那种大面巾纸盒似的东西。我看到的时候，外公只做好了一个。或许是因为没有红色折纸的缘故，外公觉得反正也抽不了签，便停止了纸箱的制作。"继承人就有两个了？"

"男女各一个哦。"

"不过这有点奇怪啊。新年聚会的时候，外公曾经公布过'过去五年继承人的名单'。我记得每年确实只有一个继承人啊，一开始是琉奈姐姐，第二次还是琉奈姐姐，然后是槌矢先生，富士高哥哥，最后是友理小姐。"

"那个啊，其实他发表的只是每次先抽出来的名字而已。过去的五年里，他每年还抽出另外一个人。不过，他想把每次抽出两个继承人这件事保密到正式宣布之前。这样就会让大家大吃一惊。如果可以的话，他还希望两个人能以这份惊喜为契机结为夫妇。他的想法就是这么无聊。"

"过去五年里的……"一不留神，在好奇心的推动下，我提出了一个无关紧要的问题，"每年选出的另一个人都是谁呢？"

"世史夫，槌矢，舞，下一次还是舞，最后就是你，Q太郎。"

这么说来，曾经和友理小姐一起被指定为继承人的就是我了。不过，这只是一对已被命运抛弃的组合，是一种已失去效力的关系。这或许正是我现今心境的一种写照吧……不过现在还不是沉浸于伤感的时候。

原来如此。对于挑选继承人这种重要的事件来说，这种方法确实既幼稚又无聊。好像是上上个"循环"吧,我记得自己曾在餐厅里偷听过胡留乃二姨和贵代子夫人的谈话。当时二姨曾经长吁短叹地说过,那种方法不用也罢。贵代子夫人像是安慰二姨似的,意味深长地回答说,人的年纪一大,就会变成老小孩。那时候友理小姐正好走了进来,所以她们的谈话也就终止了。

总而言之,胡留乃二姨和贵代子夫人当时正在对外公过于幼稚的选择方法进行批判。时至今日,我终于明白了胡留乃二姨的那句"看上去像是赌博,但实际上又不能称为赌博"的话是什么意思了。

"我明白了。不过,我们每个人都应该有一个自己的颜色,对吧?比如我吧,我是红色的,所以应该一直是红色的才对吧。可是为什么每年来参加新年聚会的时候,分到的运动衫颜色都不一样呢?"

"那是因为……"胡留乃二姨脸上的微笑消失了,取而代之的是一种郁闷神情。她摇了摇头,说道:"他变得有些糊涂了。渐渐地开始认不出孙辈的长相了。而且不只是如此,他的记忆力也开始变得混乱起来,所以折纸也好,确定穿运动衫的人是谁的时候也罢,他都必须一一见过本人才能知道,不这么做的话,他就想不起来。"

"难道说……"虽然不太情愿,但我还是回忆起了富士高哥哥的话。富士高哥哥说,外公经常把他和世史夫弄错。"外公开始变得痴呆了吗?"

"当然了,"不知为何,胡留乃二姨似乎生气了,她的声音开始变得粗暴起来,"当然是那个意思了。"

"有那么严重吗?"

"平时还好。这种症状并不是经常出现。所以大多数人都不会注意到。"

"只有二姨您一个人知道吧?"

"当然,贵代子夫人也是知道的。所以她才会那么对我说。"

"这么说的话,关于这件事情,我还是保持沉默比较好吧?"

"是啊,尽量不要说出去。随着病情的发展,这件事情早晚会瞒不住的。不过要是在这个时候暴露的话,可就大事不好了。至少保密到他立完遗嘱吧。不然的话,姐姐和叶流名或许就会趁着这个机会捣乱。到时候,整件事情就会变得混乱不堪,事态也会发展到不可收拾的地步。"

"我明白了。既然这样的话,我肯定会保持沉默的。"

"你要是能这样做就太感谢了。"

"不过,作为交换条件——"这可是一个好机会!我在心里拍手称快。直到刚才从楼梯上走下来,我都不知道应该怎么编借口才能把大家集中起来。"实际上我有一个请求。"

"是什么呢?"

"今天,确切地说是到傍晚为止,我希望在大厅里继续举行新年聚会。当然了,大家都应该到场。"

"这倒是没有问题……"胡留乃二姨翻了一下白眼,好像在问,你就那么喜欢开宴会吗?随后,她似乎突然意识到我还是一个未成年人,便说道:"反正我今天也没有别的事情,不过……"

"那就拜托二姨了。我们说好了。请务必召集所有人来参加。槌矢先生、友理小姐还有贵代子夫人都要来。当然了,外公也得来。"

"不要喝太多啊。父亲他……"胡留乃二姨露出一副近乎责难的神情,皱了皱眉,说道,"父亲的身体本来就有很多问题。只是Q太郎你不知道罢了。"

"他曾经因为摔倒失去过一段意识,对吧?有几分钟的时间没有意识。二姨因为担心,还曾经劝他去脑神经外科看看。"

"你连那些事情都知道！你到底是从谁那里得到这些情报的？！"

"当然是外公本人了。"胡留乃二姨觉得我十分可疑，越说越激动，我赶忙将她的话打断，"没有必要逼着外公喝酒了。只要让他也来参加聚会就好了。开到傍晚就够了。"

"我知道了。虽然不太明白你为什么要这么做，不过我答应你。临时需要的料理我也会拜托贵代子夫人准备的。"

"请您不要和大家说这是我出的主意。您就说是二姨您自己的提议。"

"好好好，一切遵照你的意思来办。"

"太感谢了。如果可以的话，请尽量在中午之前开始，实在是感激不尽。"

"那我马上去准备。"

"对了，二姨，"我突然想到这是一个可以把所有事情都确认一下的好机会，"河添昭太这个人您认识吗，还有钓井真由这个人？"

"河添？不认识。我似乎没有姓这个姓氏的朋友。钓井，好像也没有什么印象。这两个人是谁啊？"

"没事。"看样子，胡留乃二姨并没有说谎。这么说的话，陷害爸爸和钟之江姨夫的事情是外公一个人干的，和胡留乃二姨没有关系。"没什么。"

胡留乃二姨朝本馆走了过去。过了许久，我才如释重负，一种解脱的感觉油然而生。不会有事了。这样一来，便不会再有事件发生了。把所有人都集中在大厅里，我再在一旁不着痕迹地监视着众人的动向，这样一来，外公被杀的事件就不会发生了吧。

就像我之前说的那样，"最终的循环"之前的"第八个循环"，必须留着用来测试最终的方法。因此，"第七个循环"便是试验新方法的最后一个机会了。在这个最后的机会里，我总算是找到了一个可以阻止外公被杀的办法。而且令我颇感意外的是，我还得到了胡留乃二姨的帮助。

没错，一定要小心小心再小心。我走到本馆的会客厅，拿走了那只插满了蝴蝶兰的花瓶。我不厌其烦地观察再三，在确认确实没人看到之后，把花瓶拿回了主屋。因为担心被窗外的人发现，我拿着花瓶近乎神经质地往主屋走。最后，我终于平安无事地将花瓶藏到了储藏室里。

这样一来，凶器也处理好了。已经没有什么可担心的了。不管发生什么意外，外公被杀的事也绝对不会再发生了。对此，我"深"信不疑，"深"得比日本海沟还"深"。

我实在是太高兴了。因此，我的心情久久不能平静下来。我决定提前去大厅里等着。

大厅里空无一人。当然了，隔扇、拉门以及玻璃都完好无缺，那幅字画也安然无恙。尽管自己对"重置"的功能早就了然于胸，但看到眼前的一切居然复原得如此之好，我也情不自禁地喜笑颜开。

过了一会儿，贵代子夫人走了进来，开始准备料理。我也欢天喜地地过来帮忙。或许是接到了胡留乃二姨的指示，友理小姐也走了进来，开始帮忙。接着进来的是胡留乃二姨。随后，那些性急的人，也就是想在早上喝上几口的人陆陆续续地走了进来。世史夫哥哥、琉奈姐姐、富士高哥哥、舞姐姐、叶流名三姨、妈妈、槌矢先生，大家依次出现在大厅里，只差外公一个人了。

让我一直牵肠挂肚的外公迟迟没有现身。槌矢先生说去二楼叫他，结果没过多久就回来了。他说外公并不在房间里。

"请问你们哪位知道他在哪里吗？"槌矢先生问道。

从时间上来说,这个时候外公就算正走在去主屋的路上,也没有什么好奇怪的。看了一眼时钟,便做出如此判断的我站了起来。我对大家说,刚才好像看到外公去主屋那边了,所以去那里看看。

理所当然地,我并没有让槌矢先生那些人去叫外公。照我的经验来说,这个时候,就算有人忽然化身为"代理凶手"去行凶,也没什么可大惊小怪的。只要稍有不慎,就会给凶手和外公独处的机会。要是那样的话,就真是蠢到家了。既然如此,还是我亲自去叫外公吧。

我在心里默默地祈祷着:我煞费苦心地做好了这些准备工作,在这最后的关头,可千万不能马虎大意,绝对不能再让事件发生了。

我顺着走廊来到主屋,随后穿过厨房。就在我刚要开始爬楼梯的时候,我的脚步停了下来。有人正躺在地板上,直愣愣地盯着我。

是外公。他双脚搭在楼梯上,仰面倒在地板上。他的头部朝着主屋厨房的方向,两条胳膊仿佛高呼"万岁"似的高举过头,蓬乱的白发被染成红黑色,朝上瞪视的眼球一片浑浊。

我顿时瘫坐在地。这个时候,如果有人看到我的表情的话,或许会以为我发疯了吧。

这是一场如假包换的噩梦。

我怅然若失地抓起外公的胳膊,居然忘了去量他的脉搏。现在想想,那时候的自己真是既滑稽又可笑。

外公已经死了,毫无疑问。

第十一章
事件的最后挣扎

难道说，我被什么人诅咒了吗？我不得不这样来解释。

那个计划可是一个万全之策啊。绝对的万全之策。即便说这是一个"天衣无缝"的计划，也毫不为过。杀人事件根本没有发生的"余地"嘛——呃，除了一件被我忽略的事情。

我忽略了一件事——琉奈姐姐的耳环。要是早上下楼的时候把它捡起来就好了。如果我不在这种细枝末节上偷懒的话，外公就不会死了。

没错。我已经明白了。这一回，谁也没有杀死外公。打算一个人去阁楼间喝酒的外公是从楼梯上失足摔下来的。他在爬楼梯的时候，一脚踩到了那个现在已经扁成一团的印章状耳环上面，这才导致了他的失足。另外，楼梯的坡度过陡也是酿成大祸的原因。一下从楼梯跌落下来的外公，头部狠狠地撞到了阶梯的角上，然后便一命呜呼了。

整个过程就像在开玩笑似的。我真是太粗心大意了。幸好可以通过"重置"重新来过，要是不能"重置"的话，到时候就是想哭也哭不出来了。

可恶！真是的！在我悔恨不已、扼腕长叹的时候，一月二号这天进入了"第八个循环"。

现在是凌晨三点。我甚至没有靠拧大腿来驱走睡意,便直接从被窝里跳了起来。我对自己的愚蠢行为感到无比愤怒。我走到楼梯那里将耳环捡了起来。

就是这个小得不能再小的东西,让我在上一个"循环"里设下的天衣无缝的计划打了水漂。想到这里,我的心情变得很复杂。与其说我心有不甘,倒不如说我想仰天大笑。

那么,现在已经是"第八个循环"了。就像我很多次说过的那样,这个"循环"是"最终循环"的预演。因为到了最后一个循环,就没有重新来过的机会了。所以在这个"循环"里,我必须把所有程序预习一遍。

换句话说,这个"循环"就是一场彩排。我已经没有时间来尝试新的方法了。在这个"循环"里,为了在最后一个循环里进行一场完美的"表演",我必须切实地将所有过程演练一遍。

不过,到目前为止,唯一被证明可以切实有效地阻止外公被杀事件发生的只有我陪着外公喝酒这一种方法。在上一个"循环"里,我的方法是将包括外公在内的所有人全部集中到大厅里,不过这种方法的有效性并没有被证实。

虽然从表面上来看,琉奈姐姐的耳环是导致这个方法失效的致命误差,而且我也相信,只要将"耳环"这个误差修正,然后再次采用同样的方法,一定会得到一个完美的结果。但是,我确实不知道在将耳环捡起之后,会不会得到一个完美的结果。既然没有试验过,使用这种方法便不是一个上策。因为,谁也不能保证,当在大厅举办的宴会进行到高潮的时候,不会突然冲出一个"凶手",在众目睽睽之下将外公杀死。当然了,出现这种情况的可能性并不是很高。但是,能够证明这种情况绝对不会出现的机会已经没有了。上一个"循环"其实是最后一个机会。

现在只能陪着外公一起喝酒了。在这之前,我一直在逃避喝酒。不过为了证明这一方法行之有效,我必须在这一个"循环"里演练一下。

有人可能会想,你是不是有点过于谨小慎微了呢?我觉得会有这种想法也是很自然的事情。

——只要陪着外公喝酒,就能保证绝对意义的安全,既然如此,那是不是就没有彩排的必要了呢?

——在这个"循环"里,姑且试试别的方法吧。反正只要在最后一个"循环"里,使用"陪酒"那个方法就可以了。

——就算你喜欢那种喝得七荤八素吐得乱七八糟的痛苦回忆,但也没有必要重复两次吧?

实际上,我并非没有这么想过——"自己是不是有点小心过度了呢"——不过这就是我的性格,所以也是没有办法的事。作为一个长期被"时空反复陷阱"玩弄的人,我已经形成了一种达观的世界观。我相信,这个世界上没有任何事情是绝对必然的。命运也是如此。不,确切地说,命运本身正是一个"不确定"的典型。

什么"这是命中注定的事情,想躲也躲不了",这种说法乍听起来,里面似乎包含了某种无法反抗的绝对性。但是,对于早已习惯了在反复现象当中出现无数分支可能性的我来说,这种话根本就没有一点说服力。

比如,通过海圣学园入学考试这件事,就不是我命中注定的事情。我完全可以按照我的意志选择考试不及格。没错,在"时空反复陷阱"当中,我自己才是能够随意改变命运的"游戏大师"。但是正因为如此,我才感到害怕。

至今为止，我十分任性地对命运——这种说法或许有些夸张，但是对周围的事物施加影响，却是家常便饭——大加修改。我经常将和"最初循环"大相径庭的事情作为那天的决定版，让它成为最终事实。而我能够心平气和、自作主张地做出那种可以称为"暴行"的行为来，只是因为我的身份——一个平凡普通的人。尽管我经常慌慌张张地对命运进行修改，但从结果上来看，其实也没有什么大不了的。因此我也没什么可担心的。不过，对命运的"修正""变更"居然可以关系到一个人的生死，这对于我来说，还是头一回。所以，我便不可能以那种悠然的心态来面对了。

在"时空反复陷阱"里，加入各种各样的"变更"，但最后依然得出一个和"最初循环"一模一样的"最终决定版"，这种情况并不是没有先例。不过，那些最多不过是生活里鸡毛蒜皮的小事，所以我的心态十分放松。

当然了，我并不是说，我照着"最初循环"的样子，从"什么时候"开始，到"什么时候"为止，将这段时间完完全全地复原。我只是做过一些非常"粗枝大叶"的复原工作，感觉大体上和"最初循环"差不多就可以了。那个时候这么做确实没有问题。

不过，这次的工作却并不能那样做。如果复原工作不能完美地进行，不把所有的细微部分都照顾到，那么就不能成功地阻止外公被杀。也就是说，单纯地陪外公喝酒，并不能解决所有问题。从起床的时间，到去餐厅吃饭，以及和外公交谈时候的一言一行，必须严丝合缝地按照"最初循环"的样子来做。不然的话，命运便很有可能发生微妙的扭曲。

而这种"扭曲"和导致外公被杀的那种"决定性的不协调"之间，到底有没有联系呢？我还没法做出判断。因此，彩排是十分有必要的。

但是，一个念头突然出现在我的脑海当中：我是不是在不经意之间犯下了一个错误？

我仔细想了一下，在"重置"刚刚发生的凌晨三点，我并没有在"最初循环"的这个时候去捡起落在楼梯的耳环。由于对上个"循环"里的失败感到悔恨和气愤，我在凌晨三点便爬起来将耳环捡了起来。不过，那个时候我还没有"这件事不该做"的觉悟。

意识到这个失误的时候，我早已钻回了被窝——为了和"最初循环"的行动保持一致，我认为自己应该再钻回被窝睡上一个回笼觉。

糟糕。虽然我意识到了，但为时已晚。真是一个突如其来的"失分"。人在尝到失败的滋味之后，就会变得冲动，然后便会接二连三地失败。没办法，我只好向上苍祈祷，希望这个不协调的地方不要对全局产生大的影响。

彩排继续进行。

时间一过早上八点，我便下楼来到厨房，然后强忍着听完外公、胡留乃二姨和贵代子夫人他们关于红色折纸的对话。随后，我又折回阁楼间，重新睡了一个回笼觉。按照"日程"，我在这个时候应该睡得很熟，但在这个"循环"里面，由于我的心情十分忐忑，所以一直也没能睡着。

我在被窝里闷闷不乐地消磨着时间，等着中午的到来。只要时间一到，就直接去本馆。

当我走过走廊的时候，一种异样从心底涌起。

哪里不一样呢？到底哪里不一样呢？

一种不安的感觉笼罩着我。不过，直到我走进餐厅之后，我也没有想起到底哪里出了问题。

餐厅里空无一人。我独自一人坐到桌旁,不禁感到有些纳闷:到现在为止,一切都是按照"日程"进行的啊。

到底哪里不一样呢?实在是搞不明白。

我一边琢磨着,一边把已经冷下来的米饭往嘴里送。

啊!是友理小姐!没错!

我噗的一下把米粒喷到了桌子上,开始焦虑起来。按照"日程",我应该在走廊遇上友理小姐才对啊。然后,我开玩笑地对她说,为了不让妈妈恨她,如果她被选为EDGE-UP餐饮连锁集团的继承人,就请和我结婚。我的这些话让友理小姐颇为为难……

这个场景到哪里去了?为什么我没在走廊上遇见友理小姐呢?

难道说时机不对吗?

刹那间,我脸上的血色犹如从尼亚加拉大瀑布落下的水流一般,唰的一下便消失了。我来本馆的时间和"最初循环"的时候几乎分秒不差。不过,"几乎"是远远不够的。只要在时间上失之毫厘,就会错过和友理小姐相会的时机。结果,我一路上谁也没有碰到,便直接走到了餐厅里面。

这,这可如何是好啊?我不但捡了不该捡的耳环,还接二连三地犯下错误。现在还只是"第八个循环",但如果在"最终的循环"里也失败了的话,就会一失足成千古恨,酿成永远无法挽回的悲剧。

我不禁打了一个寒战。

所以说,彩排是绝对有必要的,就算被人讥笑"机关算尽",也得彩排。

"哎呀,这不是Q太郎吗?"外公走进了餐厅。他是一个人。太好了,这样就好……

"正好,你待会儿再吃饭,先来陪我,来!"外公拿出一瓶一升装的清酒后，催促我道。

奇怪啊！我陷入了深深的恐慌之中。外公的台词不一样。这和外公应该对我说的台词一点都不吻合。不应该啊，不应该是这样的。

外公一个人过来找我喝酒，这件事本身没有问题，基本路线并没有错。不过外公却将本应该和我寒暄的一席话全部省略，直接便奔着主屋去了。

这便是因果反复。由于"日程"的微妙扭曲，再一次引发了复杂的因果反复。

令人惊讶的事情并不只是这些。当外公和我走过走廊的时候，有人在我们的身后叫我们。我回头一看，原来是琉奈姐姐和富士高哥哥。

"那个，外公——"琉奈姐姐无比谄媚地抛了个媚眼，说道。

难道说……

"能占用您一点时间吗？我们有些事情要和您商量。"

"哦，那正好啊。"外公晃了晃手里的那只酒瓶，发出了"哇哈哈"的豪爽笑声，"你们也陪我一起喝吧。"

这是怎么回事？事态的发展愈发地偏离了"日程"。面对如此惨状，我几乎要哭出来了。

琉奈姐姐和富士高哥哥找外公商量事情本身并没有问题。就在刚才，他们两个人大概在别馆亲热了一阵，然后，在说到结婚并一起继承渊上家之后，他们认为这个方法是一个万全之策。应该是这样的吧。

这其实并没有问题。问题在于，在我在场的情况下，他们为什么一点都不回避呢？为什么不改天再找外公谈呢？这样一来，和外公一起喝酒的人数就会增加到四个，而不是我和外公两个人了，难道不是这样吗？这可并不在"日程"之中啊。根本就没有嘛。

我们来到阁楼间，刚在随便摊在地上的被子上面坐下，外公便迅速拿出杯子,"咚咚咚"地倒起酒来。虽然外公在形式上也劝我们喝点,但其实大部分的酒都被他一个人喝了。

"有什么事吗?刚才说有事要找我商量。"

"啊,啊,那个……实际上……"虽然在走出别馆的时候,琉奈姐姐的劲头正足,显得要更积极主动一些,但在外公的面前,她却又变得畏缩不前起来。富士高哥哥似乎吃了琉奈姐姐一肘,随即开口说道:"我和琉奈,我们两个想结婚。"

"哦。"我本以为外公会大发雷霆,没想到他却出人意料地笑了出来,"哦,这样啊,然后呢?"

"所以,也就是说……那个,希望外公您能成全我们。"

"这有什么啊,对你们来说,我允许不允许其实无所谓吧。如果你们两人真心相爱的话,你们自己就可以拿主意啊。是吧?"

"实际上,希望您成全我们的不止这一件事。那个,也就是说……等我们结婚了以后,能让我们一起继承渊上家吗?"

"哦?"本来以为这次外公绝对会发怒了,但外公却是一副兴致盎然的样子。这或许就是暴风雨前的宁静吧。"怎么说?你这话是什么意思呢?你们心里是怎么想的,把话说明白点儿!"

"是。我觉得最好由我和琉奈一起来继承渊上家。一方面,我们可以让相互敌对的妈妈和叶流名三姨重归于好;另一方面,还可以让一直相互疏远的渊上家、大庭家以及钟之江家,以这件事为契机团结起来,拉近彼此之间的距离。我认为这是一个万全之策,甚至可以用'一石三鸟'来形容。"

"我问你一下啊。你们两个现在到底发展到什么地步了?"外公将杯中的酒一饮而尽,随即笑呵呵地看了看琉奈姐姐,"怎么样啊?嗯?世史夫别说,琉奈你来说。"

"那个,外公,我是富士高,不是世史夫。"

"哦,这样啊,对对,你是蓝色的,对对对……琉奈说吧。"

"您问我们发展到什么地步……那个……"琉奈姐姐羞得满面通红。那是一种陷入热恋中的表情。我简直不敢相信,在上上个"循环"的大乱斗里,拿着坐垫朝富士高哥哥脸上猛打的那个凶神恶煞般的女人,居然和眼前的这个是同一个人。

"我会经常去他的公寓,帮他打扫打扫,洗洗衣服,做做饭什么的。"

"哦,这样啊,这不挺好的嘛。这非常好啊。很好,很好。"外公的心情看上去很好,或者,只是单纯地喝多了而已吧。"不,啊,对了对了。其实啊,我一直都盼着有人过来跟我说这种事呢。世史夫和琉奈啊,哎呀哎呀——"

"唉,我都说了,我是富士高嘛。"

"实际上啊……这些话可是我们几个人之间的秘密哦……"外公似乎并没有听到富士高哥哥的话,自顾自地继续说道,"关于继承人的问题,其实我打算男女各选一人的。实际上,我非常非常希望那两位继承人能够结为夫妇。比方说吧,如果男方我选植矢的话,那么我就希望他和琉奈或者舞结婚。这样一来,我也算是把自己的血脉保留下来了。如果女方我选友理小姐的话,那就希望富士高或者世史夫——"

"但是!"我忍不住将外公的话打断,"如果同时选中植矢先生和友理小姐的话,到时候您打算如何是好呢?很有可能会出现这种情况,不是吗?"

"确实有这种可能。"

琉奈姐姐和富士高哥哥并不知道具体的选择方法,他们一脸惊讶地看着我,仿佛在说:你瞎说什么啊,外公他自然会有分寸的。

但外公却并不理会他们,他转过来,看着我说道:"挑出两个黑色的可能性并不是没有。不过,到那时候再说吧。就我个人的感情而言,我当然想留下自己的血脉。不过,我对血脉这个东西并没有那么执着。如果自己真的要断子绝孙,那就让它断去好了。这是命运的安排嘛。"

"命运?"这个词已经让我无法忍受了,"这哪里是命运?这分明是赌博嘛!"

"就是这么回事。EDGE-UP餐饮连锁集团,这个公司就是靠着赌博挣来的钱才发展起来的。"看来外公确实喝了不少酒。尽管我的口气听起来似乎对具体的选择方法了如指掌,但是外公却毫不在意,"既然如此,这个公司的未来,还是由赌博来决定吧。唉,反正我就是这么想的。"

大家都陷入了沉默。琉奈姐姐和富士高哥哥的表情看起来像是要开口问点什么似的。他们看了看我,又看了看外公,但最终还是没有说话。而我也不想把外公靠纸鹤抽签来决定继承人的方法公布于众。

"可是,我也并不是看破红尘、什么都无所谓的人。我还是有一些遗憾的。我也曾经想过,如果可以的话,能不能找出一个能让加实寿和叶流名重归于好的万全之策呢?不过,我又不想主动提出想和她们和解。所以我也想过,有没有这样一种方法,能不留痕迹地让加实寿或者叶流名的孩子,或者双方的孩子,让他们一起继承渊上家呢?那个时候,正好赶上胡留乃要选一个养子,所以我就打算让她的养子来继承家业。不过呢,虽然我心里希望由加实寿或者叶流名的孩子来当继承人,但是说实话,如果只将候补人选限定在自己的孙辈里,那这件事就不好玩了。因为那样一来,就没有什么赌博的元素在里面了。我身体里的那种赌博的血液又开始沸腾起来。所以,我才特地把槌矢和友理小姐加到了候选名单里面。就像Q太郎说的那样,很有可能会出现一个孙辈没有，完全由外人来当继承人的情况。但是，我想，那种情况还是到时候再说吧。况且，我对自己的运势也是充满信心的。就像当初那样似的，我想不开，本来打算带着胡留乃一起自杀的，结果却中了马券。"

外公用一种惊人的气势"咕咚"一下，将杯子里的酒一饮而尽。

"对我来说，赌博一定会带来最好的结果。我一定会得到一个让你们都想不到的结果。不管是胜是负，我一定会得到一个最好的结果。我对此坚信不疑。不过……"

不知道是喝多了还是出现了痴呆的症状，外公以为用纸鹤抽签的方法，不仅我知道，就连琉奈姐姐和富士高哥哥也知道。

外公继续滔滔不绝地说着。尽管听不明白，但琉奈姐姐和富士高哥哥并没有不知趣地打断他的话，也没有提问。

"既然我有你们这样相亲相爱、愿意结婚并一起继承渊上家的孙辈，那我就没有必要去赌那一把了。就像我刚才说的那样，我一直盼着有人过来向我提出这个要求。既然琉奈和世史夫你们两个有这个意思，那我就把你们两个定为胡留乃的养子，并把你们的名字写到遗嘱里去吧。"

外公的这一席话，登时让琉奈姐姐和富士高哥哥两人瞠目结舌。与其说他们两个为了梦想成真而欢呼雀跃，不如说事情进行得过于顺利，让他们一时间不敢相信。

我也和他们一样瞠目结舌。

这和之前的情况不一样啊。这和之前的情况完全不一样啊。事情发展到这个地步，琉奈姐姐他们已经完全没有可能再杀害外公了。这不就是我一直期望的那种大团圆结局吗？

可是，在商量继承人问题的时候，他们三个人并没有发生言语上的冲突。难道说，因为我这个第三方在场的缘故，事态便自然而然地朝着比原来更加稳健的方向发展了吗？

"唔。"

我在神思混乱之余，听到了一个奇怪的声音，虽然有点类似鼾声，但刚一出现就立即消失了。当我意识到这是外公发出来的声音时，他已经倒在了我们的面前。在那一瞬间，我并没有看清外公脸上的表情。

外公趴倒在地，看样子好像想抱住谁，却被对方逃脱了。他的左臂压在肚子下面，右手像是在挠着榻榻米。

外公趴在地上，一动也不动。

谁都没有出声。琉奈姐姐没有。富士高哥哥没有。当然了，我也没有。

第一个回过神、伸手去摸外公脖颈处脉搏的人是我。这种场合我已经经历过很多次，早已习以为常了——不习惯才怪呢。

然后，和之前几个"循环"的情况完全一样，外公死了。

第十二章
这回谁都没有死

"这样下去的话，就大事不妙了。"琉奈姐姐十分冷静地将好不容易从虚脱状态缓过来、慌慌张张准备去叫人的富士高哥哥和我拦了下来，"我们得做点什么才行。"

"要做什么呢？"

富士高哥哥厉声问道，他似乎在责备琉奈姐姐——"在外公的尸体面前，还能这么冷静！"

"你说什么呢！"

"这不明摆着的吗，目前的事态。"比起打算落荒而逃的男人，琉奈姐姐显示出了异乎寻常的冷静。她用一种幼儿园阿姨般的口吻，不慌不忙地对我们耐心地讲解道："外公已经死了哦。"

"还用你说，一看就知道了。"富士高哥哥开始自相矛盾起来，"所以我才说要赶快叫救护车来嘛！"

"你说什么呢！你糊涂了吧！？还是个科研人员呢。外公已经死了，现在无论怎么做都无济于事。就算把救护车叫来也没用了。"

"可是……可是，你……"或许意识到了自己被冷静的琉奈姐姐嘲笑了，富士高哥哥看上去有点不太高兴，"那你说应该怎么办？！难道就这样放着不管吗？"

"我不是已经说了吗？不能这么放着不管啊。在大家都知道之前，我们必须做些什么。"

"你什么意思啊？把话说清楚一点好不好！"

"外公已经死了。死因应该是心力衰竭之类吧。虽然我不知道详情，但是外公是突然死亡的。这个事实对于我们来说意味着什么，难道你真的不知道吗？"

"什么叫意味着什么啊？我们失去了一位亲人啊。"

"拜托！你能不能再好好想想啊！"琉奈姐姐摇了摇头，似乎在为自己找了这么一个愚钝的丈夫而后悔不已，"当然是继承人的问题啊。EDGE-UP餐饮连锁集团的继承人！外公死了以后，公司会有什么变化呢？"

"当然是由胡留乃二姨继承外公的位子了。"

"胡留乃二姨之后呢？"

"这当然是像刚才说的那样，我们两个结婚……啊！"富士高哥哥总算是明白了琉奈姐姐的意思。他晃晃悠悠地跌坐在地板上面，陷入了一种和外公猝死时完全不一样的虚脱状态。"原，原来是这样啊。刚才外公说的那些，只是口头约定……空口无凭，根本就没有法律效力。根本……就没……有……"

"没错，好不容易才得到了外公的同意，但由于他本人突然死亡，这一切又都没有任何效力了——什么效力都没有了。"

"那，那么……"富士高哥哥的思考能力似乎被突如其来的打击打垮了，变得对琉奈姐姐言听计从。如果没有琉奈姐姐的话，他似乎已经无法做出自己的判断了。

富士高哥哥的脸上露出了一种惊慌失措的表情，他带着哭腔向琉奈姐姐问道："那现在应该怎么办才好呢？现在到底应该怎么做才好呢？"

"除了口头约定失去了法律效力之外，我们还得面对一个棘手的问题。"琉奈姐姐委婉地叹了一口气，她似乎才发现，原来富士高哥哥竟是一个如此靠不住的人。"你仔细想一下。外公死了以后，局势会发生怎样的变化呢？外公还没有立下新的遗嘱呢。"

"这倒也是。人死了就没法写遗嘱了嘛。"

"都跟你说了好几遍了，不是这个意思。"琉奈姐姐焦躁不安地打了富士高哥哥的胳膊一下，"今年的那份遗嘱，外公还没有动笔写呢。本来应该在新年聚会之后写的，但是因为迟迟决定不了让谁当继承人，所以直到现在都还没有动笔写。事情就是这个样子，你明白了吗？也就是说，在现存的那些遗嘱当中，最新的那份遗嘱还有法律效力，难道不是这样吗？"

"最新的那份遗嘱……就是去年的那份遗嘱了？"

"对啊！外公还没有立下新的遗嘱，所以之前的那份遗嘱应该还没有失去效力。既然现在外公死在这里了，那么就不会再有新的遗嘱出现了，所以目前仍然有法律效力的只剩下去年的那份遗嘱了。"

"这，这么说的话……也就是说……"

"没错，就是这么回事。在去年的遗嘱里面，外公指定的继承人是谁？"

"啊！"我几乎要叫了出来。现在显然并不是嘲笑富士高哥哥的时候。多亏了琉奈姐姐，要不是她提到了，我早就把那件事情的重要性给忘了。

"是……友理小姐吗？"

"没错，是友理那个女人。"琉奈姐姐出人意料地用一种憎恨的口气说道。我真想把耳朵塞上。和友理小姐一起指定为继承人的正是我本人，如果这个消息让琉奈姐姐知道的话，还不知道会发生什么事情。搞不好会被她暴打一顿吧。"所有财产都会被那个女人继承。EDGE-UP餐饮连锁集团的经营权，渊上家的财产，一切的一切，都会被那个女人继承的！这个和外公没有一点血缘关系的人会将一切都据为己有，而我们却连一个子儿都拿不到。"

"可，可是……"在明白了目前的局势之后，富士高哥哥总算是恢复了一点思考能力，"这也是没有办法的事情啊。事态已经发展到了这个地步。"

就像外公说的那样，富士高哥哥还有另外一条路可走，那就是和成为继承人的友理小姐结婚，入赘成为渊上家的女婿。或许他也觉得自己还有这条路可走，打算改变计划，抛弃琉奈姐姐吧。

"就顺其自然吧。"富士高哥哥说道。

"一句'顺其自然'难道就完了吗？"琉奈姐姐虽然并没有察觉到富士高哥哥这个阴险的计划，但还是露出了一副想要将其生吞活剥的模样，"你一个大男人，难道就不觉得应该做点什么吗？"

"应该做点什么？可现在什么也做不了吧。你想让我做什么啊？难道你要让我使外公起死回生吗？"

"我们可以让那个女人当不成继承人，不是吗？"

"你说什么？"

"如果那个女人成了凶手的话，那么她也就自动失去了继承遗产的权利。这样的话，按照民法，我们作为亲戚，就会获得继承权，然后我们就可以分割财产了。是这样的吧？所以才让你好好准备一下，一定要让那个女人变成杀人凶手！"

"可，可是，你说……让她变成杀人凶手，怎么个变法啊？那种事情到底怎么做啊？而且，让别人成为杀人凶手……那种事情到底怎么做呢?"

"当然得准备必要的凶器啦。外公的尸体,看,就倒在那里。外公的尸体也要被草率地处理掉,草率得就像踢飞路边的一块石头一样。然后只要在这里准备好凶器就行了。"

"凶,凶器……你……"

"之后,只要在外公的脑袋上打一下就可以了。这样一来,就可以让这个事情变成一桩杀人事件了……"

"你白痴吧!"一直被压制的富士高哥哥,总算气势汹汹地展开了反击,"你这家伙,不要小看了世界闻名的日本警察。这个世界上有种东西叫作'科学搜查',而且日本也有法医制度……不,等等,安槻这里没有。"

虽然我觉得现在的讨论无关轻重,但是富士高哥哥却突然变得严谨起来。大概是他体内的科研人员的血液沸腾起来了吧。

"不过,我们这里有医科大学。是病死还是他杀,只要解剖一下就会水落石出的。只要解剖一下就够了。所以伪装什么的根本就没用。难道你连这些都不知道吗?"

"你才不知道呢。死因什么的无所谓啦。根本就不重要。"还是琉奈姐姐棋高一着,她瞪着展开反击的富士高哥哥,根本就没把他放在眼里。"就算解剖之后,得出死因是心力衰竭的结论也无所谓。因为只要有被殴打的痕迹,警察就必须展开调查,不是吗?就算殴打不是造成死亡的直接原因,也可以成为一件重大的伤害事件。运气好的话,或许会得到一个这样的结论:死亡的原因是由殴打而引起的心力衰竭。这样的话,或许会按照杀人未遂来进行起诉。总之,只要能证明一个人伤害过外公,这个人就不会成为遗产的继承人。我们这么做,只是为了剥夺那个女人的继承权。就是这么简单,明白了吗?"

"可是，凶器……"

被花言巧语蒙骗的富士高哥哥，渐渐地被琉奈姐姐说服了，他的反击势头渐渐弱了下来。

"凶器怎么办呢？用那个一升装的瓶子吗？"他用下巴指了指那个几乎被外公一个人喝光的酒瓶。

"笨蛋吧你，用那种东西当凶器，怎么把罪名嫁祸到那个女人身上呢！"

"那你说用什么？"

"当然要选一个和那个女人有关系的东西。比如放在会客厅的那个怎么样？"

"会客厅的那个？"

"花瓶啊！那个插着蝴蝶兰的花瓶。"

"哎，喂，等一下。那个是胡留乃二姨的东西吧。"

"是啊，但那是那个女人送给胡留乃二姨的啊。"

"可是，蝴蝶兰能让人直接联想到友理小姐吗？我总是觉得会让人想到胡留乃二姨。"

"你真是太笨了。你仔细想想看，那个花瓶上的指纹是谁的呢？"

"啊！"富士高哥哥惊讶地叫了一声。

琉奈姐姐的脸上挂着一种萨德[①]主义似的微笑，嘲笑道："没错，就是那个女人的。花瓶上面附有那个女人的指纹。因为胡留乃二姨并没有自己把花瓶搬到房间里去。在送完礼物之后，二姨让那个女人把

[①] 唐纳蒂安·阿尔丰斯·弗朗索瓦·德·萨德（Donatien Alphonse François Sade, Marquis de Sade, 1740-1814）是一位法国贵族，也是一系列色情和哲学书籍的作者。他因其描绘的色情幻想和由此导致的社会丑闻而出名。以其命名的"萨德主义"是性虐待的另一种称呼。

花瓶放在会客厅里。所以，只要小心不把自己的指纹弄到花瓶上，并把它拿到这里来就可以了。"

"怎么才能不把自己的指纹弄到花瓶上呢？"

"或者——"琉奈姐姐生气地说道——言外之意是，你能不能用自己的脑袋去思考一下啊。"或者你把花瓶拿来以后再把花瓶上的指纹擦掉，这样也可以。总之就是这样啦。明白了吗？明白了就赶快去把那个花瓶拿过来！"

总而言之，"历任的凶手们"都和琉奈姐姐的思路相同，然后都做了同样的伪装——除了舞姐姐以外。

总算是亲眼看到近似于真相的事情了。我感到疲惫不堪。原来外公不是被人杀死的啊……从目前的情况来看，结论应该是这样的。

我仔细想了想，至今为止，外公的尸体确实没有接受过司法解剖，一次也没有过。因此每次呈现在我面前的，总是这种乍看之下像是杀人事件的现场。

警方推断的死亡时间大概是什么时候？死因是什么？在警方公布科学搜查的结论之前，"时空反复陷阱"总是通过"重置"让外公一次又一次地起死回生。

虽然我也不是太清楚，但我想，外公的真正死因多半是脑溢血吧。导致脑溢血的原因就是酒，大量的酒精缩短了外公的寿命——我也只能这样推断了。

可是，在"最初的循环"里，为什么外公喝完酒却安然无恙呢？从"第二个循环"开始，为什么外公在喝完酒后就一命呜呼了呢？

这么说的话，问题应该在外公喝下的酒的"数量"上面。在"最初的循环"里面，我也喝了不少酒。虽然没法精确地衡量，但那一瓶一升的酒，我和外公应该一人喝了一半。虽然无法给出详细的科学解释,但总而言之,外公只喝半瓶的话,就不会丢掉性命;但如果喝下一整瓶酒的话,外公的身体就会承受不住。现在我也只能这么解释了。

不过,整个事件的大前提并没有错——因为我没有陪外公喝酒,所以外公才会丢了性命。唯一不同的是,外公并不是被人所杀,而是因为一个人自斟自饮,饮酒过量,才导致了猝死。

外公并不是死于杀人事件,但那些发现人却无一例外地将这件事伪装成他杀。所以,事态才会呈现出如此错综复杂的局面。而他们会这么做,是因为外公猝死的时候——换句话说,这个时候外公还没有立下新的遗嘱——去年的遗嘱仍然具有法律效力。这意味着,届时,友理小姐会正式成为EDGE-UP餐饮连锁集团的继承人,会将包括公司经营权、渊上家财产在内的一切都据为己有。而作为亲戚的"历任凶手们"却是竹篮打水一场空——这种情况正是他们所担心的。

我突然想起一件事来。在"第二个循环"里,也就是第一次发现外公尸体的时候,当时的琉奈姐姐曾经气势汹汹地将扑向外公的叶流名三姨拦住——"在警察来之前,必须得保护好现场!"

那么尽心尽力地"保护现场"的行为,对于一个"凶手"来说,是十分不可思议的。现在回想起来,琉奈姐姐之所以那么做,其实是出于一种"无论如何也要把现场伪装成杀人事件"的执着吧。要是其他人一个不小心,碰到了花瓶,把友理小姐的指纹弄没了,她们可就前功尽弃了。

先是琉奈姐姐和富士高哥哥这对情侣,然后是世史夫哥哥、妈妈,还有槙矢先生,这些人都抱着一个同样的念头,那就是把外公的死伪装成杀人事件或者故意伤害事件,并嫁祸给友理小姐,从而剥夺她的继承权。我忽然想到,这些"凶手"其实有一个共同之处:他们都从琉奈姐姐那里听说了一个事实,那就是,外公还没有写遗嘱。

只有舞姐姐是个例外,她选择的嫁祸对象不是友理小姐,而是琉奈姐姐。琉奈姐姐那只被留在现场的耳环就是明证。舞姐姐之所以这么做,是为了报复自己的妹妹,因为她把自己心爱的男人夺走了。或者——虽然这种想象有些让人不快——只有舞姐姐的那次才是真正的杀人事件。

这种情况还是有可能的。在失恋的打击之下,精神已经变得不太正常的舞姐姐又被外公无心的话刺痛了自卑情结——虽然这只是一个我之前提出来的、含糊不清的假说,但事实很有可能就是这样的。舞姐姐一时冲动,在犯下罪行之后,她发现自己正拿着妹妹的耳环,于是便决定利用这个来嫁祸给她——当然了,这一切全都被"重置",并被封印在了"历史的另外一面",所以也就无关紧要了。

"听起来真是一个妙计啊。"无论琉奈姐姐怎么催促,富士高哥哥依然磨磨蹭蹭地不肯去拿花瓶。琉奈姐姐见状,不禁火冒三丈。我见她准备亲自去拿,便赶忙把她叫住。

尽管有"重置"这个功能,但无论如何,我也不能坐视外公的尸体被人糟蹋。

"姐姐,有一件十分重要的事情,你好像忘了。如果我要向警察说出实情的话,你打算怎么办呢?"

"哎?小、小Q,你真是的,你!"看来琉奈姐姐总算是把"我也在场"这档事想起来了。我看着她狼狈不堪的样子,心想,琉奈姐姐的心机也不怎么深嘛。"难,难道你不想帮我们吗?难道说,你真的不想帮我们吗?真的是这样吗?是吗?"

"我当然不会帮你们。因为你们要做的事情是非正义的。"

"正、正义?当……当然有啦!"琉奈姐姐似乎已经慌了神儿,她揪住我的上衣前襟来回摇晃,"这件事情可是我们自己的事情啊。你明白吗？嗯？你明白吗？小Q，那个女人会把一切都拿走的啊，一个子儿都不会留给我们的。要是那样的话，小Q你也不会好过的，难道不是吗？小Q你也不会好过的！"

"没办法，只好顺其自然了。"我瞥了一眼富士高哥哥，有样学样地模仿着他刚才的话，"还有，请姐姐以后不要用'那个女人'来称呼友理小姐，好吗？"

"什，什么？！你这是怎么了？小Q，你！"无论让谁来看，都会觉得，此时此刻的琉奈姐姐是在对我苦苦哀求。她瞪大了眼睛，在我的面前哀号起来。她的嘴巴几乎快咧到耳朵那里，眼球里也浮现出些许血丝。"你到底想干什么？！难道你和那个女人是一伙儿的？是吗？你和那个女的是一伙儿的吗？你心里到底是怎么想的？喂，你到底想怎么样，你倒是说话啊！你快点给我说清楚！"

"真是拿你没办法。"看她这种来势汹汹的气势看来是没法蒙骗过关了，迫不得已，我只好实话实说，"因为我喜欢友理小姐。"

"啊？！"

"如果你们非要让我做出选择的话，那我只好背叛自己的亲哥哥了。"

"啊，这……这样啊，原来是这样。"琉奈姐姐松开手，把我的衣服前襟放开。她表情呆滞地自言自语似的嘟囔着，就像附在她身上的鬼怪突然离开了似的。"是，是这样啊，小Q，你真是的……原来你喜欢她啊……原来是这样啊，这样的话就真没办法了……毕竟，爱情能够战胜一切嘛……"

"喂喂喂，琉奈，"富士高哥哥不安地看着宛如正对着圣母像祈祷的琉奈姐姐，"你这家伙，现在不会……不会正在想'怎么让Q太郎闭嘴'之类的危险事情吧？"

"你把我当成什么人了?"刚才还一脸陶醉的琉奈姐姐顿时将眼睛吊了起来,"难道你把我当成冷血的杀人魔了吗?抢着斧头、挥舞着电锯的那种杀人狂吗?别开玩笑了。把我说的那些话都忘了吧。我刚才好像有点鬼迷心窍了,所以才说了一些恐怖的话。真是对不起!"琉奈姐姐突然一把将我抱住,她似乎把我的运动衫当成了毛巾,在上面反复擦拭。随后,她用脸贴着我的脸,说道:"忘了吧,请你忘了吧,我并不是有意那么做的。我真的不是那种无情的女人。真的,请相信我,好吗?求你了!"

"我说你啊,"就连富士高哥哥也看得目瞪口呆,"你在做什么啊?还当着我的面。"

"可是,要是因此而被小Q讨厌了,我就没法活下去了。"

"你就没想过要是被我讨厌了会怎么样吗?"

尽管外公的尸体还倒卧在自己的面前,但琉奈姐姐却似乎早已把这件事情忘了。她暂时进入了一种暴躁状态。琉奈姐姐不想让大家得知外公的死讯,她想尽量拖延时间。当然了,不仅仅是外公的死讯,外公死后,那个正在等待着自己的未来,那分"自己什么都不会得到"的恐惧,都是琉奈姐姐想要拖延的。

总而言之,我们并没有做任何混淆视听的伪装,而是将外公的死讯通报给了大家。

在"第八个循环"里面,外公被杀事件总算是没有再次发生,但是"外公去世了"的这个事实却依然没有改变。

"我那么苦口婆心地劝他,但他还是躲起来喝酒。"在得知外公的死因之后,胡留乃二姨叹了一口气,说道,"如果他能老老实实地听从别人的忠告,就不会有事,或许还能多活几年。"

也就是说,只要不让外公喝酒就可以了。当然了,外公年事已高,剩下的时间也不是很多了。不过，再怎么说，也不该选在正月里突然去世吧。况且，外公并没有留下一个明确的遗嘱，所以，今后一定还会有很多麻烦。而且，要是将EDGE-UP餐饮连锁集团的未来交给我和友理小姐的话，我们也会感到困扰的——毕竟，选谁不好呢，偏偏选了两个最没有干劲儿的人。

外公的突然辞世让渊上家一时间陷入骚动。在一片吵吵嚷嚷当中，时钟的指针指向了凌晨零点。一月二号这一天再一次被"重置"，我在被窝中睁开了双眼。终于来到"最终的循环"了。这次的"时空反复陷阱"让我感到十分漫长，而这种漫长的感觉，对于我来说还是第一次。

我在被窝里等着，时间刚一到早上八点，我便从阁楼间走了下来。在下楼梯的途中，我顺手把耳环捡了起来。

我来到厨房，里面传来了外公那健朗的声音。和之前一样，他正在和胡留乃二姨、贵代子夫人说红色折纸的事情。

"外公，请恕我直言。"尽管他们的对话还在进行当中，但我还是插嘴说道，"我有事想和您商量一下。"

或许把我住在主屋阁楼间的事情给忘了，外公的眼睛瞪得大大的，露出一种惊讶的表情。他看了看胡留乃二姨和贵代子夫人。

"胡留乃二姨，还有贵代子夫人，我也有话对你们说。"

"什么事啊？一大清早的。"外公十分奇怪地上下打量起我来，"你是Q太郎吗？这么说来，你没事吧？昨天你好像喝了不少哦。"

"关于喝酒的事情……"居然被一个因饮酒过量而死的人担心自己饮酒的问题，这种心情还真是复杂啊。"外公，我知道这样问您或许会很唐突，不过这却是我一生的心愿。"

"什么事啊？这么小题大做的。"

"不知道您能不能把喝酒的习惯戒掉？"

"你，你说什么？"或许是对胡留乃二姨和贵代子夫人有些顾虑，外公极其少见地欠身哈腰，"你让我戒掉什么？我本来就……嗯，我本来就不怎么喝酒啊。我不喝酒，我对自己的身体十分在乎，应该戒酒的是你才对吧！"

"您别想蒙骗过关。其实您今天早就打算好了吧，准备去阁楼间一个人偷偷地喝酒，对不对？"

"哎？你，你怎么会……你有什么证据吗？凭什么要那么说？"

"请不要再瞒着胡留乃二姨和贵代子夫人喝酒了，不然的话……我可是做好了必要的心理准备了。"

"别，别用那么恐怖的表情看着我。你自己还不是宿醉了两天啊，真是的，乱发脾气，迁怒于人。"外公晃动着身体，仿佛不知该发脾气还是该采取怀柔政策。"算，算了，正月这几天我就不喝了……"

"不行。我让您戒酒，说的不仅仅是正月这几天，而是从此以后，都不能再喝酒了。"

"什，什么……你竟敢，竟敢说出那么残忍的话来，那么轻描淡写地就……你这是在剥夺他人的乐趣……"

"请外公答应我。您从今以后，一滴酒都不要沾。"

"你，你这家伙，你这个家伙……你知道你在和谁说话吗？"

"胡留乃二姨，贵代子夫人，拜托你们了。"被我提出一连串无理要求的外公不由得大发雷霆。我无视盛怒之中的外公，转而向另外两人低头行礼。"如果外公喝了酒，破坏了我们之间的约定，请务必通知我。"

"什……稍等一下，等等，我什么时候跟你约定了？什么都没有约！我会跟你做出那种约定吗？别，别说蠢话了……愚蠢！"

"对了,顺便问一句,外公,河添社长近来可好?"我在话里暗示着。这种话里有话的口气,连我自己听了都不禁打了一个寒战。"钓井真由小姐怎么样了?有没有和她联系过呢?啊,对了,您好像拒绝了看照片的要求,哎呀,其实看一看对方的相貌也是不错的嘛。"

外公顿时陷入了沉默之中,就像"啪啦"一下打开了什么开关似的。外公的眼睛瞪得圆圆的,眼珠几乎快要掉在地板上了。他的下巴微微抖动着,嘴唇不断地蠕动着,却没有发出任何声音。显然,他好几次想开口说话,却怎么也说不出来。

我刚才下的这服药,药力是不是有点猛了?我心里多少有点担心。外公现在还没开始喝酒,但在这之前,若是因为我给他的刺激导致猝死的话,那麻烦可就大了。

"当然了,这些事情只有我一个人知道。"我慌忙补上一句。这句话能在多大程度上缓和外公受到的冲击呢?我不知道。"这件事只有我一个人知道。所以,我要不要把这件事情告诉大家,完全由外公您来决定。"

"什么事?你们在说什么呢?"胡留乃二姨虽然不知道具体的细节,但她隐约地感觉到了事态的严重性。她忧心忡忡地看了看我,又看了看外公。"到底是什么事情?"

外公支支吾吾地,不知道说些什么才好。他的肩膀大幅度地上下晃动,看上去十分痛苦,视线的焦点也似乎变得模糊起来。他那双对我怒目而视的眼睛,不时地偏离它们瞪视的目标。

"我……我答应你。"在一段长长的沉默之后,外公终于呢喃道,"我答应你,不喝酒了。"

"您二位都听到了吧?二姨,贵代子夫人,让我们一起来做见证,一起来守护这个约定吧。"

"就这么多吗？"看样子，胡留乃二姨似乎还要问些什么，但外公在她开口之前抢先问道，"你想说的就这么多了吗？"

"您是想问，我想让您答应我的只有这么多了，是吗？既然您都这么说了，那我就再放肆一回吧。请把我的名字从胡留乃二姨养子的候选人名单里去掉吧。顺便也请把友理小姐的名字去掉吧，她本人一直希望从这个名单里退出。"

"明白了，就这么办吧。"听完我开出的条件，外公的情绪似乎平静了下来。他渐渐地恢复了平常的模样，脸上甚至露出了一丝微笑。"不好意思，胡留乃，贵代子夫人，能不能让我们两个人单独待一会儿？"

或许是看到外公恢复了平静而感到放心，胡留乃二姨和贵代子夫人并没有进一步追问，两个人顺从地离开了主屋。

"你爸爸和……"此时此刻，外公脸上的表情与其说是忏悔，不如说是从经年累月的桎梏当中解脱了出来，即使说是喜气洋洋也不为过。"和钟之江，我想，我对他们做了坏事。"

"您为什么要做出那种事来呢？难道您就真的那么憎恨妈妈和叶流名三姨吗？"

"或许吧。我曾经有过那种心态，觉得无论怎么对付她们都可以。仔细想想，那种想法还真是够可怕的。我和胡留乃之前遭受了种种不幸，所以，就觉得自己可以冠冕堂皇地对她们进行报复了——不论手段多么的残酷，也不会受到谴责。算了，这种事情就算是说了，也无济于事，反正我也没有什么好辩解的了，请原谅我吧！"

"这话请您对爸爸和钟之江姨夫说去吧。"

"我知道。我真的是干了一件蠢事，连我自己也不能相信。"

"或许您是一时鬼迷心窍吧。"

"嗯。"

"'鬼迷心窍',这种事情,在谁身上都发生过。"这时候,琉奈姐姐在上一个循环里的那种状态浮现在我的脑海当中。"那个时候,如果身边没有一个能够阻止您的人的话,您就会走上命运的歧途。难道不是这样的吗?"

"嗯,是啊。"

"既然您已经答应我了,那么那些事情我对谁都不会说的。既然外公您已经表示出悔意了,那么我觉得就没有必要强迫您当众公布这些事情了。不过,作为交换条件,请您务必遵守和我的约定。"

"喝酒的事情吗?我明白了,我再也不喝了,绝对不喝了。"

"到死之前,不许再喝了。"

"你这话说得真不招人喜欢啊。嗯,知道了。"

我看着外公朝着本馆方向远去的背影,心想,这下终于可以回家了。只要外公遵守诺言,不再喝酒,在这个"循环"里——不,应该说,在"今天",因为今天是一月二号的"决定版"——外公就不会死掉。大概吧。当然了,我并不是神仙,并不能做出绝对的保证。一来我不懂医学,二来我对外公的身体情况也不甚了解。因此,就算外公今天安然无恙,明天说不定也会一命呜呼。不过,至少他今天不会有问题吧。这样我们就能平安无事地回家了。对此,我深信不疑。

就像要证实我的猜测似的,中午过后,我们被召集到大厅,外公如约当着所有人的面公布了遗嘱的内容。

这份遗嘱的内容,我不用听便早已心中有数。按照"日程",琉奈姐姐和富士高哥哥应该直接找到外公,表示两人要结婚,并希望一起继承渊上家。外公也应该对此表示赞成,遗嘱的内容也就理所当然地沿用了当时的决定。果不其然,外公向众人宣布道,琉奈姐姐和富士高哥哥两人,以结为夫妇为条件,共同继承渊上家的姓氏,并成为EDGE-UP餐饮连锁集团的继承人。关于遗产的问题,外公表示,在和律师商量之后,决定平均分配给每一个人。另外,外公还宣布,EDGE-UP餐饮连锁集团将聘请目前正赋闲在家的爸爸和钟之江姨父,职位是会计科经理。

众人的反应各不相同。妈妈和叶流名三姨虽然对自己的孩子没能独占财产而感到惋惜,但毕竟也分到了财产,脸上还是浮现出了一种如释重负的表情。她们两个人觉得自己得到的和对方相差无几,所以都满意地笑了出来。而且,两个人的丈夫都突然获得了再就业的机会,她们自然也是喜上眉梢,感情失和的姐妹二人相视而笑。

世史夫哥哥和槌矢先生都觉得自己才是更适合的人选,因此都露出了不满的神情,不过事已至此,也没有办法了,两个人最后还是接受了这个事实。友理小姐虽然并没有表现出什么特别的神情,但我看得出来,在听到自己没有被指定为继承人之后,她着实松了一口气。

最让我担心的自然是舞姐姐。自己一直暗恋着的富士高哥哥突然要和一直让自己感到自卑的妹妹结婚,在听到这个消息之后,舞姐姐不可能不受打击。所以,即便她暴跳如雷,大喊大叫,我也不会感到意外。我暗自做好了迅速制服她的准备,但出人意料的是,舞姐姐十分心平气和。我想,舞姐姐应该看开了吧:既然这是外公的决定,那么,就算再怎么闹也无济于事了。看来,即便遭受了同样的打击,但因为周围的条件和状况不一样,人的反应也会有所改变。

在这之后,大厅里举行了宴会。悬案终于落地,或许是反作用力的缘故,新年聚会顿时变成了欢快的盛宴。外公遵守了和我的约定,滴酒不沾,只是喝乌龙茶。尽管如此,他的兴致依然很高,甚至兴高采烈地唱了一首卡拉OK。爱凑热闹的世史夫哥哥也跟着引吭高歌,欢蹦乱跳。

　　宴会的时光虽然短暂，却让人感到十分充实。叶流名三姨和她的两个女儿心情十分愉悦，她们一次又一次地向外公和胡留乃二姨鞠躬行礼，随后才恋恋不舍地离开。我们大庭家一行人也坐上了世史夫哥哥的车子。原本应该由世史夫哥哥负责开车，但他因为过于兴奋喝下了太多的酒，只好由妈妈代劳。

　　就这样，回到家以后，明天——真正的明天——我就会在自己的房间里醒来。终于可以和这个漫长的一月二号说再见了——单是这么想，一股疲劳感便从我的体内涌出。终于没有什么事情可担心的了。我一边在心里这么对自己说着，一边如释重负地靠在座椅上。

　　不过，不知为何，我突然感到有些心神不宁，总觉得自己好像忘了什么事情，而且还是一件极为重要的事情。到底把什么事情忘了呢？

　　或许是我想得太多了吧。一定是这样的。在度过了这个漫长的一月二号——确切地说，是我独自一人度过的——之后，我变得有些神经过敏了。我试着这么说服自己，但却没有用。那种不协调的感觉非但没有消除，反而愈发膨胀起来。

　　警笛在我的脑袋里高声尖叫着——"总觉得哪里有些不太对劲。总觉得哪里似乎出了问题。"

　　车子发动了。外公、胡留乃二姨以及贵代子夫人在玄关目送着我们离开。我望着他们挥手告别的身影，终于意识到那个"不对劲"的地方了。

　　没错！这么说的话……

　　宗像先生到哪里去了？

第十三章
事件的反击

我睁开眼，发现自己正躺在自己家的房间里。熟悉的天花板仿佛正带着慈爱的微笑，对我说："欢迎回家。"我在自己的床上翻了一个身，沉浸在"真正的明天即将来临"的喜悦之中。终于结束了，掉进"时空反复陷阱"的一月二号终于结束了。一月三号终于来临了。

这时，一种不安的感觉在我的心中涌起。一月二号确实结束了，可是那种结局作为"决定版"真的合适吗？当我们离开渊上家的时候，外公十分少见地出来为我们送行，还笑眯眯地向我们挥手。

外公确实还活着。这样应该没有问题。"修正"工作顺利完成。没有任何遗漏，应该没有什么遗漏。

可为什么宗像先生的身影总是在我的脑海里挥之不去呢？我对那个律师十分在意。在一月二号的"最初循环"里，准备上车回家的我们确实在玄关里遇到了宗像律师，那个穿着一身灰色西服的男人。

也就是说，那天他应该来过渊上家。实际上，外公也曾经这么说过，本来是要请他过来拿遗嘱的，但由于还没有写完，让他空手而归又不太好，所以就拜托他整理一下其他的文件。没有拿到关键的遗嘱，反而被打发去做别的工作，为此，宗像先生似乎有点不太高兴（当然了，或许他平时就是这种表情）。我至今仍然记得他的表情。

也就是说，在一月二号这天，宗像律师应该一整天都待在渊上家才是。可是在"最终的循环"里，当外公在大厅里宣布，指定富士高哥哥和琉奈姐姐为继承人的时候，我却没有看到宗像律师的身影；在宴会之后，我也没有见到过他；在我们离开渊上家的时候，他更是没有在场。

这到底是怎么回事呢？

毫无疑问，宗像律师应该在渊上家里。这个事实是毋庸置疑的。而且，他被外公请到渊上家来这件事情，本来就在"日程"当中。既然如此，这究竟是怎么回事呢？难道说，当我们大家在大厅里欢聚一堂的时候，在外公的书斋或者其他别的什么地方，宗像律师仍旧独自一人，默默地继续着单调的工作吗？

不过，这不是很奇怪吗？暂且不说宴会的时候，单说渊上家公布继承人的时候，他居然也没有现身。这种时候，别人都可以缺席，唯独宗像律师不能缺席，哪怕是排除万难也必须赶过来才对。因为这是他工作的一部分。尽管如此，宗像先生却始终没有现身，而且外公和其他人对此好像并不惊讶。

到底是怎么回事呢？难道说，大家都忙于宴会，把他来访的事情忘了个一干二净？外公一个人把他忘了倒也算了，可胡留乃二姨和贵代子夫人居然也不记得。不过话又说回来了，要是大家都没忘的话，这件事会变得更加不可思议的。

到底是哪里出了差错？坐立不安的我从楼上走了下来。客厅里面，妈妈爸爸两人正在和富士高哥哥商量着什么事，不时有笑声从里面传出来。我已经很久没有看到爸爸笑了。我们昨天晚上回来之后，妈妈把爸爸被公司雇用当会计科经理的事情告诉了他。当时，没有彻底摆脱丧家犬情绪的爸爸，还生气地噘起了嘴。不过，到了第二天早上，他心态便已经转换了过来。真不愧是世史夫哥哥的爸爸。

这么说的话,我好像没看见世史夫哥哥。

"世史夫哥哥去哪里了呢?"

"哎呀。"我本来以为妈妈会说他还在睡觉。"已经去上班了。早就走了。"

"咦?"今天应该还是正月的假期啊,"已经去上班了吗?"

"上班族就是辛苦啊。"爸爸通情达理似的看了看我,又看了看富士高哥哥。看来,他终于有精神对儿子们进行说教了,真是太好了。"你们两个也要做好心理准备哦,上班族的生活和学生时代的生活,那是截然不同的。"

我老老实实地点了点头,然后决定去打个电话。我按下渊上家的电话号码,话筒另外一端,立即传来了贵代子夫人的声音。

"前些日子,承蒙您的关照,"我说了一句常用的客套话,随后接着说道,"外公现在的身体还好吗?"

"嗯,已经出门去了。"

"请问他去哪里了呢?"

"哎呀,当然是去公司了啊,和小姐一起去的。"

"是这样啊。"看来,不管哪里的公司,都忙得连正月的假期也休息不了,我不禁对他们深表同情。"那个,从那以后,外公有没有自己偷偷喝过酒啊?"

"没问题的。"一阵爽朗的笑声从话筒里传了出来,我发现,我还是第一次听到贵代子夫人的笑声,"我和小姐一直都在监视他。请您放心吧。"

"真是不好意思,那就拜托您了。"

我挂上电话,不禁有些纳闷。看来外公还活着。昨晚,在我们离开之后，并没有上演"外公突然死亡"这种突然袭击式的剧情。这样就好，我终于可以把压在肩上的重担卸下来了。

经过长时间的孤军奋战之后，我的努力总算得到了回报。虽然在这九天（九个循环）里十分孤独，但此时此刻，我暂时还是沉浸在了一股小小的满足感当中。外公死去，又回到原点，死去，又回到原点……反复现象就像画出无数层层叠加的圆一样，同样一件事情，会一次又一次地循环反复。不过，新的一个循环和上一个循环完全不同，至少会产生些许差别，有不吻合之处。这就像画出的圆会稍微偏出轨道，变成一个螺旋。在这个螺旋当中，在某一个地方，总能目击外公的死亡。不管你怎么修正，外公总是逃脱不了死去的命运，就这么不断地循环反复。不过，在即将离开这个螺旋的时候，总算是让外公和死亡擦肩而过了。

这件事情的真相没人知道。只有我一个人，目睹过死神的一次又一次降临。对于除我之外的人们来说，一月二号的"最终决定版"就是一月二号，那个"循环"里的外公就是一月二号那天的外公。在他们看来，除此之外的那些"一月二号"是不存在的；在他们看来，渊上家的继承人人选在一片祥和的气氛中诞生，外公也是安然无恙；在他们看来，这一切都在平静之中完美地落下了帷幕，而一月二号这一天也和其他日子一样，平安无事地过去了，一月三号即将来临。

但是对我来说，一月二号这一天是刻意制造出来的，这一点只有我一个人知道，其他人对此毫不知情。为此，我多少感到有些不公平，但也只能自我鼓励——做得太漂亮了！这个时候我也用不着谦虚了，反正也没人夸奖我。

但这股满足感多少被宗像律师的事情所影响，让人觉得如鲠在喉。难不成，宗像先生是那种不愿意和人接触、喜欢把自己关在屋里工作的怪人吗？我试着改变了一下思考方式，这个世界上确实存在着各种类型的人。所以，我不用想那么多。

回到自己的房间之后，我再一次躺倒在床上。我总是觉得"时空反复陷阱"给我带来的疲劳并没有完全消失。毕竟，我比其他人多过了八个"循环"。我的脑袋刚一沾枕头，便被困意拖进了梦乡。

不知道究竟睡了多久，或许只是短短的几秒而已，这个梦虽然很短，却给我留下了非常深刻的印象。

场景是熟悉的，好像是渊上家的大宅。这个地方，是大厅旁边的……

啊！我被自己的叫声惊醒。我慌忙当中打算起床，却一不小心从床上滚落下来。

没有宗像先生……梦境虽然短暂，但之中出现的那幅场景却让我十分迷惑。说起那幅场景，那应该是一月二号的"第二个循环"——我们聚集在阁楼间，刚刚发现外公尸体的时候。

警察来了，所有相关人员全部被集中到了会客厅里。警方从第一发现人叶流名三姨开始问起，那个时候……

我突然想起来，那个时候我似乎察觉到了什么事很不协调，因此一直无法冷静下来。到底是哪里出了问题呢？我似乎忘记了一项重要的事情。虽然我认为这件事情和在会客厅集中的人们有关，但又不太确定。尽管那种不祥的预感让人坐立不安，但当时我却怎么也想不起来。我现在终于明白了，是宗像先生。

那个时候……宗像先生并不在会客厅里。无论是哪里，都没有发现宗像先生的身影。这难道不奇怪吗？宗像先生为什么不在呢？明明发生了杀人事件，而且被杀的又是他的雇主——我的外公。发生了这么大的事情，他不可能把自己关在书斋或者其他地方，一个人默默地干着整理文件的工作。即便这个人很讨厌和人打交道，也不会做出这种蠢事来。就算他自己想这么干，警察也不会允许的。

而且……我又想起另外一个场景来。为了把我们集中到会客厅，警察选择了看上去最为可靠的友理小姐，让她把所有相关人员集中起来。随后，友理小姐毫不犹豫地表示了同意，态度十分坚决。

也就是说，那个时候，宗像先生并没有在渊上家的大宅里，因为哪里都找不到他。不过，这是为什么呢？这个本应必须在场的人，为什么会在如此重要的场合中像烟雾一样消失得无影无踪了呢？为什么呢？这到底是为什么呢……

"Q太郎——"我惊慌失措，不知道如何是好，就像一头被关在笼子里的发情的熊。这时候，妈妈敲门探进头来。"你的电话！"

"喂，你好，"我下楼拿起电话，一个温柔的女声从话筒那边传了过来，拨弄着我的耳朵。"是我。"

"啊……"是友理小姐。本来就已经混乱不堪的大脑，这时候更是血压飙升。一瞬间，我连自己的声音都听不到了。"这个……你，你，你好……好……"

"我现在在公司里，刚好有点时间。"

"哎呀呀，工作真是辛苦啊。"

"请问，今晚有什么安排吗？"

"今晚吗？嗯，没有，我没有安排，只是看完电视上床睡觉。反正明天也是休息日。"

"如果可以的话，我们一起吃个饭吧。我有很多话想对你说。"

"哎？啊……当，当然可以了。我非常乐意……那个，对，能和你共进晚餐，我当然非常高兴了。"

我和她约好，晚上七点在市内的一家法国餐厅见面，随后便挂上了电话。

友理小姐找我到底有什么事呢？虽然对此十分不解，但一想到能和她见面，我就抑制不住自己的喜悦。在这么高级的餐厅见面，得系上领带才行，另外，绝对不能让女士埋单。我赶忙找出自己小心珍藏的宝贝——胡留乃二姨给我的那份压岁钱——一时间，弄得像要去约会似的。不过，仔细一想，人家已经有一个很出色的男朋友了……算，算了，不管他了，不用想那么多了。嗯，不管了不管了，只要能和友理小姐见上一面，那就够了。

我平时做事总是不紧不慢的，这个时候更不能性急了。我赶到餐厅的时候才六点。算了，这样也好，还有一个小时呢。

我被服务员引到友理小姐预订的桌位，等了还不到十分钟，友理小姐便出现了。

"看来我还是来迟了。"友理小姐边坐下边说，"久太郎先生果然是那种会提前到达的人。"

说实话，这时候，我的脑袋里已经一片空白了——友理小姐的美丽让我看得入了迷。仔细一想，至今为止，我只见过她身穿黑色运动衫外加一件长棉马甲的打扮。那种装束之下的她显得十分冷淡，一点都不性感。而今天晚上，她穿了一件绿色的套装，里面是一件领口十分宽大、类似男装的白色衬衫，上面打着一条条纹领带。这种中性化的打扮反而将她的女性风韵突显了出来。露在外面的下巴显得格外美丽。

"真是太美了……"过了好几分钟，我才缓过神来，终于能够张嘴说话了。这个时候，我才意识到了自己的脸上是一副极为呆滞的表情。"你今天的打扮真是太漂亮了。"

"谢谢，久太郎先生也很帅气呢。真的，之前只见过你穿运动衫的打扮，所以今天这种装束，让我觉得非常新奇。"友理小姐像是想到了什么似的停顿了一下，苦笑道，"看起来真不像是一个高一的学生。"

"大家经常说我给人一种老气横秋的感觉。"

"我一直以为你是个大学生呢。"

"哎？"

"其实，我一直以为久太郎先生是一个大学生呢。虽然没人这么跟我说过，我也没有打听过。对了，新年聚会的时候，董事长问久太郎先生想不想当继承人的那个场面，你还记得吗？那个时候，你妈妈好像说过，'如果能等到大学毕业的话，也可以当继承人。'那种说法，怎么说呢，挺性急的。听起来，好像你还有三个月就大学毕业了似的。所以，我那时才会误以为你已经是一个大学生了。而这种误会一直持续了下去。"

"这种事情经常发生，因为我看起来要比实际年龄老一些。"

"所以，我今天和社长聊天，当听到你的真实年龄的时候，真是吓了一跳。因为不管怎么看，我都觉得你的年纪应该和我差不多，最多也只比我小几岁而已。"或许是觉得再在这个话题上纠结下去，弄不好会暴露了自己的年龄，反而自寻烦恼，友理小姐并没有继续说下去。她顽皮地耸了耸肩膀，说："不过也没关系，年龄不是个问题。因为，久太郎先生真的很出色，比我身边的那些成年男人强多了。"

我被友理小姐的恭维弄得面红耳赤。点完菜之后，我突然感到哪里有点不对劲儿。友理小姐似乎说了一些不合常理的话。不过，到目前为止，她也只是说了几句"我看起来显得比实际年龄老一些"而已，应该还没有什么不合常理的表述。我正在纳闷的时候，冷盘被送了上来。

"啊！"我刚把菜送进嘴里，突然意识到了什么。"啊……那个……"

由于过于震惊,送到嘴里的熏鸭还没来得及咀嚼,便被我整个吞了下去。

"友理小姐……那个,刚才,你,你说什么?"

"什么?"

"啊,那个,刚才,你是怎么叫我的?"

"名字吗?我叫你久太郎先生啊,怎么了?"

"久太郎……你是这么称呼我的,对吧?也就是说,你没有叫我Q太郎,而是叫我久太郎。"

"对啊,"友理小姐一脸惊讶地放下手里的刀叉,"你不是叫久太郎吗?你对我说过,你的名字不是Q太郎,而是久太郎,还让我用正确的读法来称呼你。"

我确实这么跟她说过。这件事情,我当然记得很清楚。

不过,友理小姐不可能记得这件事情啊。她根本就不应该有这件事情的记忆。因为,我和她之间的这段对话是发生在一月二号的"最初的循环"里。这件事情早就被"重置"了,作为"可能会出现的过去"的一种可能性,早就被封印在"历史的另外一面"里了。

可是,这又是怎么回事呢?友理小姐为什么会有这件事情的记忆呢?不可能,绝对不可能。一定是哪里出错了,一定是哪里发生了严重的错误。

约会的氛围顿时烟消云散。灯火通明的餐厅里面,店内的一切犹如软绵绵的糖果一般,开始融化、扭曲。我感到天旋地转,口中的菜肴也变得没有了味道。

这么说的话……突然,我想到一件事。

"那个……"今天,我满脑子都是和友理小姐见面的事情,因此新闻也没看，报纸也没读。"友理小姐，我想冒昧地问一句。"

"什么事呢？"

"今天……也就是说，今天的日期……是一月三号吗？我记得，今天应该是一月三号是吧？"

"不是哦，"友理小姐轻描淡写地摇了摇头，"今天是四号，一月四号，是开始上班的日子。"

第十四章
逃出螺旋之时

　　我马上回过神来,开始向友理小姐说明自己的"体质""时空反复陷阱"的特性和周期,以及渊上家新年聚会之后发生的事情。从"最初的循环"到"最终的循环",我和"凶手"们在暗中进行的"攻防战",以及约好本应保密不说的"外公的计策"——我把至今为止不管是多么亲近的人都没有对其坦白的事情,一五一十地告诉了友理小姐。

　　说到一半的时候,我便后悔了。糟了,我突然一本正经地说出这么多不合常理的话,友理小姐多半会以为我疯了吧——"这种分不清现实和幻想的危险分子,最好还是敬而远之。"尽管心里十分焦急,但那根三寸不烂之舌却将困惑的理性抛下不管,继续滔滔不绝地说了下去,终于将所有事情都告诉了友理小姐。

　　"……当然了,这就是事情的全部经过。"我注意到友理小姐正目不转睛地凝视着我,眼皮眨都不眨。我慌忙补上一句:"对了,请把这些都当成我的胡思乱想吧,全都是些无聊的荒唐话,其实这只是我今后构思的一部科幻小说。"

　　"不过……"友理小姐终于眨了眨眼。她直视我的眼睛,身子向前探出,"槌矢先生在餐厅确实和我说了那样的话,他的确对我说过,一旦当上了EDGE-UP餐饮连锁集团的继承人,就要娶我为妻。所以,虽然你说这些只是你的空想,但我却没法认同。"

"可是……"

这么说来,在"最终决定版"的那个"循环"里,槌矢先生在早餐的饭桌上确实对友理小姐提出了"落选对策"。槌矢先生认为自己才是继承人的不二人选,他对此充满了自信,可是他并不知道,在几个小时之后,富士高哥哥和琉奈姐姐就会被指定为渊上家的继承人。

"可是,我或许只是在暗处偷听到了你俩的对话而已。这并不能证明我发现了'时空反复陷阱'啊。"

"这倒也是。你刚才说的那些话确实愚蠢可笑。如果不是你说出来的,我肯定会把它当作疯话,一笑了之。但是……"友理小姐一直绷着的脸上浮现出了一丝微笑。她十分少见地露出了一种向什么东西挑战似的无所畏惧的神气。"当然了,我并不是说,因为这是久太郎先生说的,就应该相信。不管内容多么荒谬和矛盾,只是因为是某个特定的人说的,就要无条件地相信,这种事情在我看来是极其愚蠢的。不过,刚才在听你说完之后,我也想起了一些事情。我想,这或许能够从逻辑上印证久太郎先生你所说的话。"

"从,从逻辑上印证?"

一瞬间,我以为友理小姐在和我开玩笑。她或许会把我所说的那些话当成离奇古怪的玩笑,然后再用她特有的机智将其改编成更为夸张的笑话,返还给我。

"你要从逻辑上印证我掉进'时空反复陷阱'里这件事吗?可是,你打算如何证明呢?"

"让我们按顺序整理一下吧。首先,我要更正一下久太郎先生你误解的部分。新年聚会的来龙去脉你已经知道了,不过问题出在那之后。一月二号那天,正如你刚才说的那样,你和董事长一起在阁楼间喝酒。

在那之后,你说你坐上你哥哥的车子,回家了。不,确切地说,是应该回到了家。可是,在第二天醒来的时候,你发现你并不在自己家里,而是躺在渊上家的阁楼间里。嗯,久太郎你当然会以为,这次和之前一样,一月二号这天发生了时空反复现象,当天依然还是一月二号。可是,这只是你的错觉。"

"错觉?"

"一月二号那天,久太郎先生你并没有离开渊上家。"

"可……"比起突然听到"时空反复现象"的友理小姐,我反而显得更加不知所措,"可是,我确实被塞进哥哥的车子里了。"

"是的,当时你是在车里,而且你们马上就要回家了。不过,还是差了一点。对了,你有没有车子发动以后的记忆?"

"嗯……你这么一说,我还真的没有这方面的记忆。毕竟我当时喝得烂醉如泥,我记得,我刚一坐到座位上,便睡着了。"

"实际上也的确是这样的。当时,久太郎先生你睡着了。就在你们刚要离开的时候,董事长把你哥哥的车子拦了下来。"

"外公把我们拦住了?"

"是的。"

"为什么呢?"

"他说,如果大家再多住一晚,他第二天下午就会宣布继承人的最终人选。"

"哎?"我一直坚信不疑的东西在转瞬间就灰飞湮灭了,这对我来说,犹如五雷轰顶一般。我产生了一种错觉,仿佛自己脚下坚固的地面突然土崩瓦解。

第二天下午就会宣布继承人的最终人选……第二天下午……

一种琐碎而又固执的疑问,像荆棘一般拉扯着我记忆的衣角。这让我再次兴奋了起来。我记得外公在新年聚会上明确地说过，在他死前，遗嘱的内容不会被公布。所以，就算他要改变主意，也必定是在我中途离开新年聚会后的晚上十一点之后。所以，我在别馆偷听琉奈姐姐和富士高哥哥对话的时候，哥哥也说过"今天要公布最终人选"。

"今天"……这当然指的是一月二号那天。尽管如此，外公却在同样的"一月二号"的傍晚，拦住了我们的车子——"你刚才说'第二天下午'，是吗？"

"是。这么一说，所有人的胃口便都被他吊了起来。所有人都决定再在渊上家留宿一个晚上。不过，现在想来，这其中真正的原因，只是董事长当时还没有立下新的遗嘱而已。从一般人的角度来看，就算所有的候选继承人都不在场，董事长照样可以写下遗嘱。可是，董事长他……有点……有点痴呆了，对吧，就像社长跟你说的那样。要是不把所有候选继承人都集中到渊上家的话，董事长就没法把具体的颜色和具体的人对应起来。所以，董事长才会每年都把亲戚集中起来，在新年聚会上立下遗嘱。这几乎已经成了惯例。我想，如果大家都不在场的话，董事长肯定就无法安心抽选了。不过，一月一号那天晚上，董事长是因为没有红色折纸——也就是代表久太郎的那种颜色——才没有抽选的。到了一月二号那天，宗像先生来了。当然，这时候遗嘱并没有写完。不过，董事长应该早就决定了，就算折纸没有全部准备好，也要在这几天里把遗嘱写完。所以，他才会让宗像先生去处理那些无关紧要的文件，为的就是把他留在渊上家。董事长打算在那天的傍晚前——也就是久太郎你们离开渊上家之前——把遗嘱写完。"

"可是……"我突然想起了在阁楼间里，和外公喝酒时候的对话，"外公从来没有说过要在那几天内写完遗嘱。我记得他好像还对我说过类似的话，'干脆不写了，改天再说。'"

"因为那时候董事长正在喝酒,他找到久太郎这么个酒友,自然就会大喝特喝起来。他大概觉得,今天索性就这么喝下去吧,所以遗嘱就不写了。于是就放松了下来。"

"结果……不仅仅是新年聚会,外公在新年聚会的第二天也没有立下新遗嘱,连续两天都没动笔。"

"是的。因此,宗像先生也只好空手而归了。我想,宗像先生会在当天回去,这里面也有董事长的意思。董事长或许打算改天再写。不过,在看到你们起身回家的时候,董事长又改变了主意。他决定再多留大家一个晚上,自己则抓紧时间写遗嘱。"

"也就是说……"终于就要看到真相了,在这种真实的感觉面前,我不禁哑然失声。我简直无法相信,自己居然犯了一个如此幼稚而又可笑的错误。"在我睁眼醒来的时候,我想当然地以为那是一月二号的'第二个循环',但实际上,那时候已经是一月三号了。"

"就是这个意思。在这之后,如果一月三号这天平平常常地过去,来到一月四号的话,久太郎你就会立刻意识到自己的错误。不过,凑巧的是,一月三号这天刚好开始循环反复了起来。这样一来,久太郎你便对这一切更加确信了,所以也就会更为坚定地相信,发生反复现象的是一月二号。"

"可是,实际上发生反复现象的是一月二号的第二天,也就是你刚才所说的一月三号那天。换句话说,在我主观上认定的'第二个循环'里,我下楼来到主屋的厨房,在那里,我听到了外公、胡留乃二姨以及贵代子夫人之间的对话。他们的对话内容和上一次一样,几乎一个字不差。如果那天是一月三号的话,那为什么外公他们在早上的对话会和一月二号的对话一模一样呢?"

"这大概是因为……"友理小姐看上去似乎不知道该说什么才好,

她稍稍停顿了一下，紧接着便换上了平时的那种冷静的口吻，说道，"那时候，董事长的病情正好发作了。"

"外公的病情？"被友理小姐这么一说，我才意识到这个问题。我感到有些不可思议，为什么之前我没有想到呢。"原……原来是这样啊。"

"是的。新年聚会上没有立下新遗嘱，之后的两天也都没能写完。大概，这种循环反复的事情对董事长的意识产生了微妙的影响。一月二号和一月三号，连续两天的早上，董事长对社长和贵代子夫人说了几乎一模一样的话——尽管他自己并没有意识到。当然了，深知董事长病情的社长和贵代子夫人只是装作不知情，配合着他回答而已。"

我忽然想起来，在第七个循环的时候，胡留乃二姨曾经问我，有没有听到他们在主屋讨论折纸的对话。我一不小心说漏了嘴，说我听过好几遍了。那个时候，我记得胡留乃二姨的表情变得有些僵硬。我的大脑里有"时空反复"的概念，所以才会条件反射性地说漏了嘴。但对于胡留乃二姨来说，这种反应便代表她们确实配合着外公说过几次相同的对话。

"可是……可是，尽管外公在一月二号那天把我们拦了下来，但他真的打算在一月三号那天公布遗嘱的内容吗？"

"外公从一开始就没打算在当天把遗嘱写完，所以他自然也不会公布遗嘱内容了。尽管如此，他为什么特意将已经坐到车里的我们拦下来，再留我们多住一个晚上呢？"

"或许他早就将自己定下来的事情放弃了吧。"友理小姐歪着头，用手指抵住自己的鬓角，做出一副陷入沉思的样子。这种少女般天真的动作，在她身上出现真是极为罕见。"虽然他曾经下定决心，就算没有红色折纸，也要进行抽签。但只要所有颜色的折纸一刻没有凑齐，董事长就一刻不能平静下来。不过,久太郎你刚才不是也说过吗?琉奈小姐和富士高先生,就是对董事长说'我们结婚,然后一起继承渊上家'的那二位,董事长是怎么回答他们的呢?他是不是说,我早就等着有人找我来提出这种建议了,是这样吧?"

"这么说的话,外公他果真期盼着事情朝这个方向发展,是吗?"

"或者,董事长只是单纯地……"突然,友理小姐对我眨了眨眼,露出一副恶作剧似的表情,"只是单纯地想和家人待在一起,哪怕只多待一天也好。"

我为之一震。曾经使用奸计,把爸爸和钟之江姨夫逼到失业境地的外公,真的会对自己的亲人们抱有这种令人称道的情感吗?不过,出人意料的是,在看到友理小姐的笑容之后,我竟然开始相信,这或许是真的。人在上了岁数之后,渐渐地开始无法控制自己的肉体和精神,这让外公变得焦躁不安和自以为是,猜疑心也变得越来越重。

但是,与此同时,他心里的孤独感也在与日俱增。尽管他设计陷害了两个女婿,但如果善意地分析一下,外公这么做的目的,很可能并不是出于对两个女儿的憎恨。或许,他只是想让自己的两个女婿到自己的公司里上班而已。让自己的亲人来担任自己公司的要职,的确可以巩固这个家族的优势。外公在心里描绘的或许正是这么一幅蓝图吧。

客观地说,这并不是爱,这只是一种出于自私的依赖。当然了,不仅是外公,在这个世界上,很多人都抱着这种矛盾的心态——在无意识之间伤害了对方的同时,却还在向对方索求温暖。不,现在还不是忖度外公心理的时候,我还有其他的事情要考虑。

"最初的循环"不是一月二号,而是一月三号——对于我来说,事实的真相是自己想都没有想过的。不过,在弄清楚之后,我反而发现,确实有很多地方可以印证这个事实。

首先就是外公的死。在"最初的循环"里没有发生的事件，为什么会在"第二个循环"里突然发生呢？我本来以为是由于我没有陪外公喝酒，才导致了新的因果循环。这个说法虽然能够勉强说通，却留下了一个大大的谜团。

我一直误把一月三号当成一月二号的"第二个循环"，现在想想一切都没有什么可奇怪的。一月三号那天，外公一个人在阁楼间喝酒的事情其实并不在"日程"之外。我自己只是一厢情愿地以为，因为我主动避开了外公，让他独自一人喝酒，才导致了"日程"扭曲。但实际上，外公独自一人饮酒的行动，是和一月三号那天的"日程"相符的。外公在前一天——也就是一月二号那天——和我躲起来喝完酒以后，尝到了甜头，从此便爱上了"阁楼间"这个隐秘的场所。

我拦住了琉奈姐姐和富士高哥哥这对恋人之后，却被舞姐姐来了一个突然袭击；我好不容易拦住了舞姐姐，却又从半路杀出来一个世史夫哥哥。这些将外公的死伪装成杀人事件的"凶手"们之所以会如此前赴后继，究其原因还是在于，在"最初的循环"里（也就是一月三号，而不是一月二号），外公的死就是被伪装成了"杀人事件"，以此来影响继承人问题的。简而言之，这是一月三号的"日程"。在冥冥之中，有一种抑制力，会尽可能地让反复现象忠于"日程"。这便是事情的真相。

外公的尸体被发现之后，我们这些相关人员被警察集中到了会客厅里，在那个时候，我就隐约感到了一股不协调的感觉。我现在终于明白了之前为什么没有见到宗像先生。在那种情况下，看不到宗像先生，以及我会有不协调的感觉，其实都是理所当然的。因为宗像先生是在一月二号来渊上家的，可是那个时候早已经是一月三号了。

这么说的话，琉奈姐姐得知外公还没有写遗嘱的时间应该是在一月二号的下午。琉奈姐姐没有偷看外公的日记。她只是在我和外公在阁楼间喝酒的时候，偷听了我们之间的对话而已。

琉奈姐姐会去偷听，多半是因为她碰巧看到我和外公去了主屋的缘故吧。这么说的话，我记得当时有一个黄色的身影在我眼前一闪而过，那个人应该就是琉奈姐姐，因为她身上的运动衫就是黄色的。外公本来是为了避开胡留乃二姨才压低了说话的声音，琉奈姐姐误以为外公会悄悄地对我说些有价值的事情，因此才偷偷地跟着我们来到了阁楼间。

于是，琉奈姐姐便知道了外公还没有写完遗嘱。她也偷听到了"在新遗嘱生效之前，上一份遗嘱依然有效"这个事实。当然了，她应该也把这个事实一五一十地汇报给了舞姐姐和世史夫哥哥。因此，在遭遇外公猝死的情况下，他们几个人便马上意识到了一个问题——去年的遗嘱仍然有效。

我在别馆偷听琉奈姐姐和富士高哥哥谈话的时候，还对他们获取情报的速度感到惊讶。但实际上，那时候已经是一月三号了，所以，与其说他们行动迅速，还不如说他们动作迟缓。琉奈姐姐对世史夫哥哥和舞姐姐汇报的时间，恐怕是一月二号的晚上。那个时候，我早已喝得不省人事，而他们几个志同道合的酒友大概又开了另一场酒会（舞姐姐告诉我，他们是在喝酒的时候得知的消息，我却误以为是在新年聚会的后半段上交换的情报）。而凑巧的是，富士高哥哥那天并没有参加他们的酒会，所以才会比他们迟了一天知道。

所以，琉奈姐姐耳环掉落的时间应该是一月二号的下午。我在她偷听我和外公对话的时候，突然从屋里走了出来。因此，琉奈姐姐慌忙跑下楼梯，藏了起来。她的耳环正是在这个时候掉在楼梯上的。

我原来认为，琉奈姐姐耳环掉落的时间应该在一月一号晚上十一点到一月二号凌晨三点之间。从逻辑上来看，这并没有太大的问题，唯一的错误在于大前提——掉进"时空反复陷阱"里的不是一月二号，而是一月三号。所以，如果反复的是一月三号的话，一切就都说得通了。其实仔细想想就能明白，琉奈姐姐根本不可能在深更半夜的时候来阁楼间找我。

我也终于明白，为什么我在早上遇到的人都会关心我的宿醉问题了。大家担心的并不是我在新年聚会上喝下的那些多得让人吃惊的黄汤，而是我在二号陪外公喝下的那些酒。我在陪外公喝完之后，醉成了一摊烂泥。随后，我就像一只没有骨头的软体动物一般被塞进了车里。大家看到这幅光景，自然会为我担心。在新年聚会上还灌过我酒的胡留乃二姨说"必须要责备的人"，并不是包括她自己在内的"非特定的若干人"——她说的其实是外公。

在"第八个循环"里，我没有遇到本应该出现在走廊的友理小姐，也并不是因为错过了时间段。我和友理小姐相遇的日子是一月二号，而"第八个循环"则是一月三号的"第八个循环"。所以，外公在餐厅邀我陪他喝酒时说的台词，也就自然会出现些许差别了。因为上一次外公拉我陪他喝酒的对话是发生在一月二号的事情，而那时候已经是一月三号了。一切错误的起源都是因为我对"最初循环"的估算出现了"一天"的偏差。

"使久太郎的误解进一步加深的原因还有一个，那就是我们身上的服装。如果董事长不要求我们穿上那种运动衫的话，肯定会有人选择在一月二号和一月三号这两天穿上不同的衣服，难道不是吗？特别是女孩这边，比如琉奈小姐，她们都是很爱打扮的，所以别说是隔了一天，就算是在同一天里换上不同的服饰，也是不足为奇的。这样一来，久太郎自然会一目了然。'哎？按说反复现象已经开始了，可为什么大家的穿着都变了呢？'"

友理小姐的论证条理分明，轻而易举地便将我说得心服口服。她给我一种感觉，似乎她对"时空反复陷阱"体系的了解程度已经远远地超过了我。"原，原来如此。"

"董事长的任性和病症，以及我们身上穿着的运动衫，这些偶然因素堆积在一起，进一步地加深了久太郎的误会。"

"我明白了。嗯，这个我倒是明白了。"我在心里逐一检验友理小姐的推论，就当我即将全盘接受的时候，一个困惑突然出现在了我的脑海当中。对我来说，这是最大的一个谜团。"你刚才说的话我明白了，可是……"

"可是？"

"可是反复现象只应该发生八次。算上'最初的循环'，一共只有九次。如果，我是说如果，如果我误把一月三号当成了一月二号，那么'时空反复陷阱'应该还剩下一个'循环'才对。也就是说……"我边说边想，一时间，思绪变得有些混乱。我抱着头，在脑袋里重新整理了一下顺序。"……我一天一天地数过了，第一个循环、第二个循环、第三个循环，还有第四个循环……都是按顺序来的。然后，'昨天'是第九个循环，也就是'最终的循环'。我没数错啊，绝对没有错。自从我懂事以来，这种反复现象我已经经历过很多次了，在次数上绝对是错不了的。"

"是这样啊。"友理小姐凝视着我，露出了一副温柔的笑容。她似乎在不停地宽慰我——不用那么郑重其事，没关系的。"你说得没错。而且，这反而在逻辑上证明了久太郎先生并没有说谎。"

"哎……啊？你说什么？那个，我现在有点混乱，所以请你不要再说一些让我更加混乱的话了，好吗？嗯……那个，如果，我是说如果，如果我真的把一月三号当成了一月二号的'第二个循环'的话，那么在我以为'最终的循环'已经结束了的时候，还应该再发生一次反复现象——是这样的吧？因为整个'时空反复陷阱'往后错开了一个'循环'。所以，在我的主观上，应该还能看到一次'反复现象'。然后……然后在反复现象开始的时候，我便会意识到自己的错误。事态应该这么发展才对吧。这样一来，我便肯定会意识到自己犯下的错误。"

"你说得完全正确。"

"可是……"友理小姐依然镇定自若，这让我渐渐不安了起来。"可是，如果是像你所说的那样，今天早上醒来的时候，我应该躺在外公的家里才对。如果我数错了次数，那么'今天'才应该是真正的'最终循环'。可是……可是，我今天早上醒来的时候，却是在自己的家里。而且我还接到了友理小姐的电话，现在还在和你一起吃饭……这不正说明了'反复现象'已经结束了吗？"

"是这样的。已经结束了，久太郎。我知道你现在满肚子的困惑，你肯定在心里猜测——'这是怎么回事呢？''难道说，自打我出生以来一直都重复九次的反复现象忽然减少到了八次不成？'你甚至会怀疑自己的体质发生了变化，是不是？"

"嗯，"没错，我厚颜无耻地接受了这个假说，"也只能这么想了。"

"当然了，这种情况并非不可能发生。对我们来说，这是一种未知的、不可思议的现象。在没有弄清'时空反复陷阱'的原理和规则之前，不能否认这种可能性的存在。但我的想法却和你有所不同。"对我来说，这些都已经无关紧要了，我关心的只有最后的结论。友理小姐看着我的眼睛，仿佛在委婉地安抚着我。"你还有没有更加合理的解释吧？不用硬把循环的次数减少一次，换个角度想一想。"

"哎……哎？你说什么？"

"你不明白吗？"

"不明白。友理小姐已经知道答案了吗？"

"我听完你的话，便想到了一种可能。不过，我不能从问题的性质上去证明它，只能靠自己的想象力了。但是，我觉得我的猜测十有八九是正确的。"

"想象也没有关系。请告诉我吧！"

"我当然会告诉你的。不过，我有一个条件，可以说出来吗？"

"当然可以。请讲。"

"我今天刚到这里的时候就说过了。我对久太郎先生的年龄有所误会。或许你会以为我在说糊涂话，但我一直以为，自己用不着等那么久的——在你对我所说的那件事情成为现实之前。"

"你对我所说的那件事情"——这句话指的是一月二号中午的时候，我在走廊上和她交谈的事情。我花了相当长的时间才想到这件事，长到我恨不得对着自己的屁股猛踢上一脚。

我现在才想起来，那段经历并没有被"重置"，并没有失去效力。我和友理小姐之间的那段对话依然有效。

"那个……在拒绝槌矢先生的时候，你曾经说过，你已经……"

"我说我已经有了心上人？当然是久太郎先生你了。"友理小姐似乎觉得这很滑稽，随即便"咯咯咯"地笑了起来，"命运总是让人琢磨不透。一月二号那天，如果你没有对我那么说的话，当槌矢先生说要娶我为妻的时候，我或许就动心了。当然了，我并不是说会绝对动心，只是感到会有那种可能罢了。不过，在一月三号那天，我的心早已被久太郎先生占据了，所以，当槌矢先生向我表白的时候，我只是觉得很奇怪,但是对他的话,却不屑一顾。"

"真……"一时间我不知道该说什么才好。"真是来得早不如来得巧啊。"

"那么,我们直奔主题吧。就像我刚才说的那样,我本来以为我不会等多久的,反正一两年之内,久太郎先生就会从大学毕业,所以当时才自己做了决定。但是,久太郎先生还在上高一,这就另当别论了。你固然该以学业为重,可我要等上多少年才算是个头呢!想着想着,我便气馁了。我至少要等上六七年,可我等得了那么久吗?到了那个时候,我已经年过三十了,而你到了大学以后,年轻的女孩却是要多少有多少。说不定,久太郎先生会因此而变心。所以,我今天想和你聊一下,对于这件事,你在多大程度上是认真的。可是,一上来你突然提到了什么反复现象之类的科幻话题。因此,一开始我还误会了你,以为你是故意岔开话题,委婉地提出分手。而之前那件事情,就当它没有发生过。"

"分手?为什么这么说啊?"我有点发愣,"我们分明还没有开始呢!"

"女人嘛,会把听到的东西都和自己联系起来,特别是和爱情相关的东西。不过仔细想想,久太郎先生是那种直率的人,绝对不会拐弯抹角地表达自己的意思。我一直坚信,你说的那些事情确实存在。不过,让我对此坚信不疑的原因,并不止这一点。最重要的一个原因便在于,久太郎先生看上去很困惑。"

"困惑?"

"为什么今天是一月四号呢?你一直在为此困惑吧。这便是'时空反复陷阱'确实存在的明证,从逻辑上可以证明,'反复现象'确实发生过。因为,如果'反复现象'只是你编造出来的谎话,那么久太郎先生肯定早就知道了一月三号这天是夹在前天和今天之间的。实际上，那种现象并没有发生在久太郎先生的身上。如果久太郎先生的目的只是为了把谎话编得圆满一些，那么你根本没有必要凭空捏造出一个虚拟的假设，更不必费力地从细节上解释一月三号为什么会消失了。这种努力根本就是多此一举。不，应该说你的脑海里面本来就没有说谎的想法，因为，要是说谎的话，你只需要按照顺序把反复现象说明一遍，这就足够了。你完全没有必要让人发现你的错误，觉察出你的困惑。"

这个论证算哪门子的逻辑推理啊。她以我本身的困惑作为前提，虽说有些强词夺理，但大体上还能说得通。但是，如果这种"困惑"的表情只是我的演技的话，她的推论也就不攻自破了。为了让虚构出来的东西看上去更加真实，故意在里面混入一些矛盾的地方，这可是诈骗的常用手法。

"虽然开场白有些冗长，但我现在要开始说我的条件了。一月三日为什么会消失了呢？我会把原因告诉你，但作为交换……久太郎……"

"哎？"

"你能相信我吗？你说的话，我全都相信。但接下来的这个事实，你能够相信吗？我对你的态度很明确，虽然你的话有些杂乱无章，但我的态度很诚实，并不是暧昧不明——'虽然我半信半疑，但因为是你说的，我就姑且听听吧'——我真的是从心底里相信你，你能够相信我吗？正因为我相信你所说的，我才试着为你解开疑惑。"

友理小姐说了一些不合逻辑的话，但在这个时候，这已无关紧要了。虽然我可以用理性来检验，但我很担心，生怕友理小姐把"反复现象"当成无聊的玩笑，听完就忘掉了。但友理小姐却看透了我的心思，这让我既内疚又高兴。果然，友理小姐是我心目中的那种理想的女性。我十分感动——果然和我想的一样。不，友理小姐比我想象中的理想女性还要聪明，还要美丽。

"这件事其实很简单。"见我缓缓点头之后，友理小姐满意地靠在了椅背上，"你一直以为不断反复的只是一月二号这天，当反复结束之后，就应该是一月三号了，但实际上三号却不见了，直接飞到了四号。实际上，反复现象是从三号开始的，只不过往后推迟了一个'循环'而已。一般来说，在这种情况下，自己以为反复现象到了最后一个'循环'的时候，实际上后面还会有一个'循环'，自己自然会大吃一惊。然后，反复现象才会合情合理地结束。问题随之而来，反复现象明明向后推迟了一个'循环'，可为什么会严丝合缝地结束了呢？答案只有一个可能，那就是久太郎——你漏掉了一个'循环'。"

"不，等一下，我刚才已经说过了，我绝对不会数错的。"

"嗯，你没有数错。久太郎先生数得一点差错都没有。只不过有一个'循环'你没法数而已。"

"没法……数？"

"在那个'循环'里，别说是数数了，你什么都做不了。"

"什么……都做不了吗？这是为什么呢？"

"因为，久太郎先生，你死掉了。"

"什么？"我下意识地用双拳抵住两只耳朵，摆出了一副奇妙的姿势。虽然坐在邻桌的客人笑了出来，但现在却不是该在乎这些的时候。"你，你……你说什么？！"

"你死掉了，久太郎先生。"

"死……死了？那个，怎么可……我，我这不是活得好好的嘛，活得好好的啊！"

"你本人要是这么说的话，我就不知道说什么才好了。反复现象期间，无论发生什么事情都会被'重置'，随后恢复到原来的样子，不是吗？尽管董事长在漫长的一月三号里面，一次又一次地死去，但今天他仍然好好地活着。这其中的道理是一样的吧？"

"可，可是，可是，你说我到底是什么时候，什……什么时候死掉的啊？"

"线索在'第七个循环'里。在那个循环里面，究竟发生了什么事情？"

"第七个？嗯……让我想想。那时候，我为了把所有人的行动都限制住，曾经拜托胡留乃二姨准备一次宴会。我本来以为把大家都集中在大厅里就不会有事了，但外公还是出了意外。"不知不觉之间，我的声音开始变得沙哑，"他……从主屋的楼梯上，摔了下来。"

"就是这样。"友理小姐点了点头，"久太郎先生的身上，几乎发生过一模一样的事情。主观上，久太郎先生以为那是一月二号的第三个循环，但其实，是一月三日的第二个循环。那一个循环的凶手是舞小姐。那之后，一切都被重置了，久太郎先生便在阁楼间醒了过来。在半梦半醒的状态中，你来到楼梯附近，想去确认耳环是否已经掉落在台阶上。"友理小姐居然连这种细枝末节的部分都说了出来，这让我十分敬佩。"可是，睡意在你的意识中占了上风——久太郎先生自己也是这么认为的吧。不过，实际上，为了找耳环，久太郎先生你已经走到了楼梯上面。不过，由于没完全睡醒，你一不小心踩到了耳环，从楼梯上跌落下来，头部受到了严重的撞击，于是便死掉了。当然了，我并没有关于这个事件的记忆……应该说，我很庆幸我没有。因为，如果久太郎先生的尸体出现在我面前的话，我……我肯定会在大家面前出尽洋相的……而且，由于伤心过度，我或许会陷入一种半疯癫的状态……"

我发现友理小姐的眼眶里噙满了泪水。我凝视着她的双眸，回忆起了那天晚上的那个"梦"。确实……是这样的。在那个梦里，我确实从高处跌落了下来。

"总而言之，久太郎先生死去了整整一天。不过，午夜零时一过，一切又都被'重置'了。当久太郎先生再一次从阁楼间醒过来的时候，你便误以为这是上一个'循环'的继续，以为自己只是睡糊涂了而已。尽管你感觉自己曾经到楼梯那边去过一次，却把那当成了梦。"

当时，我在"梦里"从高处落下，一种"着陆"式的冲击感，让我醒了过来。但那却不是"梦"。

"你刚才说过，当时困意占了上风，自己睡了过去。但实际上，在那个循环里，你死了。因为你完全没有察觉到这件事情，所以对于久太郎来说，那一个循环是空白的。我想，当时应该就是这个样子的。当然了，现在要证明这一点已经不可能了。"

○客观的时间	●主人公的主观经历
一月二日	一月二日（第一个循环）
一月三日（第一个循环）	一月二日（第二个循环）
一月三日（第二个循环）	一月二日（第三个循环）
一月三日（第三个循环） ☆在这个"循环"里，主人公死了整整一天	
一月三日（第四个循环）	一月二日（第四个循环）
一月三日（第五个循环）	一月二日（第五个循环）
一月三日（第六个循环）	一月二日（第六个循环）
一月三日（第七个循环）	一月二日（第七个循环）
一月三日（第八个循环）	一月二日（第八个循环）
一月三日（第九个循环）	一月二日（第九个循环）
一月四日	一月三日

第十五章
无法停止的时间螺旋

和这个故事相关的事情都已经说完了。至于友理小姐和我今后如何发展，照例应该任由各位自由想象的。然后，这个故事也就随之落幕了。但在那之后，实际上，又发生了一件让我笑不出来的事，所以干脆就把它写在最后吧。

那一年的四月，我升到了高二。富士高哥哥放弃了攻读博士学位的念头，从研究生院退学。他被正式过继给了胡留乃二姨，作为EDGE-UP餐饮连锁集团的接班人，开始了业务方面的学习。养子过继仪式在安槻市最大的酒店里隆重召开，不但邀请了公司董事会成员和生意上的合作伙伴，就连地方政要和商界的显贵都悉数到场。在仪式上，外公宣布，他将不再担任公司董事长一职。在戒酒之后，外公决定一边玩盆栽，一边等待着重孙的降生。这时候的外公，似乎已经变成了一个心态成熟的老者。

实际上，外公的确马上就能见到重孙了。只要从"大庭富士高"变成"渊上富士高"的富士高哥哥——确切地说，我们两个现在的关系是表兄弟——和琉奈姐姐结婚，诸事顺利，就没有什么问题。就在快要高呼"万岁"的时候，突然发生了一件出人意料的事情，把我们全都卷了进去。

不知道为什么，富士高哥哥和琉奈姐姐在订婚仪式之前大吵了一架。琉奈姐姐哭天抢地地说"不能嫁给那种野蛮人"，惊慌失措的叶流名三姨刚想教训她——结果，琉奈姐姐居然把阿姨撇下，一个人离家出走了。

事态发展到了这个地步，外公自然是怒不可遏。他说："让富士高成为继承人的前提条件是他和琉奈结婚。如果你们不遵守约定的话，我也会有相应的对策。"外公放出话来，这件事情没有一点回旋的余地。说不定是他的病情加重了，所以才会变得比平常更加顽固吧。

这下妈妈可急了。她一直以为，只要让自己的儿子继承"渊上"这个姓氏，就算大功告成了，因此变得盲目乐观起来。虽说妈妈并不反对富士高哥哥和琉奈姐姐的婚事，但她对提亲的事情确实不太上心。但外公说了："不和琉奈结婚，就取消富士高养子的资格。"这下妈妈坐不住了，她和叶流名三姨串通在一起，竭尽全力去做琉奈姐姐的工作。虽说最后琉奈姐姐被带回了家，但她还是固执地说不想和富士高哥哥结婚，还说，连他的面都不想见。

这时候，舞姐姐想趁火打劫。她主动要求加入这场婚约竞争——"既然这样，干脆让富士高哥哥和我结婚吧。"舞姐姐的参战让局面变得更加混乱。"反正，只要大庭家的儿子和钟之江家的女儿结为夫妇，外公就不会有什么怨言了。"这个提议直接击中了事情的本质，就连外公都有些动心了。

不过，富士高哥哥却不同意。"凭什么我非得和那种招人烦的肥婆结婚啊？！"富士高哥哥这么一表态，事情就完全没法解决了。富士高哥哥还说什么"必须是和琉奈差不多的，或者比她更漂亮的美女，要不我就不结婚"！真不知道他到底明不明白自己的处境。

和往常一样，世史夫哥哥又恬不知耻地凑过来了。他乐观地提出建议:"哎,我说,既然哥哥的养子资格被剥夺了,那我来继承渊上家的姓氏好了。我这个人嘛,不管是小琉奈,还是小舞,都没问题!"真是个轻薄得让人头疼的家伙。

妈妈和叶流名三姨已经不顾一切了。好不容易才努力到这个地步,怎么能让自己玫瑰色的晚年生活断送在孩子们的任性上面呢?她们两个人认真地商讨了一番,到底要不要用世史夫来哥哥代替富士高哥哥。可结果,不但琉奈姐姐不同意,连舞姐姐也抱怨说,不愿意和世史夫哥哥结婚。她们姐妹两人似乎都讨厌轻薄的男人。唯一值得庆幸的是,不管女孩们如何破口大骂,如何对其不屑一顾,世史夫哥哥还是犹如不死鸟一般绝不退缩。

最后,大家得出了一个结论:摆在两家面前的只有说服琉奈姐姐这条路。于是,问题再次回到了原点。大家发现,富士高哥哥和琉奈姐姐之前好像没怎么吵过架,但这次却闹得有点吓人。有一种类型的情侣,在热恋的时候,往往爱得死去活来,可一旦吵架就会闹到分手的地步。他俩的这种倾向,我在"时空反复陷阱"里看到过很多次,所以也就见怪不怪了。

我有些过于乐观了。我原以为只要富士高哥哥正式地继承了"渊上"这个姓氏,事态就不会进一步恶化。虽然可能要花上一段时间,但早晚还是会平息下来的。由于这件事和我无关,我便抱着一种隔岸观火的态度,躲在一旁看热闹。但让我没有想到的是,"火"却突然向我这边扑了过来。

在妈妈和叶流名三姨的催逼之下,琉奈姐姐也觉得有点烦了。她十分荒谬地说:"富士高哥哥和世史夫哥哥,两个人我谁都不嫁,但如果是小Q的话,就没问题。"尽管这是她因为生气而说出来的气话,但妈妈和叶流名三姨却仿佛抓到了救命稻草一般,竟然一本正经地做起了我的工作。为了彻底地激怒富士高哥哥,琉奈姐姐拿起行李箱,硬是拉着我一起离家出走。她打算私奔,但潜伏的地方只是离家步行十分钟左右的商务旅店。真是乱来。

但在看到她留下的字条之后,妈妈和叶流名三姨便各自吵嚷起来。

"绑架啦!"

"诱拐啦!"

她们各自报了警,这样一来,家庭内部的摩擦便升级成了新闻事件,三个家族子孙的颜面都被她们给丢光了。

言归正传,这个时候,我们再一次和安槻警署的平塚刑警见面了。当然了,由于"重置"的缘故,他并没有关于"外公被杀事件"的记忆。因此,我们都是"初次见面"的感觉。

总而言之,这种乱七八糟的纠纷一直持续了下去。确切地说,就是事情还没有解决。琉奈姐姐和富士高哥哥之间,还没有任何重归于好的迹象。而且,大概是觉得事情已经发展到了无法收拾的地步,富士高哥哥也有些不耐烦了,他找到原先和他交往过的女白领,想和她重归于好。这件事情被人发现之后,使事态陷入了更深的泥潭。

这种情况或许会一直持续到下一次新年聚会。对此,我感到十分担心。到时候,急不可耐的外公或许会说,"旧遗嘱作废,重新立一个新遗嘱吧""富士高和琉奈的事情,就推倒重来吧"。

而且,不只是这些,如果外公决定重新考虑一下继承人和遗产问题的话,那会不会再次发生什么棘手的事件呢?而事件发生的那天会不会再次偶然地掉进"时空反复陷阱"里去呢?

我不禁再次不安起来。

后　记

　　在周围的人没有察觉的状态下，同样的一天一次又一次地反复循环。主人公不仅能认识到这一点，还能操纵这种反复现象。这种设定究竟是谁先想出来的呢？我孤陋寡闻，所以并不是很清楚。但给我留下极为深刻印象的，却是美国电影《土拨鼠之日》。

　　当然了，这种设定很可能是《土拨鼠之日》的原创，但我总是觉得，应该有别的科幻电影使用过同样的设定。而且，这种含有"既视感"的构想，即便在古今中外的诸多幻想小说中多次出现，也是不足为奇的。

　　我看了《土拨鼠之日》之后，首先便提出了一个疑问：这种设定能不能在本格小说中使用？而且，说不定早就有作家想过"时空反复陷阱杀人事件"这种设定了。这种设定确实有意思，很可能并没有将其运用得十分新颖的作品。当然了，也有可能早就有人这么写过。

　　尽管如此，我还是决定写下这本小说。当然了，理由之一便是，希望以前并没有出现过同类型的小说，但最重要的原因还是在于，这种"在反复世界里发生的杀人事件"的设定，深深地吸引着我，比什么都让我着迷。我的上一本作品《完美无缺的名侦探》是一个具有科幻背景的故事，因此可以说是一本科幻小说。而这次，我本来已经打定了主意，想写一本中规中矩的本格推理小说，但我这个人果然不修边幅，又把小说写成了这个样子。或许，这种设定对于我来说，实在是太具有吸引力了。

作者对一种设定如醉如痴——我不知道这种痴迷的感觉，能在作品里多大程度地体现出来。希望读者朋友在阅读这本小说的过程中能够获得些许乐趣，你们的快乐便是我最大的幸福。

一九九五年九月于高知市

西泽保彦

NANAKAI SHINDA OTOKO
© Yasuhiko Nishizawa 1998
All rights reserved.
Original Japanese edition published by KODANSHA LTD.
Publication rights for Simplified Chinese character edition arranged with KODANSHA LTD.
through KODANSHA BEIJING CULTURE LTD.Beijing,China.
本书由日本讲谈社正式授权，版权所有，未经书面同意，不得以任何方式作全面或局部翻印、仿制或转载。

图书在版编目（CIP）数据

死了七次的男人／（日）西泽保彦著．—北京：新星出版社，2017.7（2023.3 重印）
ISBN 978-7-5133-2646-9

Ⅰ．①死… Ⅱ．①西… ②马… Ⅲ．①长篇小说－日本－现代 Ⅳ．① I313.45
中国版本图书馆 CIP 数据核字 (2017) 第 111810 号

死了七次的男人

［日］西泽保彦 著；马杰 译

责任编辑：王　萌
责任印制：李珊珊
装帧设计：冷暖儿

出版发行：	新星出版社
出 版 人：	马汝军
社　　址：	北京市西城区车公庄大街丙3号楼　100044
网　　址：	www.newstarpress.com
电　　话：	010-88310888
传　　真：	010-65270449
法律顾问：	北京市岳成律师事务所
读者服务：	010-88310811　service@newstarpress.com
邮购地址：	北京市西城区车公庄大街丙3号楼　100044
印　　刷：	北京天恒嘉业印刷有限公司
开　　本：	910mm×1230mm　1/32
印　　张：	8.875
字　　数：	159千字
版　　次：	2017年7月第二版　2023年3月第八次印刷
书　　号：	ISBN 978-7-5133-2646-9
定　　价：	36.00元

版权专有，侵权必究；如有质量问题，请与印刷厂联系调换。